[英]
朱利安·巴恩斯 著
Julian Barnes

周晓阳 译

英格兰，England，英格兰 England

外语教学与研究出版社
北京

京权图字：01-2021-4914

图书在版编目（CIP）数据

英格兰，英格兰 /（英）朱利安·巴恩斯（Julian Barnes）著；周晓阳译. -- 北京：外语教学与研究出版社，2021.9
（名奖作品·互文）
书名原文：England, England
ISBN 978-7-5213-2952-0

Ⅰ. ①英… Ⅱ. ①朱… ②周… Ⅲ. ①长篇小说－英国－现代 Ⅳ. ①I561.45

中国版本图书馆 CIP 数据核字（2021）第 174510 号

出 版 人　徐建忠
项目策划　张　颖
项目编辑　张　畅
责任编辑　徐晓雨
责任校对　何碧云
装帧设计　范晔文
出版发行　外语教学与研究出版社
社　　址　北京市西三环北路 19 号（100089）
网　　址　http://www.fltrp.com
印　　刷　三河市北燕印装有限公司
开　　本　889×1194　1/32
印　　张　10
版　　次　2021 年 9 月第 1 版　2021 年 9 月第 1 次印刷
书　　号　ISBN 978-7-5213-2952-0
定　　价　59.00 元

购书咨询：（010）88819926　电子邮箱：club@fltrp.com
外研书店：https://waiyants.tmall.com
凡印刷、装订质量问题，请联系我社印制部
联系电话：（010）61207896　电子邮箱：zhijian@fltrp.com
凡侵权、盗版书籍线索，请联系我社法律事务部
举报电话：（010）88817519　电子邮箱：banquan@fltrp.com
物料号：329520001

致 帕特

目录

Part I

第一部分

英格兰

“你最初的记忆是什么？”有人会问。

而她会回答：“不记得啦。”

大多数人会觉得她是在说笑，也有个把人会疑心她是在卖弄小聪明。其实这是她的真心话。

“我懂你的意思，”好心人会自告奋勇帮她说明白些，“在现在能记住的最早的记忆之前，也总还有个什么东西，可你就是想不起来了。”

然而，不是的，她也不是那个意思。你最初的记忆，可不像你的第一件文胸，或者你的第一个朋友，或者你的第一个吻，或者你的第一次性爱，或者你的第一次婚姻，或者你的第一个孩子，或者你第一次失去双亲之一，或者你第一次为人类的处境感到一阵绝望的刺痛——完全不是那么回事。它并非某件实实在在、抓得住的东西，某件可以任时间用慢吞吞的幽默方式，年复一年装点上奇妙的细节——一团薄雾、一片雷雨云、一个花冠——却永远无法彻底抹去的东西。回忆本质上并非一样东西，而是……一段回忆。一段对于之前回忆的回忆，之前的回忆又是对于更早时候的回忆的回忆。所以人们信誓旦旦地说自己记得一张脸，一副把他们颠来颠去的膝盖，一片春天的草地；狗，老奶奶，一个被流口水的小嘴巴咬掉耳朵的毛绒玩具；他们记得一辆婴儿车，记得从婴儿车里往外看到的景象，记得从婴儿车里跌出来，脑袋磕在一个倒扣的花盆上，那花盆是小哥哥摆在那里的，好爬上去看看新来的小娃娃（虽说多年之后他们会狐疑起来，当时做哥哥的莫非是因为一种原始的手足相妒之情，把睡梦中的他们拧醒，将他们头冲着花盆扔了下去……）。他们信心满满、坚定不移地记得这一切，但这些是否只是源自别人的叙述，是否只是一段自以为是的想象，或者是一种意欲以此擒住听众的心，一种想揉捏心，让心发痛，直到让柔情从中奔涌而出的叵测心机——不管它的来源为何、目的为何，她都不信任它。玛莎·科克伦在她接下来的漫长岁月中，只要听到什么所谓最初的回忆，都会认为那肯定是胡扯。

所以她不免也胡扯起来。

她说，她最初的记忆是坐在厨房地板上，地上铺着织得松松垮垮的棕榈垫子，上面有不少小洞洞，她可以把调羹捅进洞洞里，把它们捅得更大，然后小手会“啪”地挨一下打——在那儿她感觉很安心，因为妈妈正在她身后，独自哼着歌儿——她做饭时总喜欢唱些老歌，这些歌和她其他时候爱听的那些歌不一样——直到今天，玛莎打开收音机，听到诸如《你最棒》《我们河边见》或者《夜以继日》这样的歌，都会突然闻到荨麻汤或者炸洋葱的香味，这难道不是世界上最奇妙的事吗？——还有一首，《爱是这世界上最奇妙的事》，总是意味着妈妈咔嚓一下给她切开一个橙子，汁水四溢——就在棕榈垫上，她的英格兰诸郡拼图片摊开着，妈妈帮她把最外面一圈以及海面的部分拼好了，让她自己接着往下拼，所以她面前就摊开着这个国家的轮廓，中间露出的棕榈部分形状古怪，有点像个伸着两条腿坐在沙滩上的肥胖老太太——这两条腿就是康沃尔郡，虽然，当然咯，她那会儿可不会这么思考，她根本还不知道“康沃尔”这个词，也分不清拼图片的颜色，你知道小孩们是怎么玩拼图的，他们随便抓起一片，硬塞进空的地方，所以她没准捡起了兰开夏郡，把它塞在康沃尔的位置上。

是啊，这就是她最初的回忆，她的第一则巧妙的、故作天真的谎言。经常会有某个人小时候也有过同样的拼图，于是接下来就会冒出一段带点微妙竞争意味的对话：他们会先拼哪一片——通常是康沃尔，不过有时是汉普郡，因为汉普郡和怀特岛紧挨着，朝海面延伸，你可以很容易拼对这个洞洞，在康沃尔或者汉普郡之后，没准是东安格利亚，因为诺福克和萨福克一个坐在另一个身上，活像一对兄妹，或者说它们彼此紧挨着，像一对躺在一起的胖夫妻，也可以说它们是一颗完整核桃的两半。然后是肯特郡，正用手指或鼻子警告地指着欧洲大陆——外国佬们，给我当心点；牛津郡和白金汉郡玩着抢勺子的纸牌游戏，把伯克郡一脚踩扁。诺丁汉郡和德比郡活像一对肩并肩的胡萝卜或者松果；卡迪根则有着平滑的、海狮形状的曲线。他们会回忆起，大多面积大且轮廓明显的郡都位于外缘，你把它们都放对了，就会剩下一堆位于中间的小且形状古怪的郡，乱七八糟的，难以对付，你会怎么也想不起来斯塔福德郡的位置。接着他们竭力回忆那些拼图片片的颜色，那会儿它们显得那样重要，就跟名字一样重要，可现在，过了这么久，到底康沃尔是不是淡紫色，约克郡是不是黄色，诺丁汉郡是不是棕色呢，诺福克是不是黄色——要么黄色的是它的姐妹萨福克？而这些都属于就算记错了，也依然很真实的回忆。

不过她想，下面这则也许是一段真实的、未经加工的回忆吧：她已经从在地上玩成长到在厨房桌子上玩了，手指们也能更灵活、干脆、诚实地对付这些“郡”了——不再逼着萨默塞特郡做肯特郡——而且她通常会沿着海岸线开始拼——康沃尔郡、德文郡、萨默塞特郡、蒙茅斯郡、格拉摩根郡、卡马森郡、彭布罗克郡（因为英格兰统合了威尔士——那是胖老太太的肚子部分）——再转回到德文郡，然后填满剩余部分，把乱七八糟的中部地区留到最后，到头来，她总会缺一片。莱斯特郡、德比郡、诺丁汉郡、沃里克郡、斯塔福德郡——通常都是这几个中的某个——于是她心头涌起一股因为世界并不完美而起的凄凉、挫败和失望之感，直到爸爸（他这种时候似乎总在附近）在最不可思议的地方找出那片拼图。斯塔福德郡在他的裤袋里干吗？她看到它跳进去了吗？是猫把它放进去的吗？这下她就乐了，摇着脑袋说没看到，斯塔福德郡找到啦，她的拼图，她的英格兰，她的心灵，又完整如初了。

这是一段真实的回忆，不过玛莎仍旧满腹狐疑；这是真的没错，但并非未曾加工。她知道它发生过，因为它发生过好几次；但是最终的大团圆结局，以及每一次的特点，她都忘光了——而这些是她现在只好设法编造出来的，比如爸爸曾在雨天出去，带着湿乎乎的斯塔福德郡回来，或者他弄弯了莱斯特郡的一角。儿时的回忆像一些醒来后依然萦绕心头的梦境。你彻夜不停地做梦，或者在夜里长长的、重要的时段做了许多梦，但是醒来后，你只记得被遗弃，遭背叛，掉进陷阱，被扔在了冰冻荒原；有时甚至连这些都没有，只有内心因此类遭遇所起的波澜留下的一丝痕迹。

还有一个原因让人不能轻信回忆。如果回忆不是一样东西，而是关于一段回忆的回忆的回忆，就像面对面的镜子们互为映象一样，那么大脑此刻宣告的昔日往事，难免不被这些记忆之间发生的事染色。这就像一个回忆自己历史的国家：过去绝不仅仅是过去而已，而是使得当下得以自洽之物。对于个人来说也是如此，尽管其过程显然不会这样直接。对人生失望的人，是记得一段美好的生活，还是记得某件证明他们的人生以失望告终的事？对人生满意的人，是记得之前的满足，还是记得某个英勇克服可怕逆境的时刻？在人的内心自我和外在自我之间，始终不乏一些宣传、营销和推广因素在起作用。

以及一种持续不断的自我欺骗。因为哪怕你明白了这一切，洞悉了记忆系统的不纯和腐败，你啊，至少一部分的你，仍会相信你称之为回忆的那个纯洁、真实的东西——没错，东西。上大学时，玛莎和一个西班牙姑娘克里斯蒂娜交了朋友。她俩国家之间的历史渊源，或者至少其中那些有争议的部分，都是好几个世纪之前的事了；不过即便如此，克里斯蒂娜某次以友好戏谑的口气说“弗朗西斯·德雷克[1]是个海盗”的时候，她依然回答“不，他不是”，因为她知道在英

1. 弗朗西斯·德雷克（1540—1596），英国著名的私掠船长、探险家和航海家，据说他是继麦哲伦之后第二位完成环球航行的探险家。另外，他曾被伊丽莎白一世任命为海军将领，击退了西班牙无敌舰队。——译者注（书中脚注，未特别说明，皆为译者注）

国他是个大英雄，一位勋爵，一位舰队司令，因此也是一位绅士。克里斯蒂娜换上一脸肃穆，又说了一遍，“他是个海盗”，玛莎意识到，这是战败国自我安慰的（或许也是必不可少的）虚构罢了。后来，她在《不列颠百科全书》里查找“德雷克”，词条完全没有提到“海盗”一词，不过“私掠者”和“掠夺”等字眼儿却出现了好几次，她意识到，一个人心目中劫掠的私掠者大有可能在另一个人心目中就是个海盗。不过即便如此，弗朗西斯·德雷克爵士在她心目中的形象并未因为这个认识而有所损耗，他依然是一位英格兰勇士。

同样，她回首往事，也发现有许多异常清晰、重要的记忆其实并不可靠。还有什么回忆能比农业博览会那天更明晰、更难忘呢？蓝天高远，白云朵朵。爸爸、妈妈小心地抓着她的手腕，把她高高地荡向空中，着陆时，茂盛的草地好似一张蹦床。白色大帐篷用彩条柱子撑着，像牧师的宅邸一样结实。帐篷后头有一座小山坡，山坡上那些无忧无虑、邋里邋遢的牲口俯瞰着山下牲口展示栏里它们那些套着笼头、被喂得过饱的表兄弟们。卖啤酒的帐篷后门那儿的味道随着这天的气温一道蒸腾而上。排队上临时厕所的地方也是这股味儿。管理员的身份牌在法兰绒格子衬衫的纽扣上晃荡着。女人们梳理着山羊身上丝绒一样的毛，男人们自豪地坐在突突直响的旧拖拉机上，小孩们从小马背上摔下来，眼泪汪汪的，背景中灵活的人影儿们忙着修理被撞坏的围栏。圣约翰医院的救护车组等待着有人昏过去，或者被帐篷拉索绊倒，或者心脏病突发，等着出什么乱子。

不过没有出任何乱子，至少那天没有，至少根据她的回忆，那天没有。她把手册保存了几十年，把里面那些奇怪的诗歌差不多都背下来了。《地区农业和园艺协会参赛规则手册》。那只是一本红色封面、二十来页的小册子。但对她来说远不止如此：它是一本画册，虽然里面只有文字；是一份日历；是一本药剂师的植物志；一套魔法工具；一份回忆的提词本。

三根胡萝卜——长

三根胡萝卜——短

三棵芜菁——任意长短

五个土豆——大

五个土豆——圆

六粒蚕豆

六粒多花菜豆

九粒矮生菜豆

六根冬葱，大而红

六根冬葱，小而红

六根冬葱，大而白

六根冬葱，小而白

蔬菜组合。六个品种。如果包括花椰菜，必须连茎展示。

蔬菜碟。碟子可以装饰，但只允许使用欧芹装饰。

二十穗小麦

二十穗大麦

一年生牧草，盛于西红柿盒中

多年生牧草，盛于西红柿盒中

有繁殖计划的山羊必须以笼头牵引，任何时候它们与无繁殖计划的山羊之间都必须保持两码[1]距离。

所有进场的山羊都必须是母羊。

以164和165类别进场的应为已产羊羔的山羊。

羊羔仅指从出生到12个月大的山羊。

一罐橘子酱

一罐软水果果酱

一罐柠檬奶酪

一罐果冻

一罐腌制的洋葱

一罐沙拉奶油

产奶期的黑白花成年奶牛

育犊期的黑白花成年奶牛

产奶期的黑白花小奶牛

长出不超过两枚大牙的黑白花小奶牛

有检疫证书的牛必须以笼头牵引，任何时候它们与无检疫证书的牛之间都必须保持三码距离。

玛莎有些字不认得，对于说明部分也只是似懂非懂，不过，这些清单的某种特性——有条不紊、一丝不苟——让她心满意足。

1.英美制长度单位，1码约等于0.9米。

三枝大丽花，装饰用，长于8英寸[1]——插于三个花瓶中

三枝大丽花，装饰用，6—8英寸——插于一个花瓶中

四枝大丽花，装饰用，3—6英寸——插于一个花瓶中

五枝大丽花，小球型

五枝大丽花，球型，直径小于2英寸

四枝大丽花，仙人掌型，4—6英寸——插于一个花瓶中

三枝大丽花，仙人掌型，6—8英寸——插于一个花瓶中

三枝大丽花，仙人掌型，长于8英寸——插于三个花瓶中

大丽花的整个世界都囊括其中。绝无遗漏。

她被爸爸、妈妈安全的大手抛向空中。她走在他俩中间，踩着铺在泥地上的木板，走在帐篷下，穿过滚热的、满是青草味儿的空气，以一位权威造物者的姿态读着手中的小册子。她感觉仿佛面前摆放的品种只有经过她的命名和归类，才能够真正存在。

“那么，这些是什么呢，米老鼠小姐？”

“二——七。哦，是五个烹饪用苹果。”

“还真是的。一共五个。会是啥品种的呢？”

玛莎又研究了一下小册子。“品种不限。”

“不错哟。品种不限的烹饪用苹果——我们回头一定得去店里买几个。”他会假装一本正经地说，妈妈被逗乐了，毫无必要地帮玛莎拨弄拨弄头发。

1.英美制长度单位，1英寸为2.54厘米。

他们看到绵羊被满身大汗、胳膊粗壮的男人们用双腿夹住，听到剪子一阵咔咔响，它们就从毛茸茸的短大衣里滑出来啦；铁丝笼子里关着躁动不安的兔子，它们那么硕大，被洗得一尘不染，简直不像真的；然后是家畜游行、盛装马术比赛和小猎狗赛跑。滚热的大帐篷里有猪油糕、煎饼、葡萄干小饼和大烙饼；切成两半、活像鹦鹉螺一样的苏格兰蛋；足足有1码长的防风草和胡萝卜，它们细的那头最后简直像一根烛芯似的；颈部被扭转、用麻绳捆成一捆的光滑的洋葱头；五个摞成一堆的蛋，还有一个蛋被打出来盛在旁边一个评判碟里；切开的甜菜根露出树干年轮一样的纹路。

不过，在她的脑海中，当时，之后，或者说自始至终都像圣体一样光芒四射的，是A. 琼斯先生的豆子。他们给第一名发红牌，第二名发蓝牌，鼓励奖发白牌。A. 琼斯先生夺取了所有豆类品种的红牌。九粒多花菜豆，不限形状；九粒蔓生菜豆，圆形；九粒矮生菜豆，扁形；九粒矮生菜豆，圆形；六粒蚕豆，白；六粒蚕豆，绿。他还赢了九个豌豆荚和三根短胡萝卜的项目，不过那些玛莎兴趣不大。因为A. 琼斯先生在他的豆子上别出心裁。他把它们摆在了黑丝绒上。

“看起来真像是在珠宝店啊，是吧，亲爱的？”爸爸说，“有谁想买一副耳环吗？”他指指A. 琼斯先生的九粒矮生菜豆说，妈妈咯咯笑了，玛莎响亮地回答：“不要。”

“哟，那好吧，米老鼠小姐。”

他真不该那么做，哪怕根本不是那个意思。这一点也不好笑。A. 琼斯先生有本领把一粒豆子弄得如此完美，漂漂亮亮的。那颜色，那比例，那饱满度。九粒豆子放在一起就更没话说了。

在学校里，他们唱歌时穿着绿校服，四个一排地坐着，活像一个豆荚里的豆子。八条圆腿儿，八条短腿儿，八条长腿儿，还有八条品种不限的腿儿。

每天的活动都从哼唱赞美诗开始，玛莎·科克伦对它进行了篡改。然后是干巴巴又枯燥的、层层递进的数学公式哼唱和诗歌大哼唱。历史课的哼唱则更古怪，更狂热。他们被鼓励着进入一种和晨会上大不相同的热切信仰中。赞美诗的哼唱都是匆匆忙忙、口齿不清完成的；可是在历史课上，肥胖似母鸡、老迈得好像足足活了好几个世纪的梅森小姐，会像一个迷人的女祭司一样，打着拍子，引导着“传教士们”，率领他们展开膜拜。

公元前55年（啪！啪！）罗马入侵

1066年（啪！啪！）黑斯廷斯之战

1215年（啪！啪！）《自由大宪章》

1521年（啪！啪！）亨利八世（啪！啪！）

“信仰守护者”（啪！啪！）

她曾经挺喜欢最后这句：它的节奏比较好记。

1854年[1]啊（啪！啪！）克里米亚战争[2]啊（啪！啪！）

1.原文孩子们为了押韵，将“four”（4）读成了“fower”。

2.同上，孩子们为了押韵，将“war”（战争）读成了“wower”。

——他们总会这么喊出这句，虽然梅森小姐纠正过他们无数次。哼唱就这么继续下去，一直唱到：

1940年（啪！啪！）不列颠之战

1973年（啪！啪！）《罗马条约》[1]

梅森小姐会按照年代顺序带他们唱完，然后带他们从罗马回到罗马，重新唱一遍。她用这个办法让他们精神振奋、头脑活络。然后她会给他们讲骑士精神和荣耀、瘟疫和饥荒、暴政和民主的故事；讲帝王气度和谦逊的个人主义的坚韧美德；讲圣乔治的故事，他是英格兰、阿拉贡[2]和葡萄牙的守护圣人，也是热那亚[3]和威尼斯的保护者；讲弗朗西斯·德雷克和他的丰功伟绩；讲布狄卡[4]和维多利亚女王；讲那个参加过十字军东征的侍从，他如今长眠于村头教堂，与太太并肩而卧，双脚压着一条狗。他们无比聚精会神地听着，因为要是梅森小姐满意的话，下课前她还会引导他们再哼唱一阵，不过那又是另一种唱法了。这次，她会改成报事件的名字，让他们报出年代；她会变各种花样、改说法、玩花招；词语飘忽不定，他们则全都沉醉于密集的节奏中。“伊丽莎白和维多利亚”（啪啪啪啪），他们就喊“1558

1.即法国、联邦德国、意大利等六国1957年在罗马签署的《欧洲经济共同体条约》和《欧洲原子能共同体条约》。1973年，英国加入欧共体。

2.位于西班牙东北部，与法国接壤。曾一度为独立王国。

3.意大利著名港口城市。

4.布狄卡，主要活动于公元1世纪，罗马帝国时期的不列颠岛上爱西尼部落的王后和女王，领导了不列颠诸部落反抗罗马帝国占领军统治的起义。

和1837”（啪啪啪啪）。或者她说（啪啪）“魁北克的沃尔夫”[1]（啪），他们就得回答（啪啪）“1759”（啪）。或者，她会刻意不问他们“火药阴谋”[2]（啪啪），而是拐弯抹角地说“盖伊·福克斯[3]被活捉了”（啪啪），他们就得努力找准节奏，回答说“1605”（啪啪）。她带领他们在整整两千年的时空中穿梭来去，历史不再像条没完没了的进程，而是变成一系列生动的、充满斗争的时刻，就像黑丝绒上陈列的豆子。很久之后，在生命中该发生的一切都发生了之后，玛莎·科克伦在书里看到一个日期或名字，耳边依然会响起梅森小姐打着拍子的问答。可怜的老纳尔逊[4]丢了性命，特拉法尔加海战[5]，1805。爱德华八世丢了江山，1936年退位。

杰西卡·詹姆斯，朋友，基督徒，历史课上坐在她后面。杰西卡·詹姆斯，虚伪的人、背叛者，晨会上坐在她前面。玛莎是个聪明的女孩，因此是个不信教者。晨祷期间，她紧闭双眼，自顾自念着另一种祷文：

---

1. 1759年，英国的沃尔夫将军在魁北克城外的亚伯拉罕平原打败了法国军队，奠定了英国在北美的殖民帝国地位。

2. 1605年，一群亡命的英格兰乡下天主教极端分子试图炸掉英国国会大厦，并杀害正在其中进行国会开幕典礼的国王詹姆斯一世和新教贵族，但计划最终失败了。

3. 盖伊·福克斯（1570—1606），“火药阴谋”的执行人之一，没有完成任务就被发现，之后被处死。

4. 指霍雷肖·纳尔逊（1758—1805），特拉法尔加海战中英国一方坐镇指挥的海军中将，带领英国海军击溃了法国和西班牙的联合舰队，迫使拿破仑放弃了从海路进攻英国本土的计划。但最终在这一战役中殉职。

5. 英国的一次大胜，让法国海军精锐尽丧，巩固了英国海上霸主的地位。

我们在德文放屁的苜蓿，

愿人都大声喊你的名。

愿你的棚架降临，

愿你的泔水倒在地上，

在巴斯，就在塞文河边上。

我们大大的三明治，

今日赐给我们。

把车票往我们手上塞，

如同我们把车票往别人手上塞。

不叫我们到佩恩车站，

给肝和象鼻虫涂上黄油。

因为棚架，花朵，玄妙，全是你的，

直到永远。

阿门！[1]

她还有一两行没想好，有待完善。她可不认为这是亵渎神圣，除了放屁的那句可能有点儿吧。她觉得有几句其实相当优美：关于“棚架”和“花朵”的那几句，总让她想起九粒圆蔓生菜豆，要是上帝他老人家果真存在的话，估计也会喜欢它们。不过杰西卡·詹姆斯却告发了她。哦，不，她做得更聪明：她设法让玛莎自己暴露了。一天早上，杰西卡发出了信号，周围所有人就突然住口，大家把玛

1.这是对《主祷文》的谐音戏仿。

莎的独唱听了个一清二楚，她正热切地呼唤着大大的三明治、肝和象鼻虫，她睁开眼睛，正迎上梅森小姐那扭过来的肩膀、肥嘟嘟的大胸和来自师长的怒视，她是负责他们班祷告的老师。

这学期其余时间，她都不得不站在一边，带领全校祈祷，不得不口齿清楚地祷告，而且装出一副热切虔诚的模样来。过了一阵儿，她发现自己颇为擅长此道，她变得活像个洗心革面的罪人，正向假释裁决委员会的人保证自己已经洗清罪孽，希望得蒙恩赐自由。梅森小姐越是狐疑，玛莎就越是得意。

人们开始找她谈话。他们会问她，这样对着干是为了啥。他们告诉她，当心聪明反被聪明误哟。他们会建议她，玛莎啊，“愤世嫉俗”这脾性可不讨人喜欢。他们会劝她不要嚣张。他们还会遮遮掩掩地暗示道，虽说她玛莎的家和别人的不一样，可是人难免总要经受点考验嘛，就像性格总是需要塑造一样。

她想不明白性格怎么能塑造出来。那肯定是某种你已经拥有的东西，或者某种会因为你遇到的事而改变的东西，比如妈妈近来就变得暴躁不安了许多。你怎么能塑造自个儿的性格呢？她盯着村里的围墙，困惑不解地作着比较：一块块石头，当中是砂浆，然后是一排尖尖的燧石，表示你已经长大，已经塑造了自己的性格。这真是胡扯。照片上，玛莎总是一副怏怏不乐、噘着下嘴唇、眉头紧锁的模样。这表示她不赞同眼前的一切吗？这展现出她令人不满的“性格”了吗——还是说，这只是因为妈妈（在还是小孩子的时候）听人说过你应该总是趁着太阳在你右肩上方的时候拍照呢？

不管怎样，她这会儿还有比塑造性格更重要的事要操心。农业博览会三天之后——这是一段真实、独立、未经处理的回忆，对此她很确定——差不多可以确定——玛莎坐在厨房的桌子边；妈妈在做饭，不过没在唱歌，她记得——不，她知道，她已经到了回忆可以由一件件事实构成的年纪了——妈妈在做饭，没有唱歌，那是事实；玛莎已经完成了拼图，那是事实；上面有个诺丁汉郡形状的洞眼儿，透出下面厨房桌子的纹理，那是事实；爸爸不在画面里，那是事实，爸爸口袋里装着“诺丁汉郡”，那是事实；她抬起头看，那是事实；只见眼泪正从妈妈的下巴滑进汤里，那是事实。

她从小孩的逻辑出发，毫不担心，她知道妈妈说得根本不对。在这种搞不清的状况和眼泪面前，她甚至有一种优越感。在玛莎看来，一切再简单不过啦。爸爸出门去找“诺丁汉郡”了。他以为它在口袋里，可到头来发现不在。所以他才没有在她身边低头冲着她微笑，怪猫捣乱。他知道自己不能让她失望，所以出门去找那片拼图啦，只是花的时间长了一点。等他找到，他就会回家，一切就会恢复正常了。

后来——这个后来来得太快——一种可怕的感觉侵入了她的生活，一种她无法用语言来形容的感觉。关于爸爸为什么离开的一种突如其来的、符合逻辑的、颇富韵律的解释（啪！啪！）。她弄丢了拼图，她弄丢了“诺丁汉郡”，丢在哪个她记不起来的地方了，或者忘了收好，被贼偷走了，所以爸爸，爱她的爸爸，口口声声说爱她，永远不想让她失望，永远不想看到米老鼠小姐噘起小嘴巴的爸爸，出门去找那片拼图了，而且那会是一场很漫长很漫长的寻找，如果真像图书和故事里讲的那样。爸爸没准很多年都不会回来，回来时没准已经长了一大把胡子，上面挂着雪花，他会看起来像是——那是怎么说的来着？——因为营养不良变得瘦骨嶙峋。而这都要怪她，因为她太粗心，或者太蠢啦，是她害得爸爸消失，害得妈妈难过，所以她不可以再粗心再犯蠢了，不然还会酿成此类大麻烦。

在厨房外面的走廊里，她捡到一片橡树叶。爸爸进门时，他的鞋子总会带进树叶。他说那是因为他急着赶回家看玛莎。妈妈经常不耐烦地告诉他别再这样花言巧语，玛莎总不至于连让他把鞋底蹭干净都等不及。玛莎本人呢，因为害怕引起类似的责备，所以总是仔细地蹭干净鞋底再进屋，她这么做的时候总有点自鸣得意。现在她手掌心中摊着一片橡树叶。它的边缘曲曲折折，看起来很像一片拼图，有那么一会儿，她的心怦怦直跳。这是一个象征吧，或者一个巧合，反正一定是个什么：要是她把这片叶子好好保存，当作对爸爸的纪念，那么他就会找到完好无损的“诺丁汉郡”，把它带回来。她没跟妈妈讲，只是把叶子夹在从农业博览会带回来的红色小册子里。

至于杰西卡·詹姆斯，这个朋友兼叛徒，向她报仇的机会不请自来，玛莎没有客气。她不是基督徒，宽恕这种美德就让别人去践行吧。杰西卡·詹姆斯，这个小猪眼的、虚伪的、说话活像做晨祷一样、爸爸永远不会消失的杰西卡·詹姆斯，开始跟一个笨手笨脚的高个儿男孩约会啦，这个男孩的双手红通通的，潮湿又肥软。玛莎很快忘了他的名字，不过一直记得那双手。要是玛莎再大一点，没准就会认为最恶毒的报复方法其实应该是任由杰西卡·詹姆斯和她一脸傻笑的追求者继续促膝得意下去，直到他们终于与那位双脚压着狗的十字军骑士雕像擦身而过，走上祭坛，走进他们余生的黄昏中去。

不过玛莎那会儿还没有这么聪明。相反，凯特·贝拉美，朋友兼密谋者，透露给那男孩说玛莎没准有兴趣跟他约个会哦，要是他想换个高级点的玩玩的话。玛莎已经发现，无论什么男孩，只要她不动心，她就一准能让他迷上自己。她们讨论了很多做法。她可以直接把男孩勾走，拿他炫耀一阵，在全校面前羞辱羞辱杰西卡·詹姆斯。或者她们也许可以安排一场哑剧：杰西卡·詹姆斯被凯特约出来进行一场毫无心机的散步，不知不觉走到某处，然后她那颗端庄的小心脏将被以下一幕撕裂——一只肥猪手正抓着一只柔软的乳房。

而玛莎安排的是一场最残酷的复仇，一场她其实不费吹灰之力就干成的行动。凯特·贝拉美，声音纯洁，内心邪恶，她让那男孩相信只要玛莎真正了解了他，就有可能真爱上他，她让他相信因为玛莎对爱情是很认真的，所以如果他想要有这种机会，就得跟虔诚小姐彻底公开分手才成。男孩在思考和欲望中挣扎了几天，最后照做不误，杰西卡·詹姆斯痛哭流涕，让玛莎心满意足。又过了几天，玛莎走到哪儿都乐不可支的，但是之后再也没有传去什么消息。男孩激动不安地找到玛莎的同谋者，后者装聋作哑，说他肯定听错啦：玛莎·科克伦跟他约会？真是癞蛤蟆想吃天鹅肉。男孩恼羞成怒，放学后截下了玛莎；她把他的想入非非狠狠嘲弄了一番。这男孩会缓过来的，男孩们都会。至于杰西卡·詹姆斯嘛，她从没搞清楚是谁害得她如此痛苦，玛莎为此直到毕业都得意洋洋。

好几个冬天过去，玛莎渐渐明白过来，“诺丁汉郡”和爸爸都不会回来了。只要妈妈还在哭泣，还从高架上那些个瓶子中拿一瓶下来喝，紧紧地抱着她，说所有的男人要么是坏蛋要么是孬种，有的两者都是，她就还会有一点儿期待，期待拼图和爸爸也许会回来。这种时候玛莎也会哭起来，就好像母女俩泪眼相对，就能把爸爸唤回来似的。

然后他们搬家到了另一个村子，离学校远了，她不得不坐公共汽车上学。新家没有搁着瓶子的高架；妈妈不再抽泣，反倒剪短了头发。毫无疑问，她正在塑造自己的性格。在这个比原来小的新家里，没有爸爸的照片。妈妈也不再频频告诉她男人不是坏蛋就是孬种了。相反，她说女人得坚强，得照顾好自己，因为不能指望任何人来为她们做这些。

作为回应，玛莎下了个决心。每天早上上学前，她都从床底下拉出拼图盒，闭着眼睛打开盖子，摸出一个“郡”。她从来不看摸到的是什么，免得那是她喜欢的几个“郡”之一：说不定是萨默塞特郡或者兰开夏郡。当然，她摸得出哪个是约克郡，因为约克郡太大，她的手指差不多都没办法抓拢，不过她对约克郡从来都没有特别喜欢。在公共汽车上，她把手伸到身后，把带来的“郡”塞进座位的靠背缝里。有一两次，手指会摸到另一个插在紧紧的靠背缝里的“郡”，那是她几天前或者几周前塞进去的。一共有大概五十个“郡”要丢掉，这花了她差不多整个学期。最后，她把海洋部分和盒子扔进了垃圾桶。

她不知道这样做是为了记住还是为了忘记。这么下去，她永远也塑造不了自己的性格。她希望对于农业博览会念念不忘不是错的；不管怎样，她就是没办法把它从脑海中抹去。他们作为一家人最后一次出门玩。高高地荡向空中，在一个虽说闹哄哄、人们推来搡去的，但是有秩序、有规则，有像医生一样穿白大褂的人作着睿智评判的地方。她觉得人啊在家在学校都经常会遭到不公正的评判，但是在农业博览会上却有着令人信服的公正。

当然，她没有那么说出来。她开口问可不可以参加农业博览会的时候，第一个担心是妈妈会大发雷霆，然后那份参赛手册会被当作"带坏她"的东西而被没收。这将会是她童年时代始料未及的又一桩罪过。你是不是在耍滑头哟，玛莎？愤世嫉俗，这脾性可不讨人喜欢，你知道的。是什么东西把你带坏啦？

不过妈妈只是点点头，打开小册子。橡树叶飘落了下来。"那是什么？"她问。

"我保存着它啦。"玛莎说，生怕挨骂或者动机被识破。不过妈妈只是把叶子夹回小册子里，用近来突然冒出来的一股麻利劲儿看起儿童区的项目。

"稻草人一个（最高12英尺[1]）？咸面团捏成的物品一件？一张贺卡？一顶毛线帽？一张任何材料制成的面具？"

"豆子。"玛莎说。

"我们来看看，还有四块苏格兰黄油饼干、四块蝴蝶糕、六块杏仁膏糖果、一串意大利面做的项链。这个听起来不错啊，意大利面做的项链。"

"豆子。"玛莎又说。

"豆子？"

1.英美制长度单位，1英尺约合0.3米，12英尺约为3.6米。

“九粒圆蔓生菜豆。”

“不知道你能不能参加那个比赛呀。它不是儿童区的。我们来看看规定。第一部分。展会周围10英里[1]之内的家庭主妇和农田主可以参加。你是家庭主妇吗，玛莎？”

“我们能弄一片田吗？”

“附近根本没有田啊，我想。第二部分。所有人可以参加。啊，只有花的比赛吗？大丽花？金盏花？”玛莎摇摇头。“第三部分。展会方圆3英里内的种植者可以参加。我想我们没有不符合的吧。你是个种植者吗，玛莎？”

“我们上哪儿去弄种子？”

她们一起挖了一片地，埋进一些马粪，搭了两个棚架。接下来都是玛莎的事了。她算出应该在博览会之前多少个星期种下种子，把豆粒埋下地，浇水，等待，除草，浇水，等待，除草，从幼苗有可能冒出来的地方拣开大点的土块，看着发亮的、细细的嫩芽从泥土里钻出来，帮助卷须缠住棚子往上爬，看到蔓藤冒出花蕾，花蕾绽开，小小的豆荚一冒出来就赶紧浇水，浇水，除杂草，浇水，浇水，瞧啊，正好就在博览会开始前几天，她有了七十九粒圆蔓生菜豆可以挑选。她放学后一下车，就直奔过去检查她的成果。因为棚架、花朵、玄妙，全是你的，这看起来可一点都不亵渎神圣。

妈妈表扬玛莎聪明能干。玛莎指出，她的豆荚看起来跟A. 琼斯先生的不怎么像。他的都是扁扁滑滑的，通体碧绿，简直像喷了漆似

1.英美制长度单位，1英里约为1.6公里，10英里约为16公里。

的。她的却是有豆子的地方一个一个鼓起来，活像囊肿，表皮上还布着小黄点。妈妈说它们天生就是这样。它们就是这样塑造了自己的性格。

博览会的星期六那天，她们一大早起床，妈妈帮忙摘下棚架顶上的豆子。玛莎精挑细选一番。她想要黑丝绒，不过家里唯一的一块还连在一条裙子上，所以只好换成黑色皱纸，妈妈熨了它，但它还是皱皱的。她坐在别人的车后座上，拇指按住皱纸，拐弯的时候眼睁睁看着豆子们在盘子中翻来滚去。

“开慢点。”一次她严厉地说。

她们开过一个遍布沟壑的停车场，车晃得厉害，她不得不再一次挽救豆子们。园艺帐篷里有个穿白大褂的人给了她一张表格，上面只有一个数字，免得裁判们知道她是谁，然后有人把她引到一张长条桌边，所有人都把自己的豆子摆在上面。年迈的园艺家们快活地说：“瞧瞧是谁来啦！”虽说他们根本没见过她，还说“就等你拿大奖啦，琼斯老兄！”。她没办法不注意到，没人的豆子跟她的一样，不过她想肯定是因为他们种的品种不同吧。然后他们全都离开了，因为评奖时间到了。

A. 琼斯先生赢了。另外一个人得了二等奖。还有人得了鼓励奖。“下回加油！”所有人都这么说。关节突出的大手们纷纷垂下来安慰她。“明年再争大奖！”老头们不断说道。

后来，妈妈说：“不管怎么说，它们味道不错哟。”玛莎没有回答。她噘着下嘴唇，板着脸，泪流满面。“那我吃掉你的那份咯。”妈妈说着，把叉子戳向她的盘子。玛莎太伤心了，根本没心思理会这个游戏。

有车的男人们有时会来接妈妈。她们自己买不起车，看到妈妈被飞速带走——挥挥手，送个微笑，脑袋一扬，车还没开出视线，妈妈就已经把头转回去对着开车的人——看着这一幕，玛莎总觉得妈妈也打算消失。她不喜欢上门的男人们。有些试图讨好她，拍拍她的脑袋，好像她是一只猫咪，也有些只是站得远远的，像要避开麻烦。而她宁愿跟那些认为她是一堆麻烦的人打交道。

这不只是因为她担心自己被抛弃。还因为她担心妈妈被抛弃。她看着这些昙花一现的男人们，不管他们是弯腰屈膝，问她关于家庭作业啊、电视啊的寻常问题，还是直挺挺站着，晃着钥匙嘟囔，“我们走吧”，她觉得他们全一样：都是会伤害妈妈的男人们。也许不是今晚或者明天，但是总有一天他们会那么做，毫无疑问。她会娴熟地让自己发烧、疼痛、痛经，病到妈妈一定得照看她。

“你真是个小暴君啊，你哟。”妈妈会抱怨，从关怀到歇斯底里，各种语调都用过。

“尼禄才是暴君啦。”玛莎会回答。

“我相信即便是尼禄也会每过一阵就放他妈出去一下。”

“实际上，尼禄杀死了他的妈妈哦，亨德森先生教过我们。”这话说的，其实她自己知道，是在耍滑头。

“要是一直这样下去，倒是我会给你在饭里下毒才对。”妈妈说。

一天她们一起叠从晾衣绳上取下的床单。突然，妈妈好像是在自言自语，但足以让玛莎听到地说：“这是唯一一件你需要两个人做的事。”

她们默默地继续干着。抖开床单（胳膊还不够长啊，玛莎），举起，抓住上头，放下左手，凭感觉抓住，拉开，拉紧，再来一次，抓住，拉紧，拉紧（再用点力，玛莎），然后走过去面对面，举到妈妈手里，抓住下面，最后再拉紧一次，叠起，递过去，等下一个。

唯一一件你需要两个人做的事。她们拉紧床单的时候，好像有什么东西正沿着床单传递过来，这不仅仅是把皱褶从床单上拉平了，是她俩之间有什么东西。一种奇怪的拉紧的感觉：你拉的时候，像是要扯离对方，不过床单拉住了你，把你拉了回来，让你俩又靠近了。这东西一直就存在吗？

“哦，我不是指的你啊。”妈妈说，她突然抱住玛莎。

“爸爸是哪一种？”那天晚些时候玛莎问。

“你指的是什么？哪一种？爸爸就是……爸爸呗。”

“我是说，他是坏蛋还是孬种。是哪一种？”

“哦，我也不知道……”

“你说过他们不是坏蛋就是孬种。你自己说的嘛。他是哪一种？”

妈妈瞪着她。这种不依不饶是新冒出来的。“好吧，我想如果他非得是其中一种的话，那他是孬种。”

“你怎么知道的？”

“知道他是孬种吗？”

“不，你是怎么知道他们是坏蛋还是孬种的？”

“玛莎，你还太小，不需要懂这些。”

“我得知道。”

“你为什么要知道？”

玛莎迟疑着。她知道自己想说什么，但是害怕说出口。“这样我就不会犯和你相同的错误了。”

她停下了，以为妈妈会哭。不过妈妈今非昔比。她没哭，倒按照最近的习惯发出一声干笑。“我生的孩子多聪明哟。别不懂装懂，玛莎。”

这是个新说法。别耍滑头。是什么把你带坏啦？现在是，别不懂装懂。

“为什么不告诉我？”

“我可以什么都告诉你，玛莎。不过答案是，如果说我的生活能有点教训的话，那就是你永远都只能在事后才会明白自己犯了什么错。你不会犯和我一样的错误，因为所有人都有自己的错要犯，就是这么回事。”

玛莎仔细地盯着妈妈。“这没啥用啊。”她评价道。

不过这话说得未免太早。随着她长大，随着她的性格被塑造成形，随着她变得倔强而不是滑头，也足够聪明，知道何时应该藏住自己的聪明劲儿，随着她找到了朋友、社交和一种新的孤独，随着她从乡村搬进小镇，为未来积攒起新的回忆，她承认了妈妈说的有道理：她们犯她们的错误，现在轮到你犯你的错误了。她由此得出一个合理的结论，变成自己的信条之一：二十五岁以后，你就不可以再谴责父母。当然了，要是父母做了什么可怕的事，这就不适用了——比如强暴了你，谋杀了你，偷走你所有的钱，把你卖进妓院——不过在普通人的普通人生中，如果你能力平平，才智中庸，那么你就不可以谴责父母，能力更强的话更是如此。当然你还是会抱怨，总有些时候你抵抗不住这种诱惑。要是他们说到做到，给我买了溜冰鞋就好了，要是他们让我跟大卫约会就好了，要是他们不是那样就好了，要是他们更爱我，更有钱，更聪明，更好说话，就好了。要是他们更宽容些就好了，要是他们更严格些就好了，要是他们多鼓励鼓励我，要是他们正确地表扬我…… 这些都不该抱怨。当然玛莎有时很想屈从于这些怨恨，不过旋即她会打住，好好反思一阵。你是独立的啊，孩子。缺失与伤痛是童年的正常成分。不可以再拿任何事责怪他们了。不可以。

不过有一件事，一件微不足道却根深蒂固让她痛苦的事，她从没找到从中解脱的方法。她大学毕业，去了伦敦。她坐在办公室里，假装热爱工作；她心脏难受，没什么大不了的，是为了哪个男人呗，要么是因为这日常的闷热天气；要么她来例假了。她记得所有这些。突然电话铃响起。

“玛莎？我是菲尔。”

“哪位？”某个穿着红色吊带裤、自来熟的家伙吧，她想。

“菲尔啊，菲利普。我是你爸爸。”她接不上话。过了一会儿，好像她的沉默表明了对他的身份狐疑似的，他又强调了一遍：“爸爸。”

他想见个面。哪天一起吃午饭吧。他知道一个地方，他相信她会喜欢，她按捺住没问：“你他妈怎么知道？”他说有很多话想对她说，他觉得他们对彼此都不该期望太高。这一点她颇为同意。

她征求朋友们的意见。有人说：你怎么想就怎么说好了，跟他直说。有人说：看看他想干吗，为什么以前不来现在来找你？有的说：别去见他。有的说：告诉你妈妈。有的说：不管怎么样，绝不要跟你妈说。有的说：你一定得抢先到那里。有的说：让那混蛋一直等着。

那是一家老式餐馆，墙上镶着橡木板，年迈的服务员们把厌世之情变成了可怕的拖沓。天气炎热，菜单上却都是些重口味的菜。他招呼她不要客气尽管点菜，她点的很少。他建议来瓶酒，她只喝水。她回答他的问话，像填答卷似的；是，不，我希望是；非常，不，不。他告诉她，她已经长成了一位非常迷人的女士。这话听起来真是没头没脑。她不想赞同也不想否定，只好答，“或许吧”。

“你认不得我了吗？”他问。

“是的，”她回答，“妈烧了你所有的照片。”这是真话，他活该吃一惊，哪怕也就只能这样。她的视线越过桌子，看到对面坐的是个脸色燥红、头发稀疏的老头。她刻意放低了期待；即便如此，他还是比她预想的更寒碜。她意识到一直以来她都有着一种错误的推理。她在过去十五年或更长时间里，一直以为要是你出走了，要是你抛下了妻子和小孩，那一定是为了一种更美好的人生：更多的快乐，更多的性，更多的钱，更多的不管什么吧，总之都是你原先的生活所欠缺的。打量着这个自称“菲尔”的男人，她觉得他看起来过得其实还不如好好待在家里。不过没准这是她一厢情愿的理解吧。

他给她讲了个故事。她懒得判断真假。他爱上了个什么人。身不由己啊。他这么说不是为了给自个儿开脱。他那会儿觉得，一走了之对大家都好。玛莎有一个同父异母的弟弟，名叫理查德。他是个好孩子，只是不知道这辈子做啥才好。这年纪可能都这样吧。斯塔芬妮——这名字像一杯被撞翻的酒，说时迟那时快就朝玛莎的桌面泼过来——斯塔芬妮三个月前去世啦。癌症真是一种可怕的疾病。她五年前被诊断出来，然后好了一阵。然后复发了。复发都意味着恶化。说着就要了你的命。

这一切听起来——怎么说呢？——不是说像扯谎，但就是文不对题，填不上她心里那块形状鲜明、独一无二、锯齿边的空缺。她问他要“诺丁汉郡”。

“什么？”

“你走的时候，把‘诺丁汉郡’装在口袋里带走了。”

“我不明白？”

“当时我正在玩英格兰郡县拼图来着。”她这么说着，觉得很尴尬；不是发窘，而是感觉这样暴露了自己太多内心。“你以前经常拿走一片藏着，最后再找出来。你离开的时候把‘诺丁汉郡’带走了。不记得了吗？”

他摇摇头。“你玩拼图啊？我想小孩都喜欢这个。理查德也是。至少有那么一阵喜欢过。我记得他玩过一种复杂得不可思议的拼图，全是云彩什么的——你得拼完一半，才知道大概是怎么回事……”

“你不记得了？”

他注视着她。

“你真的、真的忘了？”

关于这件事，她永远都不会原谅他。她已经过了二十五岁，还会继续长大，长大，长大，比二十五岁年长许多，她会变得独立；可关于这件事，她永远不会原谅他。

Part II

第二部分

英格兰，英格兰

之一

皮特曼大厦充分体现了其时代的建筑原则。它的主调是人道主义精神辉映下的世俗力量：白蜡树和山毛榉调和了玻璃和钢材的冷与硬；水青色和荧光黄透露出控制有序的激情；在前厅，一个铁锈红的鼓形梁托颠覆了原本占上风的尖角结构。神圣的中庭则形象地反映出这一俗世教堂的勃勃野心，平和的通风装置和节能系统表现出对社会和环境的承诺。还有对空间的灵活利用和简明的管道系统：根据斯莱特-格莱森暨怀特公司的建筑团队的说法，这幢建筑的建造融合了多变精巧的手法和实用简洁的设计意图。另一个重要承诺则是与自然和谐相处：皮特曼大厦后头有一片特别打造的湿地。员工们可以在平台（以可回收材料制作的硬木建造成）上，边啃三明治边观察在赫特福德郡边界短暂停留的候鸟们。

建筑师们对于客户的指手画脚早已习以为常；不过在描述杰克·皮特曼爵士对他们的设计作出的个人贡献时，还是让他们费了一番脑筋：在董事会议厅一层硬插进了一个双立方体的办公室，办公室带有浇铸出来的飞檐、长绒地毯、烧煤炭的壁炉、大型落地灯、花纹墙纸、油画、带窗帘的假窗和驯鹿鼻子式的电灯开关。正如杰克爵士沉思着指出的："虽说我们骄傲于当下的无所不能，但我觉得也没必要把钱花在鄙视往昔上。"斯莱特-格莱森暨怀特的设计团队试图指出，现如今，在建筑上体现往昔，其实比体现当下或者未来要贵得多。他们的客户以沉默回应，他们只好自我安慰：至少这个封闭的准男爵风的单元没准可以解释为是杰克爵士个人的蠢念头，而不是他们的设计元素之一。只要没有人特地跑来就其充满讽刺的后后现代主义特征而祝贺他们就成。

❋ ❋ ❋

在建筑师们创造出来的空气流通、回音轻荡的大空间和杰克爵士要求的这个舒适小窝之间，隔着一个小办公室，它并不比一段用于过渡的隧道大多少，被叫作"引文室"。杰克爵士喜欢让客人们待在这里，等他的私人秘书召唤。众所周知，杰克爵士本人从外面的办公室走向私人密室时，也常在这条隧道里徜徉一阵。这是一个简洁、朴素、昏暗的小空间。没有杂志，没有播放着皮特曼帝国广告片的电视屏幕。也没有铺着稀有动物毛皮的舒适俗丽的大沙发。相反，这里只有一把詹姆斯一世风格的橡木高背椅，对着一块被灯光照亮的石板。游客们被鼓励——实际上是被迫地——研究用时报罗马字体刻在上面的文字。

杰克·皮特曼

是一位绝对意义上的伟人。

志向远大，气度非凡，慷慨大方。
只有充分发挥想象力，
才可能理解一位像他这样的人物。
他白手起家，像新星一样冉冉上升，
成就非凡。企业家，改革家，
金点子专家，艺术赞助人，老城区的振兴者。
与其说是工业领袖，毋宁说是一位将军，
杰克爵士与显贵们并肩而行，
必要时却总乐意卷起袖子，
从不担心弄脏双手。他声名显赫，富可敌国，但是
又坚守自我，骨子里是个恋家之人。
他必要时说一不二，总是坦诚直言，
杰克爵士可不是个好糊弄的人；
他不跟蠢人或无事生非者啰唆。
然而他又深富同情心。
他至今依然不愿休息，雄心勃勃，
杰克爵士精力充沛，大脑飞速运转着，
他魅力非凡，迷倒众生。

这些话，或者说大部分吧，是几年前一位《泰晤士报》的记者写的，杰克爵士为此曾短暂雇用过他。杰克爵士删掉了关于年龄、相貌和推算他的财产的部分，让一个写手把这段文字重新润色了一番，然后命人把定稿刻在一块康沃尔郡特产的石板上。令他心满意足的

是，这段引文的出处被抹去了：几年前，《泰晤士报》的落款就被凿去了，用一块长方形石片补上。这样一来，他觉得这段文字就显得更富权威口吻，也更能千古流芳了。

现在，他站在他的双立方圣殿中央的穆拉诺[1]大吊灯正下方，两座巴伐利亚狩猎者小屋壁炉的中间。他把外套挂在布朗库西[2]的雕像作品上，挂得——至少在他自己看来——与其说是不敬，倒不如说表现出一种老熟人的戏谑；现在他把圆滚滚的纺锤形身体对着他的私人助理和金点子捕捉者。后者的职位名称曾一度变更，不过杰克爵士最后给他定名为“金点子捕捉者”。曾有人将爵士比作一捧巨大的焰火，能迸射出各种金点子，就像“凯瑟琳之轮”[3]喷射出火花一样，有人抛球，自然就得有人接球。他举起午后的雪茄，扣上他的马里波恩板球俱乐部[4]吊裤带；红黄相间，正是西红柿酱配蛋黄的颜色。他并非马里波恩板球俱乐部的会员，他的吊裤带制造商小心谨慎，从不多嘴。说到这个，他没上过伊顿[5]，没参加过卫队，也不曾被加里克俱乐部[6]接纳过；但是这些团体的吊裤带他无一不有。作为一个内心叛逆的人，他喜欢思考。多少是个标新立异者。一个对谁都不会屈

1.意大利威尼斯的一座岛，著名玻璃制品产地。

2.康斯坦丁·布朗库西（1876—1957），罗马尼亚雕刻家、画家、摄影师。定居于巴黎。他鲜明的创作风格，打破了现实主义传统。他以金属和石头为材料创作了许多极简单明快的几何造型抽象雕塑。

3.现为一种焰火表演，表现为一座绚烂的、旋转燃烧的烟花之轮。最早得名于基督教象征信徒决心的圣徒符号，常被描绘为插着刀子的轮子。

4.创立于1787年的古老俱乐部。

5.指伊顿公学，是英国最著名的贵族中学，以“绅士文化”和“精英摇篮”闻名。

6.1831年创立于伦敦市中心的一家古老的绅士俱乐部，盛产作家与艺术家。

服的人，但是打心底里是个爱国者。

“我还有什么可做的？”他开始发言。金点子捕捉者保罗·哈里森并没有立刻打开他的随身微型麦克风。这句话在最近几个月已是老生常谈了。“大多数人会说，我这辈子已经把一个人能干的所有事都干啦。事实上很多人真这么说了。我白手起家，建功立业。我挣了钱，没人会否认这个吧。我得到了功名利禄。我是国家首脑们的心腹密友。要是我可以这么说的话，我是漂亮女人们的情人。另外，我要强调我是一名受尊敬的，但并非过誉的社会成员。我弄到了头衔。我太太坐在总统们的右手边。我还有什么可做的？”

杰克爵士喘了口气，他的话音在雪茄烟雾中盘旋，这烟雾已经缠绕在大吊灯底部的珠子上。在场的人都知道这绝对是反话。有位前任私人助理天真地以为这种时候杰克爵士果真是在邀请金玉良言，或者，甚至更天真地以为他是想要得到安慰；结果她被安排到公司别处某个对智商要求不高的岗位上了。

“什么是真的？我有时如此自问。你是真的吗？比如说——你，还有你？”杰克爵士以嘲讽的礼貌态度，点了点屋里的其他人，一边仍旧沉浸在思绪中，看都不看他们一眼。“你们对你们自己来说是真的，当然无可非议，可是这些事情在最高层那儿可不是这么看的。我的回答是‘不’。很抱歉。你们得原谅我的直言，不过我大可以把你们替换掉，用……假人，这可比要我卖掉我心爱的‘布朗库西’容易多了。钱是真的吗？某种意义上是的，比你们真实得多。上帝是真的吗？这个问题我还是等见到我的造物主的时候再考虑吧。当然我有我的想法，我甚至，正如你们有可能说的，对未来已经有了点研究。我还是承认算了——急不可耐，但求一死，我想谚语是这样说的吧——我设想过这样一天的到来。我来跟你们讲讲我的推测吧。想象一下我被请去拜见我的造物主的那个时刻，他老人家以他无限的智慧，一直津津有味地观察着我们这些在苦海中沉浮的微不足道的生命。我倒要问问你们，他老人家为杰克爵士准备了什么呢？要是我是他的话——当然我承认这是假设——我当然会惩罚杰克爵士那些在人间的错误、虚荣啊之类。别，可别！”杰克爵士举起手，止住雇员们将脱口而出的辩驳。“而我——如果是他——会做什么呢？我——他——没准会很想把我——哦，不用太久，我相信——独自留在一间引文室里。杰克爵士的私人监狱。是的，我会给他——我！——一把硬邦邦的椅子和投向前方的聚光灯，一块大石碑，没有杂志，哪怕最神圣的也没有！”

这时候低低笑几声是适宜的，大家也确实这么做了。杰克爵士与神同行，皮特曼爵士夫人坐在上帝右手边用餐。

杰克爵士笨重地穿过房间，走到保罗桌前，冲他弯下腰。金点子捕捉者知道规则：现在需要四目相对。大多数时候，在为杰克爵士服务时，你会假装耸着肩膀，垂下眼皮，永远聚精会神。现在，他却得抬脸对着老板：看他那波浪状、鞋油一样乌黑的头发；那对多肉的耳朵，左耳垂因为他跟人探讨时的古怪表情而拉得长长的；那盖住喉结的肥厚下巴；那紫红的脸色；那点去痣后留下的淡淡痘印；那夹杂着银丝的杂草般的眉毛；还有那里，那双直直迎着你，计算着要花多久你才能鼓起勇气面对它们的眼睛。你在这双眼睛里能看到那么多情绪——仁慈的轻蔑，冷酷的亲切，平静的厌烦，理性的愤怒——虽说这些复杂情绪到底是否真的存在，则是另一个问题了。理智告诉你，杰克爵士的人事管理技巧就在于永不流露出明确的情绪或者表情。不过有时候你也会觉得，杰克爵士没准只是站在你面前，脸上嵌着一对小小的镜子，你在这两个小圆片中读出的是自己的困惑。

等到杰克爵士满意了——你从来都不清楚到底是什么让杰克爵士满意了——他便把肥硕的身体挪回屋子中央。穆拉诺玻璃制品悬在头顶，长毛绒擦着他的鞋带，他又琢磨起另一个严肃的问题。

“我的名字……是真实的吗？”杰克爵士考虑着这个问题，他的两位雇员也一样。有人相信杰克爵士的名字严格来讲并不是真的，他们认为几十年前，他才抹掉了自己名字里的中欧色彩。有人则言之凿凿地宣布，虽然出生在莱茵河东岸某处，但小杰克事实上是某位匈牙利玻璃制造商的英国佬老婆和一位从拉夫伯勒来访的司机某次在车库私通的产物，因此虽然他的成长环境、护照原件和偶尔发错的元音，带着异域色彩，但他的血统其实是百分之百英国的。阴谋论者和老练的怀疑论者们走得更远，他们认为念错的元音根本也只是一种手段：杰克·皮特曼爵士是一对卑贱的夫妇皮特曼先生和夫人的儿子，他俩早就被付了一笔钱打发走了，然后这位大亨渐渐设法让他出生于中欧的秘闻不胫而走；虽然这么做究竟是为了个人神话还是为了商业利益，这一点他们也没办法搞清楚。今天，在他自个儿对这个问题的回答中，这些推论一个也不曾得到肯定。“一个男人要是只生女儿没生儿子，那他的名字便会如流星一闪，湮灭于时间的长河中。”

杰克·皮特曼爵士身上掠过一阵悲天悯人的颤抖，没准源自消化不良。他转过身，喷口烟，身心舒展，开始了总结发言。

“伟大的思想是真实的吗？哲学家们会告诉我们‘是的’。当然，我也有过伟大的想法，但是——这个别记下，保罗，我不确定将这话存档是否合适——可是啊，有时我真好奇它们到底有多真实。这些没准只是一个老傻瓜的瞎扯罢了——既然没听到你们嚷嚷着反对，那我就假定你们都同意这一点咯——不过也许这头老狗还有活力。没准我需要的只是最后再想出一个金点子，上路前的最后一个点子，嗯，保罗？这个你可以记。”

保罗敲出“没准我需要的只是最后再想出一个金点子”，他琢磨了一会儿屏幕上的话，想起了自己还有润色的任务，因为正如杰克爵士说过的，他是“我的私人议事录”，于是删掉了那个孱弱的“没准”。以这种更果断的面目，这句宣言将被载入史册，彪炳千古。

杰克爵士心情愉快地将雪茄塞进一尊亨利·摩尔[1]的雕塑模型的洞眼里，踮着脚，伸了个懒腰，微微转过身子。“告诉伍迪可以走啦。”他对私人助理吩咐道，他始终记不住她的名字。不过当然其实他以某种方式记住了：苏西。因为他把所有私人助理都叫苏西。她们好像走马灯一样换个不停。所以他其实记不住的不是她的名字，而是她到底是哪一任。正如他刚才说的——她到底有几分是真实的呢？还真没说错。

他从布朗库西雕像上取下外套，披在马里波恩板球俱乐部吊裤带外头。在引文室，他停下来又读了一遍那段熟悉的引文。那些字

1. 亨利·摩尔（1898—1986），英国最重要的艺术家之一。以高度凝练简洁的大型铸铜雕像和大理石雕像闻名。

他当然早已烂熟于胸，可还是喜欢在它们前面流连一阵。是啊，最后一个金点子。最近这些年，世界对他可不算太尊重。好吧，该回敬世界一记了。

保罗给记录标了索引，存档。最新一任苏西给司机打电话，报告了他们老板的情绪。接着，她捡起雪茄，放回杰克爵士的书桌抽屉里。

* * *

“和我一起来点梦想吧，请吧。”杰克爵士询问地举起酒瓶。

“我的时间，你的金钱。”卡伯特-阿尔贝塔齐暨巴特森公司的负责人杰里·巴特森回答道。他的态度总是既友好又高深莫测。比如，对于这份啜饮的邀请，他没用话语或动作作出任何明确的回答，却又似乎表示出，他正在礼貌地接受一杯白兰地，而且会对它作出礼貌的、友好的、高深莫测的评判。

“你的大脑，我的金钱。”杰克爵士用一声亲切的低吼纠正了他的话。杰里·巴特森这样的人可不会听人摆布，不过杰克爵士也始终牢牢坚守着想要掌控全局的残存本能。他用他的热情，他的健硕，别人都坐下他却坚持站着的特立独行，以及对方一开口就立刻予以纠正的习惯来达到这个目的。杰里·巴特森的法子则是另一路的。他身材瘦小，一头鬈发已经变得灰白，握手时犹犹豫豫、勉勉强强的。他确立或者说抢夺话语权的办法是表现出毫无兴趣，退回带点禅意的消极，表现得仿佛是奔腾的溪流中一块饱受冲刷的卵石，不动声色地静守一隅，只想悄悄感受周围的“风水”。

杰克爵士专门与精英人士打交道，所以他也跟卡伯特-阿尔贝塔齐暨巴特森公司的杰里·巴特森打交道。大多数人认为卡伯特和阿尔贝塔齐是杰里在大西洋对岸或者米兰之类地方的合伙人，相信他们一定对明明是国际三巨头合作，到头来只有杰里·巴特森挑起一切大梁的做法颇有微词。事实上，他俩都不反对杰里·巴特森做主，因为这两位——虽说办公室、银行户头和每月支取的收入一样不少——其实根本不存在。他俩是杰里含糊其词、瞒天过海的早期杰作。“要是你没办法让自己立足，那你怎么能让产品立足呢？”他在年轻时那还算坦诚、尚未国际化的年代里常常这么嘟囔。即便是二十多年后的现在，他依然喜欢在餐后或者怀旧情绪中，像模像样地念叨他这两位沉寂的合作者。“鲍勃·卡伯特可是这一行里给我上了最早的几节课的人……”他会这样打开话匣子。或者，“当然咯，我和希尔维奥在这一点上永远没办法达成一致……”没准那些每个月雷打不动的汇往海峡群岛的款项让这些银行账户的主人们果真变得栩栩如生了。

杰里接过白兰地，静坐不动，任由杰克爵士把那一通晃杯、深嗅、细品、两眼放光的程序演了一遍。杰里穿的是一件黑外套，配了波点领带和黑色休闲鞋。这身行头展现的是年轻还是成熟，时髦还是保守，任人自由解释；羊毛保罗衫、米索尼[1]袜子和装了平光镜片的名牌眼镜，也全都意味深长。不过，和杰克爵士在一起的时候，他没有佩戴什么职业性装饰，不管是精神性的还是物质性的。他静默而坐，面上带着貌似谦卑的微笑，几乎像是在等待客户确定雇佣条款。

1.意大利著名针织品牌。

当然咯，“客户”“雇用”杰里·巴特森，那都是上辈子的事了。十年前，杰里在介词的使用上发生了一次关键改变，那时他决定，与其说自己是“替人”工作，不如说是“与人”合作。这么一来，在不同时期（虽然有时也未必是不同时期）他与英国工业联合会（CBI）和英国总工会（TUC）合作，与动物保护组织和毛皮交易组织合作，与绿色和平组织和核工业组织合作，与所有主要政党和许多在野党合作。差不多同时，他开始抹去诸如广告人、说客、危机处理专家、形象包装师和企业策略专家这些粗鲁的标签。现如今的杰里，神秘人士、政党大报上的黑领带校友（报上还暗示，他很快就将成为杰里爵士），给自己安排的定位与从前大相径庭。他成了参选者的咨询顾问。不是当选者哦，他经常强调道，而是参选者。因此他才会出现在杰克爵士的市中心顶层豪华套房里，啜饮着杰克爵士的白兰地，用穿休闲鞋的脚轻轻叩着那整面的玻璃幕墙，墙外头是整个夜幕降临、灯光闪烁的伦敦。他来这里，是为了帮忙压榨出几个金点子。他只要出场，就能令人士气大振。

“你拥有一个新户头了。”杰克爵士说。

“是吗？”这声音里藏着一点最轻柔也最高深莫测的忧伤。“希尔维奥和鲍勃负责处理所有的新户头。”所有人都知道这一点。他，杰里，是超脱于这种战场的。他过去总是自命为一种高级律师，是要在公众舆论和公众情感这样层次更高、更广阔的法庭上作案情辩护的。最近，他更是设法让自己升级为了法官。因此跟他提户头这种话题显然有粗鄙之嫌。不过话说回来，你是不能指望杰克爵士体贴入微的。所有人都一致认为，他——不管原因为何吧——在明白事理、处事圆滑方面多少有点欠缺。

“不，杰里，我的朋友，这既是一个新户头，又是一个非常古老的户头。我所要求的，正如我说过的，只是要你跟我一起来点儿梦想罢啦。”

“我会喜欢这个梦想吗？”杰里流露出一丝不安。

“你的新客户是英格兰。”

“英格兰？”

“没错。”

“你在开玩笑吗，杰克？”

“让我们梦想我是吧。这么说也未尝不可。”

“你想要我来点梦想？”

杰克爵士点点头。杰里·巴特森掏出一个银鼻烟盒，弹开盖子，把结结实实两团东西塞进了两个鼻孔，冲着一块佩斯利花纹手帕期期艾艾地打了个喷嚏。那鼻烟是弄成黑色的可卡因，正如杰克爵士也许知道的。他们坐在一对路易·法鲁克扶手椅上。伦敦躺在他们脚下，仿佛正等着任由他们评头论足。

“问题在于时间，”杰里开了口，“我认为。一直如此。人们不肯接受这一点，哪怕在日常生活中也一样。‘心不老，人不老。’他们说。其实不是。你其实有多老，就确实有多老。个人，团体，社会，国家，都一样。不，别误会我。我是个爱国者，对我们这个伟大的祖国满怀自豪，我爱它爱到骨子里了。不过我们也可以用一句话来说明问题所在：拒绝面对镜中真相。我向你保证，我们在这方面并不算独一无二，不过在那些每天早上都给自己打气，吹口哨，哼唱‘心不老，人不老’的国家当中，我们可是尤为臭名昭著的。”

“臭名昭著？”杰克爵士问道，“我也是个爱国者，你忘啦。”

“所以如果英格兰跑来找我，我会对‘她’怎么说呢？我会说，‘听着宝贝，得面对现实啊。我们已经在第三个千年了，你都已经下垂啦，靠个托举文胸可解决不了问题’。”

有人以为杰里·巴特森愤世嫉俗，有人则觉得他根本就是个恶棍。不过他并非什么伪君子。他认为自己是个爱国者。此外，他是很多杰克爵士只拥有其标志性吊裤带团体的货真价实的会员。不过，杰里·巴特森并不主张盲目崇拜先人，在他看来，爱国主义意味着主动出击。总有些恋旧者沉迷于追忆昔日大英帝国的荣光，也总有些人一想到联合王国迟早会四分五裂就吓得屁滚尿流。杰里可没有公开地——这份谨慎会一直维持到他顺顺当当变成杰里爵士为止——表明过他跟自由思想者们混在一起时那些乐于流露的意见。比如说，关于全爱尔兰都将由都柏林管辖这一点，他看不出除了历史必然性还能有别的什么可能。要是苏格兰佬想要宣布独立，作为一个主权国加入欧洲，那么杰里——他曾经同时既和“苏格兰人的苏格兰”运动组织合作，也和“英联邦永恒”团体共事，因此有充分的机会看清双方的所有立场——可他不打算妨碍他们。在这方面，他对威尔士的态度也是一样的。

不过按照他的看法，你可以——也应该——能够直面着时间的变化和衰老，而不必非得变成一个历史沮丧论者。众所周知，他曾在某些场合将不列颠的永乐之境与哲学的高贵秩序相提并论。当在希腊还是随便哪里吧，总之人们才开始研究发展哲学的时候，它曾包含着所有的技术范畴：医学、天文学、法律、物理、审美，等等。人类的脑袋所能总结出的所有东西，几乎没有不属于哲学的。可是，随着数个世纪过去，渐渐地，这些各种各样的技术范畴纷纷从主体剥离，自行其道起来。杰里喜欢强调（就像他现在所做的一样），同样地，不列颠也曾一度控制着这个世界表面的大片区域，把它从南极到北极间的不少地区都变成了粉色。随着时光流逝，这些帝国的所有物纷纷剥离开来，成立了一个个主权国。确实也应当如此。那么我们现在还剩下什么？一个叫作联合王国的玩意儿，说实话，实事求是地讲，它真是担不起“联合”这个定语啦。它的成员们之间的联合，就和给同一个房东交租子的租客们的关系差不多。所有人都知道，租赁权大有可能转变成所有权。不过，哲学有没有仅仅因为天文学及其伙伴们搬到别处安了家，就不再研究生命的重大问题了呢？当然没有。你甚至会认为，这样一来它反倒可以更好地将注意力集中在那些主要问题了。英格兰会仅仅因为，我们为了讨论假设一下吧，威尔士、苏格兰和北爱尔兰决定勾肩搭背地跑开，就失去它在这么多个世纪中建立起来的强大和独一无二的特性吗？杰里可不这么认为。

“下垂。”杰克爵士提醒道。

“对，没错。你得面对现实哟。这是第三个千年啦，你已经下垂了，宝贝。调遣一艘炮艇，更别说英国的红衫大军的时代，已经一去不返啦。毋庸置疑，我们拥有世界上最高级的军队，可现如今我们把它租赁出去参加一些别人认可的小型战争。我们不再是老大了。为什么有人觉得承认这一点这么难？珍妮纺纱机已经进博物馆了，石油已经干涸啦。别的国家让东西变得越来越廉价。我们的城里朋友还在倒腾它们，而我们在种自己的食物：我们是种玉米的谦虚的资本家。在游戏中，我们有时候领先，有时候落后。但是我们确确实实拥有的，我们始终不曾失去的，正是别人所缺乏的：时间的积淀。时间。我的关键词，你明白了吧。”

“明白了。”

“要是你是个坐在门廊上晃着摇椅的怪老头，那你就不要和孩子们打篮球。怪老头们可跳不动。你只要坐在那里，把你拥有的一切当作宝贝。此外你还要做这个：你要让小孩子们觉得，任何人，任何人都会跳，但是只有聪明的老家伙才知道怎么坐在那里晃着摇椅。”

“总有些人——我管他们叫作经典的历史沮丧论者——认为我们就该充当一个衰退的象征，一个道德领域、经济领域的稻草人，这就是我们该承担的地缘政治功能。就好比我们教会世界打板球，现如今，该轮到我们乖乖坐着，让所有人痛打我们，好表示出我们那种挥之不去的帝国主义负罪感。这都是些什么蠢话啊。我想扭转这种思维方式。我爱这个国家，我可不会向任何人低头。这只是个给产品正确定位的问题，就是这样。”

“那帮我定个位吧，杰里。”杰克爵士的眼神迷离梦幻，声音却野心勃勃。

参选者的咨询顾问又给自己塞了一团鼻烟：“你——我们——英格兰——我的客户——是——都是——一个岁月悠久、历史丰厚、充满智慧的国家。社会史和文化史——满坑满谷，数之不尽——都极富市场潜力，在当前的形势下尤其如此。莎士比亚，维多利亚女王，工业革命，园艺，等等。要是我可以捏造，不，创造，一个说法的话，我们已经是别人想要成为的样子。这可不是什么自怨自艾，这是我们的位置，我们的荣耀，我们的产品定位的力量所在。我们是新的先锋。我们必须把我们的过去兜售给别的国家，当作它们的未来！”

“不可思议，”杰克爵士喃喃道，“不可思议。”

❊ ❊ ❊

“啪啪啪啪砰砰砰，”杰克爵士哼唱道，伍迪把帽子夹在胳膊下，拉开汽车的门。“砰啪啪啪啪砰砰砰。听出来了吗，伍迪？”

“难道是伟大的《田园交响曲》吗，爵士？”司机假装迟疑不决地问道，引得老板点头赞许，并给老板留下进一步炫技的机会。

“‘抵达乡间时的宁静之情’[1]。有人译成‘欣喜’，我却喜欢‘宁静’。两小时后在‘狗与獾酒吧’跟我碰头。”

伍迪朝山谷另一头的约定地点缓缓驶去，他会给酒馆老板付钱，好让后者免费请他的老板喝一杯。杰克爵士拉直徒步靴的鞋舌，将李木手杖在双手间抛来抛去，像暖气管放气一样缓缓挤出一个悠长的屁。他心满意足地用手杖敲着一块像拼字板一样方方正正的石头，出发，穿过深秋的乡间。杰克爵士喜欢赞美单纯的愉悦——作为徒步者俱乐部的荣誉主席，他每年都这么旅行一回——不过他也知道其实再也不会有什么单纯的愉悦了。挤奶女工和她的情郎再也不会绕着五月柱转圈跳舞，准备接下来享用冷羊肉馅饼了。工业化和自

1.贝多芬的《田园交响曲》第一乐章的标题。

由市场早已让他们不复存在。饮食可不简单，要复原过去挤奶女工的食物，得颇费周章才成。喝酒现如今更是麻烦事。性呢？除了傻瓜，没有人还会认为性只是一种简单的愉悦。作为运动呢？五月柱舞已经过时了。艺术呢？艺术已经成了娱乐产业。

在杰克爵士看来，这其实也是一件大好事。啪啪啪啪砰砰砰。贝多芬要是活到今天，会怎样？有钱，出名，有好医生照料，想必如此。如果人们的回忆属实的话，1808年12月那个维也纳之夜，该是怎样的一团混乱啊。令人绝望的赞助人们，排练欠佳的演奏者们，一群昏昏沉沉打着寒战的听众。是谁突发奇想，认为在同一个晚上首演《第五交响曲》[1]和伟大的《田园交响曲》会是个好主意？加上《第四钢琴协奏曲》？加上《c小调合唱幻想曲》。在一个没有暖气的大厅待上四个小时。难怪到头来是一场灾难。现如今，换个体面的经纪人，一位勤奋的经理人——或者更美妙些，换上一个有头脑的赞助人，他没准会驱走那些可恶的代理商们……一个会坚持有充分排练时间的家伙。杰克爵士很同情伟大的路德维希，真心诚意地。啪啪啪啪砰嗒嗒嗯。

而且，即便走路这样一种应该挺单纯的愉悦也不乏复杂之处：逻辑的、法律的、嘲讽的、哲学的。再也没有人只是“走路”了，为了迈步而大步行进，让肺部饱胀，让身体活跃。也许从来就没有人真这样做过，只几个罕有的人物除外。正如他怀疑从前是否有人真的“旅行”过一样。杰克爵士对许多休闲组织都兴致勃勃，而且对

1.即贝多芬的《命运交响曲》。

于那种自负的说法，所谓文雅的“旅行”已经被粗俗的“旅游”取而代之，感到厌恶无比。这些抱怨者该是怎样的自以为是、无知无畏。他们以为所有那些他们青眼有加的老派旅行者们都是这种理想主义者吗？认为他们的“旅行”颇不同于今天的“旅游者们”？为了离开英格兰，为了去什么别的地方，去感受阳光，去看看奇异的风光和人群，去购物，去猎艳，去搜罗纪念品，带着回忆和吹嘘衣锦还乡？在杰克爵士看来，古今根本毫无二致。自打“大旅行”[1]以来的一切，都无非是旅行的民主化而已，而且，正如他频频对股东们宣称的，这也是颇为应当的。

杰克爵士喜欢徒步穿越属于别人的土地。他会冲着山边色彩鲜明的母牛们、活像穿着喇叭裤的夏尔马们、仿佛麦丝卷般的干草捆们，赞许地举举手杖。不过他从来不会错误地认为这些有什么会是单纯的，或者自然的。

他走进一片树林，冲着迎面走来的一对年轻徒步者点点头。他听到他俩交换了一声窃笑吗？也许他们是对他的人字呢猎鹿帽、狩猎外套、斜纹厚呢裤、绑腿、手工鹿皮靴和登山手杖感到吃惊吧。一切都是英国制造，当然咯：杰克爵士哪怕在私下里也是个爱国者。远去的徒步者们穿的是工业量产的运动套装，他们脚蹬橡胶运动鞋，头戴棒球帽，身后背着尼龙日用背包；其中一个戴着耳机，而且听的绝不会是伟大的《田园交响曲》。不过，再次重申，杰克爵士并不是

1.欧洲17—19世纪期间，豪门贵族子弟成年后出门漫游、增长见识的一种风尚，在火车等新型交通工具普及之后，这种活动开始在普通人中也盛行起来。

个自命高雅的人。几年前，在徒步者俱乐部成立之前，曾有过一场运动，呼吁步行者们都穿上颜色与自然风光协调一致的衣装。杰克爵士不遗余力地与那个运动作斗争。他将他们的提议驳斥为异想天开、自命不凡、不切实际、有违民主。再说当时休闲服装市场也与他的利益息息相关。

穿过树林的小路，地上堆着积累数年的、富有弹性的山毛榉树叶，宛如一片绒毯。一块朽木上层层叠叠的菌类，长得仿佛柯布西耶[1]做的工人居所模型。变形的能力正是天才所在：夜莺、鹌鹑和杜鹃变成了长笛、双簧管和黑管。此外，天才又怎能不意味着用纯洁如孩童的眼睛看待事物？

他离开树林，攀上一座小山：下方，是一片起伏的田野，通向一片小树丛，树丛后方是一条细细的河流。他撑着手杖，思考着与杰里·巴特森的会面。在杰克爵士看来，巴特森算不上一个标准的爱国者。他有点躲躲闪闪。不会像男人跟男人一样与你坦诚相对，不会看着你的眼睛说话，而是坐在那里神思恍惚，活像一个身穿高级时装的嬉皮士。尽管如此，只要你付钱，杰里通常都会帮你理清思路。时间。你真的，确确实实地，老啦。一个如此开诚布公的陈述，简直显得有点神秘。那么杰克爵士有多老呢？实际年龄比他的护照上写的要老，这一点是肯定的。他有多少时间？有时奇怪的不安会袭上心头。在皮特曼大厦他的私人洗手间里，坐在他的斑岩抽水马桶上，他

1.柯布西耶（1887—1965），瑞士裔法国建筑师、室内设计师、城市规划师和作家，现代主义建筑的倡导者，机器美学的奠基人。

心里时不时会涌起一阵虚弱感。一个有失体面的收场，裤子都没拉上，就这样被人发现。

不，不！这个思路不对。这可不是小杰奇·皮特曼，不是欢乐的杰克，不是杰克爵士，不是未来说一不二的皮特曼勋爵该干的事。不，他必须奋进，他必须行动，他不能坐等机会，他必须扼住时间的咽喉。加油，加油！他用手杖敲打一丛灌木，惊起一只野雉，它笨重地飞进半空中，扑棱着一身锦绣羽毛，活像一个推进器没装牢的飞机模型一样，呼呼作响着飞走了。

他沿悬崖边走着，十月清新的微风渐渐变得有点扎人。一个生锈的风力水泵冒了出来，模样挺像毕加索笔下鲁莽的斗鸡。他看到远方华灯初上：一个工作者早出晚归脚步匆匆的村庄，一家真正卖啤酒的酒吧。他的旅行结束得太快啦。还不到时候呢，杰克爵士想，还不到！他有时感觉自己与老路德维希不无相似处，确实，杂志上也常把杰克爵士介绍为一个天才。当然并非总是作为褒义讲，不过，正如他说的，世界上只有两种记者：他雇用的，和妒忌他的对头们雇用的。毕竟，他们大可以不用这个词的嘛。不过他的《第九交响曲》在何方？此刻，在他体内沸腾的，就是它吗？要是贝多芬只写完第八部交响曲就去世了，世界当然仍会视他为一位伟大的人物。可是那《第九交响曲》，那《第九交响曲》啊！

一只松鸦掠过，宣传着新一季的汽车颜色。一段山毛榉树篱颜色变得通红，仿佛涂了防锈漆似的。要是我们全身心地沉浸入……非得如此吗？任何贝多芬党——杰克爵士自命为其中一员——都知道对此的回答。必须如此！[1]不过，必须是在《第九交响曲》谱出之后。

风越来越强劲，他裹紧狩猎外套的领子，朝远处的树篱缺口走去。在狗与獾酒吧来个双份白兰地，蓄着长鬓角的老板会充满爱国豪情地一挥手，给他免单——“杰克爵士，一如既往，这是我的荣幸”——然后坐车回伦敦。通常，他会在车里灌满《田园交响曲》，不过今天也许不。第三？第五？他敢试试第九吗？他走到树篱边，一只乌鸦展翅飞起。

❊ ❊ ❊

“也许有人喜欢周围围满点头哈腰的家伙，”杰克爵士说，他正在面试申请特殊顾问一职的玛莎·科克伦，“不过众所周知，我却看重我喜欢称之为否定派的那种人。令人尴尬的家伙，专门说‘不’的人们。是吧，马可？”他冲着项目经理点点头，后者是一位活泼的金发年轻人，双眼迅速跟着老板转动，以至于有时甚至转到了老板前头。

“不。”马可说。

“哈哈哈，马可。说得好。或者，换句话说，谢谢你证明了我的论点。”杰克爵士俯身在老式双面写字台上，向玛莎展示自己和蔼可亲的一面。玛莎等待着。她总觉得会有什么刻意引她犯错的东西，杰克爵士与皮特曼大厦的其他部分风格迥异的双立方小办公室已经

1.这是贝多芬创作最后一首四重奏最后一个乐章的动机之一，为了使“必须如此”几个字的意义绝对清晰明了，贝多芬在最后一个乐章上方标注如下：细加掂量的决断。

做到了这一点。她走过房间的时候，差点在长毛绒地毯上扭了脚。

“你会注意到，科克伦小姐，我强调‘人们’这个词。我比其他在我这样级别的人雇用了更多的女性。我是女性的大崇拜者。我相信，女性，虽然不比男性更富理想主义，却是更具备怀疑直觉的。所以我想要找的是一个可以叫作专职怀疑者的人。不是年轻的马可这种宫廷小丑风格的，而是某个不畏直言想法，不怕反对我的人，哪怕我不一定会在意其建议和智慧。世界是我的牡蛎，但我现在要找的不是珍珠，而是一团重要的沙粒。告诉我，你同意女性比男性更擅长怀疑吗？”

玛莎考虑了几秒钟。“好吧，女性传统上习惯于适应男性的需求。而男性的需求，当然，是双重的。你们高高地抬举我们，以便偷窥我们的裙底。你们想要纯洁高尚的典范，想要一个可以在你们出门耕种土地或者杀敌时用来象征理想的东西，我们也就跟着相应地调整自我。要是你们想要我们显得玩世不恭或看破红尘，我敢说，我们也一样可以调整自己来适应。虽然，当然啦，我们未必是真心的，就像之前也未必是一样。我们没准只是玩世不恭地做出玩世不恭的样子罢了。”

穿着民主风格的短袖衬衣进行面试的杰克爵士这会儿拨拉着他有弹性的加里克俱乐部吊裤带。“这可真够玩世不恭的。”

他又研究了一下她的求职档案。四十岁，离异，没有孩子；本科毕业于历史专业，研究生做的是诡辩派的意义研究；在伦敦城待了五年，在文化遗产和艺术部两年，接着做了八年自由咨询顾问。他的目光离开简历，转向她的脸，她正坚定地回视着他。深棕色秀发剪成很短的波波形，一身蓝色商务套装，左手小指上戴着一枚简单的绿戒指。他的视线被桌子挡住，看不到她的腿。

“我得问你几个问题，想到哪儿问到哪儿吧。我们来瞧瞧……”她一动不动地盯着他，不知为何弄得他有点分神，“我们来瞧瞧。你四十岁了，是吧？”

“三十九岁。”她等着他张开嘴，然后突然打断他，“但要是我说我三十九岁，您没准会认为我四十二三岁，而要是我说我四十岁，那您就比较容易相信它。”

杰克爵士试着哈哈笑了一声。“那么你的简历的其他部分与事实的相符程度，都跟这个差不多咯？”

“它就和您希望的一样真实。它要是符合您的需要，那就是真实的。如果不符合，那我会改掉。”

“你为什么认为我们这个伟大的国家会热爱皇室家族呢？”

“和枪支法一样。要是我们没有这一条，您就会问相反的问题了。”

“你的婚姻以离婚告终？”

“我没法忍受幸福的节奏。”

“我们是个骄傲的民族，自从1066年以来就战无不胜？”

“在美国独立战争和阿富汗战争中战绩尤其显著。”

“不过，我们还是打败了拿破仑、奥匈帝国和希特勒。”

“我们的友邦只帮了一点小忙。”

“你觉得从我办公室的窗户看出去的景色如何？”他胳膊一挥。玛莎的双眼被引向一对用金色绳子勒住、长及地面的窗帘；在它们当中，是一扇一望即知的假窗，玻璃上绘着一片金色的玉米田。

"很美。"她不置可否地回答。

"哈！"杰克爵士说。他快步走到窗前，抓住窗户用错视画法勾画出的把手，令玛莎吃惊地把它朝上一掰，玉米田消失了，露出了皮特曼大厦的中庭。"哈！"

他又坐下来，带着占上风者的洋洋得意。"为了得到这份工作，你会跟我上床吗？"

"不，我想不会。否则我会对您拥有太大的控制力。"

杰克爵士哼了一声。管住你的舌头，玛莎提醒自己。别对观众卖弄——皮特曼已经替你俩都卖弄够啦。再说这儿也没有什么观众：就那个金发的宫廷小丑，一个魁梧性感的"概念开发者"，一个瘦小的、戴着眼镜、蜷缩在一台笔记本电脑后、职务不明的家伙，一个沉默的私人助理。

"对我的伟大计划，对它的规划，你是怎么看的？"

玛莎迟疑了片刻，回答道："我猜想它会成功。"旋即遁入沉默。杰克爵士觉得自己可能占了上风，从写字台后头绕过来，站着打量玛莎的侧影。他拧着左耳垂，欣赏她的双腿。"为什么？"

他一边问，一边好奇这位求职者会不会对着他的某位下属，或者甚至对着他的空座位答话。或者，她是不是会半转过身，颇为费劲儿地朝上看着他说话呢？令杰克爵士吃惊的是，她没有用上述几种方式。她站起来，面对着他，轻松自如地抱着胳膊说："因为在鼓励别人偷懒这种事上，没有人会失败。或者不如说，在鼓励别人把钱花在偷懒这种事上，没有人会失败。"

"高品质休闲意味着大量活动。"

“正是如此。”

杰克爵士在提问间隙，不断悄悄挪动，想找到一个可以让玛莎不安的位置。不过她一直站着，不管他走到哪里，都直接转向他。面试小组的其他人员都被忽略了。偶尔，杰克爵士几乎觉得是他在围着她团团转。

“告诉我，你是为了这次面试特地剪了这个发型吗？”

“不是，是为了下一场。”

“弗朗西斯·德雷克爵士？”

“是个海盗。”（谢啦，克里斯蒂娜。）

“好吧，好吧。那么圣乔治，我们的守护者呢？”

“我相信他也是阿拉贡和葡萄牙的守护圣人。还是热那亚和威尼斯的保护者。听起来，像是个拥有五条龙的男人。”

“我要是告诉你，英格兰在世界上的作用，就是扮演一个衰败的象征，一个道德和经济上的稻草人，你有何感想？比如说，我们教会了世界打板球这种绝妙的运动，现在我们的工作，我们的历史使命，作为我们挥之不去的帝国主义负罪感的表示，就是乖乖坐着，让所有人大胜我们，你对此会怎么说？”

“我会说，这听起来不大像您会说的话。当然咯，我读过您的大多数演讲稿。”

杰克爵士暗自微笑起来，不过他这种私密姿态每每总是慷慨地与大家分享。他此刻已经完成了绕行，坐回董事长的座位。玛莎也坐下了。

“你为什么想要这份工作？”

“因为您会付给我超值的薪水。”

杰克爵士公开地大笑起来。“还有什么问题吗？”他问他的团队。

“没有。”马可鲁莽地答道，不过老板已经把这个回答的典故抛诸脑后了。

玛莎被送出门。她在引文室暂停了一会儿，假装研究聚光灯下的石板；那里没准有一个隐秘的摄像头。事实上，她是在努力思索杰克爵士的办公室让她想到了什么：半是绅士俱乐部，半是拍卖行，一种专横古怪的品位的产物。它让人感觉像是某个乡村旅馆的客厅，你们在那里见面，开展心不在焉的通奸，周围所有人都有点慌里慌张，弄得你好像也被感染了。

与此同时，杰克·皮特曼爵士把椅子朝后推去，大声地伸了个懒腰，容光焕发地对着同仁们。“是一颗沙粒，也是一颗珍珠。先生们——当然，我是在打比方，因为在我的语法里，阳性总是包含了阴性——先生们，我相信我恋爱了。”

* * *

一份简短的性爱史，关于玛莎·科克伦：

1.天真的发现。枕头夹在大腿中间，心跳如小鹿乱撞，卧室门底漏进的那片灯光依然炽热着。她称此为找到感觉。

2.技术的进步。用一根手指，接着两根；先是干干的，之后会舔湿。

3.冲动的交往。第一个说喜欢她的男生。西蒙。初吻，一边纳闷，那么鼻子往哪儿放？第一次是在舞会后，背抵着墙，她感觉到有什么东西填进她的臀沟；一瞬间以为它是身体上的什么畸形，总之为此再也不想见这个男生了。之后，继续研究了这男生：视觉展示，引起了一定的恐惧。才不要让它进来，她想。

4.冲动的矛盾。就像老歌里唱的：从来得不到想要的，得到的从来不想要。对尼克·狄尔顿强烈、隐秘的欲望，她连这人的胳膊都没摸到过。对盖尔斯·戴斯的殷勤屈从，他在一块硬邦邦的地毯上连着干了她三次，她都微笑着表示鼓励，好奇这是不是真的很爽，同时困扰于男人的体重分布之古怪：他那儿轻飘飘的，上面沉重的身体却把她压得喘不过气。而在此之前和期间，她说出"盖尔斯"这个名字的时候，甚至并不喜欢它。

5.游乐场。无数廉价游玩的契机，曲折的光闪烁着，音乐震耳欲聋，令人眩晕。你高高飞起来，你被甩向滚筒的墙面，你摆脱了重力，你尝试着血肉之躯所能承受的可能性和局限性。奖励也是有的，或者似乎有，哪怕出乎你意料地，扔出的铁环全都错过了木柱，华丽的廉价鱼钩吊了个空，椰壳粘在了杯子上。

6.寻找理想。在各种各样的床上，有时则是靠着放弃床或者刻意不要床。结论是完美是可能的、让人渴求的、重要的——以及只有在另一半存在且相助的前提下才能获得。曾经试过在如下几位身上寻求这种可能性：a.托马斯，他带她去威尼斯，结果她发现自己穿着特地购买的深蓝色文胸和内裤，站在运河水噼啪作响的窗边，他眼中的光彩，竟然不如面对一幅乔尔乔内[1]的作品时灿烂。b.马修，他

1.乔尔乔内（约1477—1510），第一个真正意义上的意大利威尼斯画派画家，架上画的先行者。

真是个购物狂，他们还要好的时候，他会告诉她什么样的衣服更适合她；他把自己的烩饭弄得黏黏潮潮的很完美，却没办法帮她做同样的事；c.泰德，他向她展示了金钱的好处，以及它所能促成的温和伪善。他说他爱她，想娶她，想跟她生小孩，却从来没有坦白在每天早上离开她的公寓和到达他的办公室之间的当儿，他都要和他的精神病医生共度一小时亲密时光；d.拉塞尔，她开开心心地和他溜到威尔士某处的半山腰，一心想好好做爱、相爱，那里有手动打来的泉水，带着体温的山羊奶，他是个满怀理想、做事井井有条、信仰共产主义、愿意自我牺牲的家伙，让她崇拜得五体投地，最后她发现自己没办法离开现代城市生活的自鸣得意、千头万绪、懒惰腐朽。她和拉塞尔的这一段也让她怀疑爱能否真正靠努力或者积极的决定来获取，以及个人价值是否真的与之相关。此外，谁说爱有可能不仅仅是一种甜蜜友好的贪婪之情的？（书里看到的吧，不过她不相信书。）意识到这些之后，一种淡淡的、几乎令人眩晕的绝望之情在她的生活中很多年都挥之不去。

6A.附录。备忘：几位已婚男士。玛莎，你得在以下这些当中自己作选择：手机，汽车电话，答录机；突如其来的性爱，突如其来的性爱之后关得太快的你的公寓的大门；海誓山盟的邮件，无人陪伴的复活节；淡淡的与己无关的故作轻松，不使用任何香水的要求；偷窃的欢愉，放低的期待，无法灭绝的妒忌之情。还有：你以为你能睡上的朋友。还有：你以为可以变成朋友的炮友。还有：简（几乎搞成了，要不是后来太累睡着了）。

7.寻求分离。梦想的必要性。梦想的现实。另一位有可能在场并且相助，他临时的在场促成了一种貌似共享的现实。但是你与他的现实保持着距离，正如你与他的自我保持着距离，你的希望就在于这种距离。玛莎，她有时自问，这就是你想要的吗，或者说，你只是在掩饰，掩饰自己想做爱的决定罢了？

7A.备忘：十个半月的单身生活。更好，更糟，还是仅仅是有所不同？

8.目前的状况。比如，现在这位。一位卖力男，正如人们通常说的。他一向如此。那玩意儿不错，健康而富有弹性；身材出色，有着相当女性化的小贝壳一样的乳头；短腿，不过反正他这会儿也不是站着。而且他忙活个不停，他真是忙活个不停哦，对自己的做法胸有成竹，将她归入早就规划好的某种永恒的女性模板中。就好像你是一台取款机——输入正确的密码，钱就源源不断涌出。这种兴致勃勃的自信，这种自鸣得意的信心，自以为从前管用的现在肯定也管用。

这种自信从何而来？来自以为一切理所当然；此外，来自他的前女友们，她们估计全都对他的做法表示赞同。而她不也以独特的方式表示着赞同吗：这意味着她可以神游天外，让他自个儿忙活去。而且他的自鸣得意意味着，他不会在她与他的现实拉开距离的时候有所在意。即使他发现她走神，也会自以为是地认为那是他的行为所致，是因为他正在将她带入更高一层的欢愉，带入第七、第八、第九重天堂之故。

她把一根手指滑入嘴里，然后探入私部上方。他停下了，好像遭到批评似的，然后调整了一下，低吼一声，表示这种凑热闹之举令他兴奋，便重拾之前的忙碌，这就再次变成他一个人的忙活了。她任由他去，他的液体和液压活动，他的掐秒表一样的节奏，以及他的演讲台上的胜利者站位。到时候，她会假装鼓掌。

括弧：（女性高潮的秘密一度像稀有物种，比如独角鲸或者海麒麟，被四下追寻。它存在吗，在深不见底的海里，在冰冻千尺的荒原中？女人追寻它，接着男人也加入追逐的行列。对所有权的争夺。男人们，出于一些特别的理由，似乎相信它属于他们，没有他们的帮助，就永远无法找到。他们恨不能拖拽着它，凯旋走过大街。但是他们一开始就错过了它，所以现在把它从他们手中夺走，也就顺理成章了。一种新的秘密，一种新的保护关系，呼之欲出。）

她认得这些迹象。她感觉到他身体不断增加的紧张，听到窒息的喘息声：深沉的，就像在使劲儿排便；清浅的，就像在飞机上试图放松被压力封住的耳道。她也作了自己的贡献，那令人神魂颠倒的、欲拒还迎的、沙哑的、被甜蜜地刺戳时的赞许声；接着，在同一个时间地点，却分处宇宙的不同部分，他高了，她也高了。

过了一会儿他喃喃问道："感觉好吗？"

也许是个笑话吧，不过他的语气听起来多少像个服务生似的。她躲在安全的含糊其词之后，回答道："我享受到啦。"

他呵呵乐了。"别跟我讲，去跟你的朋友们讲吧。"

你真想骂人的时候，怎么总是找不着词儿？问题在于，它们绝大多数都是指向她刚刚做的这件事。要么如此，要么就都不够带劲。之前，她甚至不知何时，就听到过他这类油腔滑调的问题。实际上，她也许会的：她会去讲的，尽管毫无疑问会讲得和他以为的大相径庭。会提一提这个晚上，这个伴侣，不过更多的是讲一讲那可以扭曲、提高、升华、让人飘浮起来的、甜蜜的、该死的欺骗的力量。

❊ ❊ ❊

最出色的享受免税待遇的专家被请来给项目的协调委员会成员做演讲。这位法国学者是个清瘦的家伙，穿着一件大半号的英国花呢外套，里面配了一件浅蓝色美国棉布纽扣衬衫，外面打了一条低调奢华的意大利领带，下半身套着国际风的炭黑色羊毛裤，足蹬法式流苏休闲鞋。一张圆脸被好几盏台灯的光灼得发黑；鼻子上架着无框眼镜；发际线后退，头发剪得紧贴头皮。他没带手提箱，也没在手心藏着讲话稿。不过他用几个老练的动作，立刻从袖中抽出鸽群，张嘴吐出彩旗。从劳伦斯·斯特恩[1]说到帕斯卡尔[2]，再说到索绪尔[3]，埃德加·爱伦·坡，萨德侯爵[4]，杰瑞·刘易斯[5]，德克斯特·戈登[6]，博纳·伊诺[7]，安妮·西尔维斯特[8]的早期作品，从卢梭扯到鲍德里亚[9]；从列维-斯特劳斯[10]到列维-斯特劳斯。

1.劳伦斯·斯特恩（1713—1768），爱尔兰出生的英国小说家、英国国会牧师，著有《项狄传》。

2.此处当指布莱兹·帕斯卡尔（1623—1662），法国数学家、物理学家、作家和神学家。

3.弗迪南·索绪尔（1857—1913），瑞士语言学家和符号学家。其理论对20世纪现代语言学和符号学影响深远，被公认为结构主义的创始人。

4.萨德侯爵（1740—1814），法国贵族，因描写情色故事而闻名。

5.杰瑞·刘易斯（1926—2017），美国喜剧演员、歌手、电影制片人、编剧和导演。

6.德克斯特·戈登（1923—1990），美国爵士乐萨克斯风手。

7.博纳·伊诺（1954— ），法国著名自行车运动员，多次赢得环法自行车比赛冠军。

8.安妮·西尔维斯特（1934— ），法国原创型女歌手。

9.让·鲍德里亚（1929—2007），法国社会学家、哲学家，被称为“知识的恐怖主义者”。

10.列维-斯特劳斯（1908—2009），法国人类学家、哲学家，结构主义理论至关重要的奠基人。

“关键在于，”他一俟鸽群飞散、彩旗飘落，便一针见血道，“关键在于明白这一点，你们的伟大项目——我们法国人总是不吝于为别国的伟大项目喝彩——本质上是现代性的。我们法国人对于文化遗产有着特别的理解，你们英国人对于文化遗产也有着特别的理解。我们来这里不是为了讨论具体概念的，也就是说，我们不必纠结词的意思，虽然，当然咯，在我们的共同语言世界里，这些词义的差别，不管有多么讽刺，都是不言自明、不可避免的。我希望我们都能同意，根本不存在什么‘无差别词义’的概念。不过这不重要，正如你们所说的。

“好了，我们刚才说到现代性的本质。有一个看法已经深入人心——事实上也被许多我刚才提到过的人无可争辩地证明了——那就是，现如今我们比起原型，更想要复制品。我们宁愿要艺术品的复制品，而不是艺术品本身；想要CD唱片的完美和孤独，而不要与一千个喉部不适的人一起听交响乐音乐会；宁可要收录进磁带里的书而不是膝盖上的书。要是你们去我的国家参观贝叶挂毯[1]，你们会发现，在看到11世纪的原始作品之前，你必须先观看一条用现代技术生产的与原件同样大小的复制品；那里还有一个资料展，为游客，实际上可以说是朝圣者，介绍那些艺术品。听着，我有权威数据表明，游客们在复制品前流连的时间，无论用哪种计算方法，都完胜在原件前所花的时间。

1.一件创作于11世纪以亚麻为底的绒尼刺绣品，长70米，宽0.5米。以七十多幅画面展现了黑斯廷斯战役的整个过程，是威廉占领英格兰称帝后命人制作的。毯子上的画面精美细腻异常，有人将它称为“欧洲的《清明上河图》”。

"最初发现这样的现象时，当然有一些老派人表示失望，甚至为之羞愧不已。这就好像发现用色情材料自慰远比做爱更吸引人一样。多可怕啊！[1]野蛮人再度来袭，他们嚷嚷道，我们的社会组织正遭到毁坏。但是其实并非如此。有一点很重要，那就是得明白，现代社会里，我们宁愿要复制品而非原件，是因为它给了我们更多的激动。这个词我用的是法语，因为我觉得你们能理解它。

"好啦，接下来的问题是，为什么我们宁愿要复制品而非原件？为什么复制品给了我们更多的激动？为了理解这个，我们必须理解和面对我们在直面原始物件时所产生的不安全感，我们存在的不确定性，那种深刻的返祖性恐惧。我们被暴露在一种与我们自身的真实性可以一争高下的真实性面前，因此在面对这种似乎更加强大、对我们产生了威胁的真实性的时候，我们是无处可逃的。我相信你们都很熟悉维奥莱·勒·杜克[2]的作品，他被认为在19世纪早期拯救了很多法国朽坏的城堡和要塞。传统上对他的作品有两种态度：第一种，认为他尽可能地挽救了那些古老的石块，让它们不至于彻底毁灭消失，认为他已经尽力保下了它们；第二种，认为他想做的是某种更困难的事——想要按照最初的样子重建那些建筑——一种充满想象力的工作，有些人认为他成功了，有些人则持相反观点。不过还有第三种理解这事的观点，那就是：维奥莱·勒·杜克其实是想消灭那些古老建筑的真实性。面对这种充满竞争的真实性，面对一种比他

1.原文为法语。

2.维奥莱·勒·杜克（1814—1879），法国建筑师，最有名的成就为修复中世纪建筑。

自己的时代更加强大深刻的真实性，他满怀存在的恐慌和自保的人类本能，别无选择，只有毁掉原件！

“请允许我引用我的一位同胞的话，他是上世纪的那些老六八派人士[1]之一，我们中许多人觉得他们当年的错误非常有启发性，非常有用。‘一切曾经直接存活过的，’他写道，‘都已变成纯然的再现。’真是一则深刻的真理，哪怕它产生于深深的错误中。因为令人吃惊的是，他这么说的目的并非赞美，而是批评。再引用他的一句话吧，‘除了仍旧不乏重要性、但注定要不断减损的旧书和旧建筑遗产之外，就文化或者自然而言，没有哪样事物不曾为现代工业之目的和利益所改变和污染’。

“你们看出来没有？思想可以发展到如此的程度，却又突然丧失了勇气？从将中性叙述性动词‘改变’转移、削弱为道德上不赞同的‘污染’的做法中，你们也可以察觉到这种勇气的丧失了吧？他，这位老思想家，明白我们生活在一个景观世界中，但是感伤主义和一种政治惯犯的心态让他畏惧于自己的发现。我则希望能在以下方面进一步发展他的思想。从前只有这个直接存活的世界。现在则有再现的世界——让我强调这个字眼儿，再——现的世界。它并非那个质朴原始世界的替身，而是对它的增强和丰富，对它的嘲讽和凝聚。这就是我们今天的生活所在。黑白世界已经变成彩照世界，单一的嘶哑麦克风已经变为能形成全包围声场的音响。这是我们的损失吗？不，它是我们的征服，我们的胜利。

1.指参加或者同情法国1968年5月爆发的学生罢课、工人罢工群众运动之人。

“总之，让我这么说吧，第三个千年的世界是不可避免的、根深蒂固的现代世界，而我们的智识责任就在于顺从这一现代性，并将所有对可疑的称为‘原件’的渴望，都视作感伤主义的或本质上是欺骗性的而加以否定。我们必须要求复制品，因为复制品的现实、真相和真实性才是我们可以拥有、殖民、重组并从中找到快感的。此外，最终，它才是我们命中注定可以相遇、面对和毁灭的那种现实，如果我们决定如此的话。

“女士们，先生们，恭喜你们，因为你们的企业本质上是现代性的。希望你们拥有现代性的勇气。无知的批评者毫无疑问会断言你们只是在试图重建‘老英格兰’，我觉得尤其有趣的是这种叫法的阴性结尾，不过那是后话了。事实上，要是你们允许的话，我就是说个笑话而已。我想对你们说的结论是，你们的项目必定是非常古老的，因为这样它才将会是真正新颖的，现代的！女士们，先生们，请允许我向你们致敬！”

一辆皮特科公司的豪华轿车把这位法国学者送到了伦敦市中心，在那里他把演讲费的一部分花在了法洛的涉水靴、哈迪屋的飞蝇钓具以及帕克斯顿和惠特菲尔德的陈年卡尔菲利干酪上。旋即他绝尘而去，为下一场会议赶赴法兰克福，依然不用发言稿。

❋ ❋ ❋

各种各样的看法同时围绕着杰克·皮特曼爵士，彼此各异，鲜有一致。他是流氓恶棍，还是天生的伟人与领袖？是自由市场体系导致的一个不可避免的拙劣恶果，还是一个奋发图强、克服重重困难、初衷不改的人物？有些人认为他拥有一种源于本能的深邃智慧，他对市场波动嗅觉灵敏，还擅长看出别人的软肋所在；也有人觉得他是一个追逐金钱、狂妄自大、缺乏良知、自私浅薄等恶劣品质的结合体。有些人见到他放着电话不接，只顾得意洋洋地炫耀收藏的普拉特瓷器；有些人则接到他从他最心爱的谈判位置之一，也就是他的斑岩马桶上打来的电话，对他们的冒犯之语，他用直肠的怒吼予以回击。为何对他的评价会如此矛盾？自然，对此也有各种解释。有人认为杰克爵士实在是一个太过紧张、复杂、多面的人物，充满嫉妒之情的弱小凡人们无法充分理解他；也有人怀疑他在口若悬河之余总是暗暗留了一手，让观察者们摸不着头脑、抓不住要点。

同样的两面性也让琢磨他商业交易的人头疼不已。要么：他是个投机者，赌徒，金融骗子，关键时刻总能哄你相信钞票真真切切就在你眼前；管理体制的所有漏洞他全不放过；他吃了上家吃下家；他这条疯狗，拆了东墙补西墙；关于他，一位贸易与工业部巡视员的金句至今回响不歇，“连一个贝壳摊子都不擅经营”。要么：他是个生机勃勃的投机商，成就斐然，精力旺盛，那些认为商业最好还是在小型家族公司之间、遵循令人肃然起敬的板球规则展开的人自然看不惯他，也就传出了各种与他有关的流言蜚语；他是纵横现代全球市场的一位前所未有的跨国企业家，设法将税负减到最低，这个也是可以理解的——否则如何保持竞争力？或者要么：瞧瞧他是怎样利用查尔斯·恩莱特爵士来攻入伦敦城的吧，先是溜须拍马无所不用，接着转脸就把查尔斯吃得只剩骨头，查尔斯头一回心脏病发作时，他就立马把他赶出了董事会；要么：老查理是个体面的老派人，不过说实话也有点跟不上趟了，公司确实到了要好好重组的时候，而且也没少给他养老金，再说你知道吗，杰克爵士用自个儿的钱，供查理的小儿子上完了学？再或者，要么：跟过他的人没谁说过他的坏话；要么：你得承认，皮特曼一直以来就是制定封口令和保密条款的专家。

而皮特曼大厦，这座24层，以钢铁和玻璃为主体，配上了山毛榉和白蜡木，看起来明明白白的建筑，也引起了各种不同的解读。它的选址——在从绿化带到伦敦西北部之间的企业区——是削减开支的精明决定，还是暗示着杰克爵士生怕它混同于这个城市的其他高层建筑？聘请斯莱特-格莱森暨怀特公司的做法，仅仅是出于对建筑时尚的顶礼膜拜，还是一项聪明的投资？一个更本质的问题则是：皮特曼大厦究竟是否属于杰克·皮特曼？也许他是支付了它的建筑费用，但是关于经济衰退弄得他入不敷出，只好乞求一家法国银行办了出售和售后返租业务的说法，也不胫而走。不过即便这是真的，你也可以有两种办法来理解它：既有可能是皮特科公司资金匮乏了，也有可能是杰克爵士一如既往地先走了一步，认为只有傻瓜才会把资产捆绑在旗舰总部这种不能保值的房产上。

即便那些厌恶皮特曼大厦主人（或承租人）的家伙也不得不承认他擅长处理问题。他站在大吊灯下，身子微微转着，不停地面对协调委员会的各位成员，把各种命令抛过去。特写记者们，尤其是来自他自己所有报纸的那些，频频写道，他尽管身躯伟岸，脚步却何等轻盈，而且众所周知，杰克爵士宣称自己未偿的夙愿之一就是学探戈。他也每每将这种时候的自己比为一位枪手，随时准备猛一转身，以超过对手的速度，抢先拔枪对着下一位初来乍到、自以为是的小混混。或者没准他更像一位驯狮人，冲着围成半圈的喧闹幼兽们噼啪甩鞭？

玛莎虽然不乏狐疑，却也不免有所触动。她观察着杰克爵士教训他的概念开发者。“杰夫，请作作调查，优质休闲业的潜在客户们认为与‘英格兰’这个词最有关联的五十个特质是什么。要严肃的方向。我不想听什么小孩们和他们最喜欢的乐队这码子事。”

“国内？欧洲？还是全世界，杰克爵士？”

“杰夫，你懂我的。全世界。阔佬们。要是火星人付得起门票钱，民意调查也可以把他们算上嘛。”他等着欣赏的笑声渐渐消停，“马克斯博士，我想要你搞清楚人们是怎么想的。”

马克斯博士清了清嗓子，爵士又转过身来，中指拍打着想象中的手枪套。这位官方历史学家是最近才任命的，玛莎还是头一回看到他。他穿戴齐整，上身一件粗花呢外套，打着领结，斯文得体。“您可以说得具体些吗，杰克爵士？”

杰克爵士重重地停顿片刻，才重新表述他的要求：“他们知道些什么——搞清楚。”

“那应该是针对，呃，国内的，欧洲的，还是全世界呢？”

“国内。国内人都不知道的，这个世界其他地方的人更不会有兴趣知道。”

“要是您不介意我说一句的话，杰克爵士，”——虽然玛莎已经从他们老板那夸张的皱眉看出来了，是的，他非常介意——“这问题辐射范围也太宽广了吧。”

“所以我付给你的薪水也很可观。杰夫，帮马克斯博士把个关，好吗？现在，马可，你可不能辜负你这名字。”项目经理熟练地等着杰克爵士作进一步说明。杰克爵士干笑两声，宣布了他的要点：“马可·波罗。”

再一次，项目经理好像在给马克斯博士作示范似的，用仰慕、大胆而卑微的凝视表示了回答。杰克爵士穿过房间，走到他称为指挥台的桌子前，将这次会议引入到一个新阶段。他用一只胖手朝胸膛那么一挥，就把部队召集到身边。玛莎离得最近，他将几根手指搁在她肩头。

“我们不是在讨论什么主题公园，”他开口道，“我们谈论的也不是什么文化遗产中心。也不是什么迪士尼乐园、世界博览会、英国缤纷嘉年华、乐高乐园或者阿斯特克主题公园。威廉斯堡古镇？恕我直言——两只老火鸡趴在尖头篱笆上，失业的演员们在旁边卖锡纸盘盛的燕麦粥，可以刷信用卡付款。不，先生们——你们知道，我这是在用一种特别的表述法，因为在我的语法里，阳性总是包含了阴性，正如我正在对科克伦小姐做的一样——先生们，我们要讨论的是质的飞跃。我们要找的可不是什么廉价游客。我们要干的是震惊世界的大事。我们要提供的是‘超越娱乐’这样的词代表的东西。即便优质休闲，虽说我对这个说法颇为自得，将来也许都不足以描述它。我们要提供的是真真正正的事物。你看起来不太相信，马可？”

“杰克爵士，我只是想到了前两天从我们的法国朋友那里学来的那种说法……我是说，他所说的事——宁可要复制品而不要原件。我们是要朝着这个方向努力吗？”

“上帝啊，马可，有时候你让我觉得我都不怎么像英格兰人了，虽说英格兰就是我赖以生存的空气。”

“您的意思是……”马可挣扎着回忆学校里学到的东西，“类似说我们只能通过复制品来抵达真实之物，是这么回事吧，就像柏拉图提出的那样[1]？”他补充了一句，既为了他自己，也为了取悦别人。

“好多啦，小马可，越来越像样了。也许我还可以帮你最后再推进几码？我试试吧。你喜欢乡村吗，马可？”

“当然咯。是的。我喜欢。非常喜欢。我是说，我喜欢开车穿过乡间。”

“我最近经常待在乡间。是在乡间，我强调这个，不是找碴儿啊，我想说的是，乡间的意义在于待在那里，而不是穿过。我每年在徒步者协会发言时都如此强调。不管怎样吧，马可，你用你那种低调、漫不经心的方式穿过它的时候，我猜，你还是喜欢它的样子的咯。”

“是的，”项目经理回答，“我喜欢它的样子。”

“而且我想，你喜欢它，也是因为你认为它代表了某种自然的典范？”

“您这么说也没错。”马可自己可不会这么说，不过他知道这会儿他已经被纳入老板比原版霸道得多的苏格拉底式谈话中了。

---

1. 马可这里指的是柏拉图提出的洞穴比喻。一群囚徒，从小就被锁链束缚着坐在一个地穴中，他们只能看到眼前洞壁上的影子，他们身后有一条横贯洞穴的小道，沿小道有一堵矮墙，墙后上方有一堆火。人们扛着东西走过墙后的小道，火光会把墙后的器具和人投影到囚徒眼前的洞壁上。囚徒会认为眼前所见便是真实的事物。如果有人获释，转身看到火与小道，一段时间内，他依然会认为影子比它们的原物更真实。

“而且自然造就了乡村，就像人类造就了城市，对吧？”

“差不多是这样吧，嗯。”

“差不多，不，马可。前几天我站在小山上，俯瞰起伏的田野，越过一片小树林远眺小河，突然一只雉鸡在我脚下扑腾。你，作为一个穿过此地的人，毫无疑问会认为自然正在开展着她永恒的事业。我则比你知道得更清楚，马可。小山曾经是一片石器时代的埋葬地，起伏的田野是撒克逊农业的遗迹，小树林之所以是‘小树林’，只是因为它周围有过的一千棵其他树都被砍掉了，小河是一条运河，雉鸡则是被猎场看守人一手养大的。我们改变了一切，马可，树木，庄稼，动物。现在，请听我说下去。你看地平线尽头的那个湖，它其实是个水库，但是它建成几年之后，鱼游其间，迁徙的鸟群把它用作中途停留的站点，树木天际线渐渐成形，小船往返水上，美景如画，这一切都出现的时候，你明白吗？它就成功地成了一个湖。它变成了真正的湖。”

“这是我们的法国朋友所说的意思吗？”

“我觉得他让人失望。我让出纳给他付美元而不是英镑，而且他要是抱怨，就让出纳干脆把支票作废。”

“英镑是正版的，美元是复制品，不过过了一阵，正版的就变成了复制的？”

“非常好，马可。非常好。配得上让玛莎表扬你了。”他捏捏他的特殊顾问的肩膀，“不过这种愉快的分析已经够了。我们要对付的问题在于，在哪里建造这座乐园。”

一幅不列颠群岛地图已经摊开在指挥台上，杰克爵士的协调委员会成员们盯着诸郡拼图，疑惑着是彻底答错才好，还是完全答对才好。也许两个都不好。此刻正在他们身后逡巡的杰克爵士给出了提示。

“英格兰，正如伟大的威廉[1]和其他人注意到的，是一座岛屿。因此，要是我们是认真的，要是我们果真是在试图提供真正的事物本身，我们就必须好好研究，找出某个位于银海中的珍贵之地。”

他们死命盯着地图，好像这是一种可疑的新发明似的。看起来，选择既不太多，也不太少。也许需要来点大胆冒进的概念突破。“您不会恰好想到的是……苏格兰吧，是吗？”一声发自胸腔的沉重叹息表明，不对啊，笨蛋，杰克爵士想到的可不是什么苏格兰。

“锡利群岛？”

“太远了。”

“海峡群岛？”

“太法国了。”

“兰迪岛？”

“我都记不得它了。”

“那儿的海雀很有名啊。”

“哦，去他的海雀，看在上帝的分上，保罗。也别扯什么泰晤士河口的鬼泥滩。”

他想的是什么呢？安格尔西岛肯定不对。马恩岛？也许杰克爵

1.指征服者威廉一世（约1028—1087），他曾是法国诺曼底公爵，1066年渡海打败了英王哈罗德二世后，取而代之，入主英格兰。他分封土地给诺曼人，压制盎格鲁-撒克逊贵族，是欧洲中世纪最具影响力的君主之一。

士是想自己造一个岸边小岛。这在他不是什么离谱的事。告诉你吧，在某种意义上，杰克爵士的特点就在于，他认为没有任何事情是离谱的，只有他不想做的那些除外。

“那儿，”他说着，紧握的拳头“啪”地一按，好像盖海关印章似的，“那儿。”

“怀特岛。”他们异口同声地答道。

“太对了。看看它吧，蜷缩在英格兰柔软的小腹中。这小美人儿。这个小可爱。看看它的形状。完美的钻石，那是它给我的第一感觉。一枚纯洁的钻石。小小的珍宝。小美人儿。”

“它像什么，杰克爵士？”马可问道。

“它像什么？它在地图上完美无瑕，它就像这样。你去过那里吗？”

“没有。”

“有人去过吗？”

没有，没有，没有，没有，也没有。杰克爵士绕到地图另一侧，双手按在苏格兰高地上，面对他的核心团队。“你们对它有什么了解吗？”他们面面相觑，杰克爵士又说道，“要是这样的话，让我来帮助普及一些知识吧。说出五个跟怀特岛有关的历史大事件？”沉默。“说一件吧。马克斯博士？”沉默。“不是你擅长的时期，毫无疑问，哈哈哈。很好。那说出岛上五处著名的、如果翻修会引起保护文化遗产群体抗议的建筑吧。”“奥斯本宫[1]。”马克斯智力竞赛抢答似的答道。

1.怀特岛上的著名建筑，曾是维多利亚女王的夏宫。

“很好，马克斯博士赢了吹风机。再说四个。”沉默。“很好。说出五种岛上著名的、濒临灭绝的、其居所可能会被我们神圣的推土机毁掉的植物，鸟类，或者其他动物？”沉默。“很好。”

“考斯[1]帆船赛。”突然有个声音响起。

“哈，吞噬细胞活跃起来啦。很好，杰夫。不过这个不是鸟类、植物、著名的建筑或者历史大事哟。还有谁要回答吗？”一段更长的沉默。“很好，真的非常棒。”

“可是杰克爵士…… 难道它不是，呃，我猜想，住满了居民吗？”

“不，马可，它不是住满了居民，它住满的是那些感激涕零的未来受雇者们。不过多谢你主动表示了对这场测试的好奇心。正如我说的，和马可·波罗一样，那就跨上马背出发吧。两周后回来报告。我知道岛上有几处以廉价出名的简易旅馆。”

＊ ＊ ＊

“你是怎么想的？”他们坐在距离皮特曼大厦半英里远的一家酒吧里，保罗问。玛莎要了一杯矿泉水，保罗的是一高脚杯颜色黄得古怪的白葡萄酒。他身后是橡木饰板的墙面，上面挂了一张画，画着两只举止如人的狗儿；它们周围都是穿着深色西装、汪汪叫的人类。

她是怎么想的？一开始，她觉得居然是他来邀请她喝一杯，非常出乎意料。玛莎熟稔于预测男性为主的办公室里的各种动向：会发生的事和不会发生的事。在开展专业培训的时候，杰克爵士的肥手

1.怀特岛上的小镇，重要港口，世界游艇中心之一。

指肚儿曾经意味深长地搁在她身上，不过这种触摸在她而言更多意味着权威而非欲望——虽说也并不排除欲望。年轻的项目经理马可，闪烁的蓝眼睛在她身上掠过，她知道那只是在卖弄风情；他的调情只会浅尝辄止。马克斯博士——好吧，他们在俯瞰人造湿地的平台上分享过好几次三明治了，不过马克斯博士愉快的、明显的关注对象只是马克斯博士，即便他不这么自恋的时候，玛莎·科克伦也并不认为自己在他喜欢的类型里。因此她以为会来套近乎的人是杰夫，英俊、健硕、已婚的杰夫，吉普车里固定着婴儿座椅；他自然应该是第一个发出“下班后愿意一起喝一杯吗”这种狡猾老练的低声询问的人吧？在皮特曼大厦的各色人等中，她未曾多留意保罗，或者只当他是个偶尔动弹一下的木头人。隐身在手提电脑后头的保罗，沉默的记录者，金点子捕捉者，接住杰克爵士那些平淡无奇的无聊废话，把它们储藏起来流传千古，或者至少供某个未来的皮特曼纪念基金会使用。

“我是怎么想的？”她觉得这也可能是个陷阱：也许作为办公室里的使唤小弟，保罗是在替杰克爵士或者别人来试探她。“哦，那其实无关紧要。我只是个受雇的质疑者罢啦。我只需要对别人的意见作出反应。你是怎么想的？”

“我只是金点子捕捉者。我捕捉金点子。我没有什么自己的点子。”

“我不信。”

“你对杰克爵士是怎么看的？”

“你对杰克爵士又是怎么看的？”

卒对王四，卒对王四，黑方紧逼白方，直到白方变招。保罗的变招出乎玛莎的意料。

“我觉得他是个居家男人。”

“真好玩，我一直以为这个词自相矛盾。”

“他心里是个居家男人，”保罗重复道，“你知道，他有个老姨妈住在个什么偏僻的小地方。他一直雷打不动地去看望她。”

“自豪的父亲，忠诚的丈夫？”

保罗瞪着她，好像是抗议她在下班之后还在古怪地延续着她的职业习惯似的。“为什么不是？”

“为什么？”

“为什么不？”

“为什么？”

临时僵局，所以玛莎按兵不动。金点子捕捉者比5英尺9英寸[1]高的她要矮上一两英寸，也小上几岁；一张苍白的圆脸，热切的蓝灰色眼睛藏在眼镜后头，让他看起来既不博学也不愚蠢，只是个糟糕视力的受害者罢了。他有点别扭地穿着工作制服，好像那是别人替他选的似的，把手中的高脚杯在一个狄更斯小说人物杯垫上转来转去。第六感告诉她，每次她看向别处，他都会热切地盯着她打量。这是羞怯还是算计——她应该表示注意到了吗？玛莎暗自叹了口气：现如今，哪怕简单事也不简单了。

不管怎样吧，她都只管按兵不动。玛莎早已学会忍受沉默。很

1.约为1.75米。

久以前她就学会了——并不是谁特别教她的，而是社会的教导——女人的功用之一就是引男人开口，让他们感觉自在；然后他们就会让你开心，给你讲这个世界，告诉你他们的内心所想，最后还会娶你。过了三十岁之后，她明白过来这实在是个拙劣的想法。多数时候，它意味着赋予男人让你厌烦的权利；关于他们会向你倾吐他们的内心，这更是愚蠢的想当然。首先，许多男人根本就没有什么内心可言。

因此，她不会预先批准男人夸夸其谈，而是后退一步，享受沉默的力量。有的男人会被这个弄得很紧张。他们宣称这样的沉默本质上是敌意的。他们告诉她，她是假扮消极，实则充满侵略性。他们问她是不是女权主义者，这并不是一个中性词，更不是赞美。“可我什么也没说啊。”她会回答。“没错，但是我能感觉到你的不赞同。”有一位这么回答她。另一位晚餐后喝了两杯，叼着雪茄转向她，眼中怒火四射道：“你以为只有两种男人，对吧，一种是说过蠢话的，另一种是将要说蠢话的。不错，去你的吧。”

因此，面对一个面前摆着一杯黄色的酒，偷偷摸摸打量她的男孩，玛莎可不会扛不住压力先开口。

“我爸爸吹双簧管，”他终于说道，“我是说，他不是职业的，但是吹得很不错，在业余小乐队里演奏。我过去常常在星期天下午被带到冰冷的教堂或村议事大厅。下面我们再来一首莫扎特的管乐小夜曲，诸如此类。”

“抱歉有点扯远了。他给我讲过一个故事，是关于一位苏联作曲家的，我记不清是谁了。那是战争中的事，他们叫它伟大的卫国战争。对手是德国人。所有人都全力以赴，所以克里姆林宫命令苏联作曲家们做一些可以激励人们赶走侵略者的音乐。不要写你们那些艺术音乐啦，克里姆林宫宣布，我们需要来自人民、为人民而写的音乐。

“所以顶级作曲家们被打发到各地，他们被命令回来的时候要创作出鼓舞人心的民间音乐。一个人被派到高加索——至少，我觉得是高加索吧，总之是斯大林几年前打算抹平的那些地方之一，你知道的，集体化、大清洗、种族清理、大饥荒，我应该先说这个才对。总之，他到处旅行，寻找民歌，婚礼上的老提琴手，诸如此类的人或事。猜猜他找到了什么？他什么也没找到，已经不剩下任何真正的民间音乐啦！你知道，斯大林消灭了村庄，农民都被遣散了，在这个过程中，他也消灭了音乐。”

保罗喝了一小口酒。他是暂时停顿，还是说完了？这是女人们得学会的又一项社交技巧：一个男人的故事什么时候说完。大多数时候这并不是问题，因为结尾总是非常明显；或者叙述者会提前就呵呵乐了起来，这总是一个非常有用的提示。玛莎早就决定只对她觉得真正有趣的事情才笑。这条规则看起来很正常，可有的男人会觉得它简直是一种非难。

“所以，这位作曲家，他遇到了难题。他没法回到莫斯科说，‘我恐怕很不巧，太不幸了，伟大领袖已经消灭了那里所有的音乐’。那可不大明智。所以他是这么做的：他创作了一些新民歌，然后他在此基础上创作了一组曲子，带回莫斯科，完成了任务。”

他又喝了一小口，接着偷偷瞥了玛莎一眼。她视之为一个信号，故事也许说完了吧。他又开了口，证明了这一点：“我在你面前有点害羞啊，我想。”

嗯，她想，相比一个穿细条纹西装的红脸大汉把身子沉重地压在你身上，咧开一口完美得可疑的牙齿，用欢快挑逗的口气说“当然咯，我真正想做的是干得你欲仙欲死”，这个总归要好些吧。没错，好多了。不过她以前也听过这种。也许她已经过了还能遇到什么新鲜事的年纪，现在每一次只有熟悉的套路。

玛莎故意欢快地问：“那么你是说杰克爵士和斯大林很像咯？”

保罗困惑地看着她，好像被她扇了一耳光似的。“什么？”接着，他狐疑地打量起整个酒吧，好像想找出谁是克格勃间谍。

“我以为那就是这故事的要点。”

“天啊，不是，你怎么会觉得……”

“我想象不出来。”玛莎微笑着回答。

“我就是突然想到它。”

“当我没说吧。”

“反正，不是在作这样的比较……”

“当我没说。”

“我的意思是，哪怕从最简单的角度，今天的英国和那会儿的苏联也全然不是……”

“我什么都没说哦。”

她口气不断变软，这鼓励着他抬起了眼睛，虽然还是不敢和她对视。他越过她，目光闪烁不定，先看看这一侧，又看看那一侧。慢慢地，像蝴蝶一样小心翼翼地，他视线的焦点落在了她的右耳上。玛莎备感困惑。她已经如此熟悉各种套路和伎俩，各种心知肚明的开门见山和大胆的动手动脚，这种单纯的羞怯反倒刺痛了她。

“那大家的反应如何？”她发现这口气温柔得几乎让自己害怕。

“什么反应？”

“他带着农民组歌回到莫斯科，让人演奏了它之后。我的意思是，这才是真正的要点，是吧？他们命令他写一些爱国音乐来激励工人和所有“大清洗”“大饥荒”之后剩下的农民们，那这些音乐，这些他炮制出来的音乐，有没有像他本来打算找到的那些一样有用、振奋人心呢？我猜那才是真正的问题所在吧。”

她殷勤得过分了，她自己知道。不，她简直是蠢话连篇了。她通常不会这样跟人聊天。不过她把他从正在琢磨的天晓得什么事上拖了回来。他的目光从她的右耳上垂下，好像又躲回了眼镜后头。他皱着眉头，虽然她感觉他这么做更多是冲着他自己而不是她来的。

“历史没有记录。”最后他回答道。

哟。不错，玛莎。总算是全身而退啦。

历史没有记录。

她喜欢他记不起音乐家名字的样子，以及搞不清故事是否发生在高加索。

＊ ＊ ＊

马克斯博士，在召集起来的所有理论家、顾问和执行人当中，是最后一个搞清楚这个项目的原则和要求的人。这起先被解释为学者的清高——不过马克斯博士之所以被任用，恰恰主要是因为他并不像个不谙世事之人。他始终在教授讲席和电视演播室之间切换自如；

他擅长应付时髦的电视竞赛节目，也与半打电视台主持人称兄道弟，后者则会笑眯眯地恭候他开口展开那种利落的论辩。并且他虽是一副城里人派头，但他也是《泰晤士报》“自然笔记”专栏撰稿人，笔名“乡鼠”，无人不知，无人不晓。着装方面，他喜欢粗花呢套装搭配各种顺色麂皮马甲，再点缀一个招牌蝴蝶领结；他也是诸如“我的便装”之类服装栏目的首选嘉宾。他在电视台演播室那些乱七八糟的家具当中夸张地故作放松状的时候，不管裤腿提得多高，你都绝对不会看到他露出小腿肚。他当然是不二人选。

马克斯博士头一回故作天真是问项目的图书馆在哪里。第二次则是到处散发他发表于《真皮垃圾箱》上文章的册页，标题为《阿尔伯特王子是否佩戴阿尔伯特王子式阴茎佩环？——关于阴茎考古史的解释学研究》。至于他在行政委员会上冒冒失失地对杰克爵士开口的做法则严重多了，即便是特别委任的挑刺者都不会冒险这样发言。此外，正如有人注意到的，在关于大不列颠英雄人物的头脑风暴会上，他竟然自以为是地将纳尔逊和哈代的那个吻[1]解释为同性恋之举。杰克爵士高声列举出他治下田园诗一般宁静温馨的一系列家庭报纸，然后请马克斯博士不妨滚蛋并把蝴蝶领结塞进屁眼儿里去。这一建议并没有被记在会议记录中。

杰夫对于自己不得不充任这位官方历史学家的保姆的新角色颇为不满，主要因为他不喜欢这位官方历史学家。为啥要把马克斯博

---

1. 英国海军中将纳尔逊1805年在战役中受伤，临终前曾要求并肩作战的胜利号舰长哈代吻他以示告别，故有“吻我，哈代”之遗言传世。

士塞进概念开发部呢，除了让杰克爵士开心之外，还能有什么理由？杰夫认为自己的这种厌恶并非源自反同性恋的偏见。它更多源自对花花公子、自以为是者和讨厌鬼的厌恶，对于这一类家伙的厌恶：他们把杰夫视为硕大迟钝、只知埋头苦干的呆子，他们会带着自作聪明的神情问他周末开发了多少个概念出来。杰夫总是直截了当、实事求是地回答这类问题，这让马克斯博士更加肯定了自己的判断。不过，杰夫只能要么如此作答，要么直接勒死他。

“如果不介意我多句嘴的话，马克斯。”他俩这会儿在绿洲，这是皮特曼大厦里的一个区域，长满蕨类植物，棕榈参天，瀑布奔泻而下，没准是有什么建筑学的鬼理论支撑着这种安排吧。毫无疑问，他不大会理解事情的奥义，不过流水的声音总让杰夫想尿尿。这会儿，他站着，低头打量着官方历史学家，看着他那愚蠢的小胡子，他那女里女气的表链，他上电视穿的卖弄风骚的小马甲，他那自鸣得意的袖扣。官方历史学家则抬头打量着杰夫，看他公牛似的肩膀，他那长长的马脸，他那驴毛一样的头发，他那亮闪闪的绵羊眼睛。他们位置颇为尴尬，就好像几位编舞者安排杰夫以兄弟般的情谊拥抱马克斯博士的肩，但就是没办法让他迈出这一步，连让他接受这个想法都做不到。

“你瞧，马克斯。”杰夫觉得费劲无比。他从来不知如何开始谈话。或者毋宁说，他发现每次都不得不从比上一次更基础一级的内容讲起。“你来这里想必觉得节奏很不一样吧。”

“哟，我可不这么想，”马克斯博士一副慷慨大度的模样，“我觉得你们中的一两位还是有可能作为成年学生加入我的班级的。”

“不，我不是那个意思，马克斯。节奏是变快啦，而不是减慢。”

“啊，是啊，挑错时间又到啦，我明白了。那快来教我吧。”

概念开发者哑口无言。马克斯博士（他在电视上喜欢人们如此称呼他，因为这将“正式”和“非正式”的感觉完美联结起来）正坐在他面前，随时准备一收到舞台监督的提示就精神焕发地开始表现。“我这么说吧。你是我们的官方历史学家。怎么说好呢，你得负责我们的历史，你明白吗？”

“到现在为止，一清二——楚，我亲爱的杰夫。”

“很好。那么，我们的历史的要点——我强调是‘我们的’——就是让我们的客户，那些购买现在我们称为优质休闲产品的人，感觉更好。”

“‘更好’。啊，古老的伦——理问题，真是个无底洞啊。你说的‘更好’的意思是？”

“多懂了一些。”

“对极了。那就是我被雇——用的原因，我猜。”

“马克斯，你漏掉了那个动词。”

“哪一个？”

“感觉。我们想要他们‘感觉’多懂了一些。他们是不是真的这样，那是另一回事，甚至不在我们的操心范围内。”马克斯博士这会儿把两个大拇指塞在灰褐色马甲口袋里，向观众表明他心里升起了一个有趣的怀疑。杰夫真想把这家伙丢出去晾晾，不过他继续说道：“关键在于，大多数人不想要你和你的同事们理解的那种历史——你们在书里读到的那些——因为他们不知道如何对付它们。就个人而言，我非常理解。我指的是理解他们。我自己也试着读过几本历史书，虽然我可能不够聪明，没法加入到你的班上，但是我觉得它们的主要问题在于：它们全都假设你已经读过大多数其他历史书。那是个封闭的体系。你根本无从开始。这就和要找到接缝处拆开CD包装时的感觉一样。你知道那感觉吗？有一条环绕整个CD盒的彩条，你可以看到盒子里的东西，你想把它取出来，可不管你用指甲摸了多少圈，都找不到那条彩条起始的地方？”

马克斯博士掏出一本小笔记本和他的银色自动铅笔，派头十足地问：“你介意我借——用这个吗？它真是太棒了啊，我是指关于CD包装的那段。”他飞快地做了一条笔记。“好的，然后呢？”

“所以我们不要威胁人们。我们不要侮辱他们的无知。我们只要处理他们已经理解的那些事情。也许我们可以添加一点点进去。不过没有任何居高临下令人不快的专家。”

“那么，鉴于我们的杰出领袖刚刚重新规定了我的蝴蝶领结的位置，我是否可以自私地询问一句，那个更大的主体，也就是蝴蝶领结被规定要安放在其内部的那位官方历史学者，他的作用又该是什么呢？”

杰夫发出一声火车咆哮一样的叹息。一个满口神奇字眼儿的白痴——真是一种无与伦比的结合。“历史学家的作用是告诉我们人们已经知道的历史是哪些。”

“不错。”马克斯博士带着职业性的倦怠应道。

“唉，看在上帝的分上，马克斯，大家花钱不是为了增长知识的。如果他们想丰富自己，大可以去个鬼图书馆，要是他们能找到有哪家开门的话。他们来我们这里，就是为了享受他们已经知道的那些事情。”

“而我的工作就是告诉你那些事情是什么。”

“恭喜你明白过来了，马克斯博士。恭喜你。”在他们身后，一个隐形吹风口吹出的气流搅动着棕榈树叶，“如果允许的话，我想再提一个建议。”

“乐——意之至。”马克斯博士模仿着大学新生的口气。

“香味太浓了。你知道，我不是对你有意见。我是想到了董事长。”

“很高兴你注意到了。当然，是香水。‘彼得堡’。也许你猜到了？没有？我觉得它还是挺合适的啊。”

“你的意思是，你是个伪装的俄国人？”

“哈哈哈，杰夫，我真喜欢你装傻的样子。显然，我得解释给你听。”杰夫抬起眼睛看向皮特曼大厦的中庭，但是太迟了；马克斯博士已经从学生切换为教授。“伟大香水的秘密，正如你也许知道的，始终被严密守护着，在秘密仪式中代代相传。如果用书面记载，则一定是用密码书写的。那么——想象一下——时尚的改变，链条的断裂，突然的死亡，它们就会消失，从此不为人知。那真是无人知晓的灾难啊。我们阅读过去，我们听过去的音乐，我们看过去的图像资料，可我们的鼻子却从没被掀动过。想象一下吧，要是谁可以打开一个玻璃瓶塞，说‘这是凡尔赛宫的味道，这是沃克斯豪尔花园的味道’，那该多激发他的学生们啊。”

“你记得两年前报纸上报道的在格拉斯的发现吗？”杰夫显然不

记得。“藏在封住的烟囱里的配方书？多浪漫啊，简直不可思议。无数已经无人知晓的香水的成分和配比，都用可译解的密码记录了下来。每一种香水都由一个希腊字母代表，又与当地博物馆收藏的一本解码书对应。笔迹是一样的，无可辩驳。所以这个，这个，”马克斯博士把脖子冲杰夫凑过去，“是‘彼得堡’，最后一次使用它的是两个世纪以前沙皇宫廷的贵族们。令人震撼，是吧？”马克斯博士看得出杰夫完全无动于衷，所以又鼓励地打了个比方，“这就像科学家们克隆出了这个星球上已经灭绝千年的动物。”

“马克斯博士，”杰夫说，“它让你‘闻起来’活像一只克隆出来的动物。”

❋ ❋ ❋

“拣重要的讲，波罗先生，我们就要这个。你知道沉积岩和燧石箭头多让我厌烦。”

“太清楚了，杰克爵士。”马可很享受这种场合，这种表现和竞争，以及这种不失恭顺的独当一面之感。没有笔记，没有文件，只有一个留着金色卷发的脑袋里藏的一组金色卷发的事实。一边对别人尽情卖弄，一边估量杰克爵士不断变化的反应。不过“估量”其实意味着要精确；事实上，你得像个举着手电的探洞人，在他情绪的黑暗坑道里穿行。

“这个岛，”他开了口，“正如杰克爵士两星期前指出的，是钻石形的，或者说是菱形的。有人把它比作一条多宝鱼的形状。长23英里，最宽处13英里。面积约为155平方英里[1]。四角与罗盘上的四个主方位基本一致。在沉积岩和燧石箭头的时代，它曾一度与主岛相连。要查可以查到，反正是电视出现之前的事了。地形上，它结合了风景优美、绵延起伏的白垩丘陵和反乌托邦风格的平房住宅区。”

“马可，又来了，这种错误地区分自然和人文的做法。我提醒过你了。还有这些生僻字眼儿。最后那个词是什么来着？”

“反乌托邦风格的平房住宅区。”

“太不民主了。太精英化了。也许我哪天要借用一下。”

马可知道他会的。这是杰克爵士表扬人的方式之一。而他充满心机地讨得了这份表扬。到现在为止一切正常。他继续说了起来。“此地总体上相当平坦。有风光优美的悬崖。我觉得委员会也许会喜欢看看来自那里的纪念品。”他从口袋里掏出一个小小的玻璃灯塔，里面填满了一层层色彩各异的沙子，“当地特产。来自阿勒姆湾。大约有十二种，甚至更多颜色。我得说，很容易复制。我是说这种沙子。”他把灯塔放在杰克爵士的桌子上，试图再博得几句点评。但没有点评。

“此外，还有一些叫作豁口式小峡谷的玩意儿，有点像河流通往大海途中在白垩悬崖上切割出的沟壑。走私犯经常利用它们，详情请见下文，或者应该说，听下文。关于动植物，没什么特别稀奇或即将绝迹的种类。关于松鼠有一点值得一提：这个岛上只有红色的松鼠，因为这是一个岛，从来没有灰家伙乘船上过岸。不过我也没看

---

1. 英制面积单位，1平方英里约为2.6平方千米。

到有谁对此大惊小怪。哦，对了，还有一个有点不妙的消息，杰克爵士，”他等待那一条黑中掺银的浓眉挑起，“他们真的有海雀。”

“这下全齐活了！”杰克爵士欢快地嚷道，“去他的海雀！”

“很对，”马可继续道，“还有什么？哦，对了，全英国最难喝的卡布奇诺。我是在尚克林一家小小的海边咖啡馆发现它的。我们要是打算建一座痛苦博物馆的话，那咖啡机真值得保留下来。”

马可停下了，然后感觉到了沉默。白痴。又犯错了。其实他一边说一边就懊恼起来。白痴。绝不要用自己的笑话接上杰克爵士的笑话。你可以先开口，好让他压过你，但是接在他后头说，就是竞争而非奉承了啊。他哪天才能学会？

“这个岛有什么可以为我们利用的吗？我得说，什么都有一点，但同时也没什么特别重要的。必要时，没有哪一样是我们不能舍弃的。报告如下。这里有一座城堡，相当漂亮：它有城墙、城门、主楼和小教堂。没有护城河，不过我们可以轻而易举挖一条出来。接下来，一座皇家宫殿：奥斯本宫，正如马克斯博士注意到的。意大利风格。褒贬不一。住过两任君王：查理一世砍头前被关在这里；维多利亚女王也在这里居住过，并且在这里去世。我得说，两位都有充任旅游主题的潜质。岛上住过一个著名诗人，丁尼生。有一对罗马别墅，有著名的镶嵌画，在我和更权威的专家们看来，这些画与欧洲同期作品相比相当粗陋。有大量各时期的领主宅邸。各种教区教堂；一些壁画，一些纪念铜像，不少精美的坟墓。许多茅顶屋，非常适合做茶铺。纠正下：它们大多数已经是茶铺了，不过还可以升级。没什么重要现代建筑，除了1910年左右修建的采石修道院，一个20世纪早期表现主义的杰作，比利时砖结构，风格取自高迪、加泰罗尼亚、科尔多瓦和克吕尼，设计者是一位本笃会修士，你们知道，这些都是我从‘佩夫斯纳’[1]里面看来的。

“还有什么？正如杰夫指出的，确实有考斯帆船赛。查理国王的绿地保龄球场，丁尼生的网球场。一两个葡萄园。针岩阵[2]。许多方尖碑和纪念碑。两座大型监狱，塞满了犯人。除了造船业，主要产业曾是走私，还有打捞遇难船只。现在则是旅游业。正如你们可能也想到的，这里并不是什么热门的旅游点。诚如老话所说，这岛上没有僧侣、律师和狐狸。丁尼生说这里丘陵地的空气值得上六便士一品脱[3]——每次看到这句话，我都真希望我有六便士，或者一品脱。诗人斯温伯恩葬在这里。济慈到访过，还有托马斯·麦考莱[4]也是。如果你们感兴趣的话，还有乔治·莫兰[5]。有人喜欢亨利·德维尔·斯塔克普尔[6]吗？说说看呗。《青春珊瑚岛》？没有，我想也是。他是小说家，曾在邦彻奇[7]住过。反正，你们会乐意知道，亨利·德维尔·斯塔克普尔捐款挖掘了邦彻奇村里的池塘，用来纪念去世的妻子。”马可用不咸不淡的语调汇报了最后这条消息，希望能给杰克爵士提供一些灵感。他如愿以偿。

---

1. 此处应当是指佩夫斯纳写的《欧洲建筑纲要》，佩夫斯纳是俄罗斯建筑家、结构主义艺术家。
2. 怀特岛岸边三块尖利的白垩岩石。
3. 容量单位，主要在英国、美国和爱尔兰使用。在英国一品脱约为568毫升。
4. 托马斯·麦考莱（1800—1859），英国历史学者、政治家。
5. 乔治·莫兰（1763—1804），英国画家，擅长画动物和乡村景色。
6. 亨利·德维尔·斯塔克普尔（1863—1951），爱尔兰作家，代表作《青春珊瑚岛》。
7. 怀特岛上的一个小村庄。

“填上它！”杰克爵士哈哈大笑道，“用水泥填平！”

马可暗暗松了口气。同时，他又觉得杰克爵士的嚷嚷中有点公事公办、敷衍了事的意味。这是杰克爵士在扮演“杰克爵士”的时刻。当然，不是说其他时候他并不是“杰克爵士”。

“不过，停一下。我自问，我们是谁，可以这样轻松地嘲笑一个人对自己妻子的思念？我们生活在一个冷嘲的时代，这个，先生们，并非我的标签。告诉我吧，马可，斯塔克普尔的妻子是悲惨地死去的吗？是在火车轨道上被碾得粉身碎骨？还是被一群流氓强暴杀害了？”

“我来查一下，杰克爵士。”

“这也许可以用作一个主题。亲爱的上帝啊，这也许可以拍部电影！”

“杰克爵士，我得说，我研究的那些材料过于偏向古代了。我并没有真见过那个池塘。据我所知，它也许一个世纪前就被填平了。”

“那么，马可，我们应该把它再挖出来，重建这个感人的传说，也许是著名的红毛松鼠咬断了一根电线杆，撞断了她的脖子？”杰克爵士今天早上真是个欢快的杰克，“作总结吧。波罗先生。为我们总结一下你的异域之旅。”

“下面是总结。我把所有历史材料都写进报告里了。希望它们符合马克斯博士的要求。不过，引用一位名叫维西·菲茨杰拉德的作者的话（他略微停顿一下，觉得杰克爵士也许会对浮夸的古代名字大开一阵玩笑），‘一度是花园之岛，现在纯然是旅游胜地’，那当然是以前的事了。现在……”他看着对面的杰克爵士，乞求着表扬。杰克爵士没有让他失望。

“现在，要是我可以大胆地借用一个说法，它是一个反乌托邦风格的平房住宅区，甚至连一杯像样的卡布奇诺都没有。”

“谢谢，杰克爵士。”项目经理鞠了一躬，在场诸君如果乐意，尽可以从中领略出讽刺之情，“简而言之，它对我们的目的而言极其完美。是片亟须装点、升级的地方。”

“太棒了。”杰克爵士猛踩脚铃，一个侍者出现了。“波特！H.德维尔·波特，你知道我让你放在冰上的那瓶库克香槟吗？对，把它放回酒窖。我们全都改喝卡布奇诺，用你的机器打出最细腻的泡沫来。”

❊ ❊ ❊

又约了一次酒吧，一场动机明显的晚餐邀约，一场电影，又约了一次酒吧，然后，远比大多数人迟缓地，他们到了作决定的时候。或者就算不是，那也是得作一个决定，决定是不是应该作一个更大的决定的时候了。让玛莎吃惊的是，她并没有感觉不耐烦，也毫无之前到这个阶段时的焦躁不安、敏感难挨。两个晚上前，他亲了她的脸颊，只不过不知是出于故意还是碰巧，他触到的那块脸颊正好挨着她的嘴角；然而她并没有像以前也许有过的那样，下意识地想，快拿定主意啊，别犹犹豫豫的，要么吻我，要么别吻。相反，她只是想着，这感觉不错啊，哪怕我感觉到你确实差不多都踮着脚了。好吧，下次穿鞋跟低一点儿的鞋。

他们坐在她的沙发上，手指松松地搭在一起，万一清醒反悔，仍有逃跑的空间。“你瞧，”她说，“我最好说清楚。我不会跟共事的男人搅在一块，我也不和比我小的男人约会。”

“除非他们比你矮，还戴眼镜。”他回答。

“不跟挣得没我多的男人一起。”

“除非他们比你矮。”

“也不跟比我矮的男人……”

“除非他们戴眼镜。”

“实际上我对眼镜没意见……”她说，不过还没说完，他就吻了她。

在床上，在话语被重拾之前，保罗发现自己的大脑活像一块欢乐的海绵，舌头也变得鲁莽放肆。“你没问‘我’有什么原则。”他说。

“哪方面的？”

“哦，我也有原则。关于和我共事的女人，比我年长的女人，挣得比我多的女人。”

“是啊，我猜你一定有。”她感觉自己不再咄咄逼人，好像变温和了。

“当然有。我的原则是喜欢所有这些女人。”

“只要她们不比你高。”

“那个现在的我可受不了。”

“还有，对了，剪得短短的深棕色头发。”

“不，必须是金发的。”

“而且喜欢做爱。”

“不，我更喜欢那种意思一下的女人。”

他们低语的都是傻话，不过她觉得尽可以肆无忌惮地说话。她相信他不会吃惊，也不会妒忌，他都会懂。她接下来说的并非为了测试他。

“有人曾经把手像你现在这样放在这里。”

“混蛋，”保罗低语道，“好吧，有品位的混蛋。”

“你知道他说了什么吗？”

“任何有百分之五人性的人都会说不出话来。他们应该一个字都说不出来才对。”

“奉承到位，”她说，“真不可思议，这能让人这么开心。所有国家都应该被这么奉承一阵，那就不会有战争了。”

“那他说了什么？”感觉几乎是他的手在提这个问题。

“哦，我以为他会说些好听的。”

“奉承到位。”

“一点不错。我几乎能听到他在思考。然后他说，‘你的杯罩肯定是34C’。”

“白痴。蠢蛋。是我认识的人吗？”

她摇摇头。没有你认识的。

“完全是蠢蛋，”他重复道，“你显然是34B嘛。”

她用枕头打他。

后来，从浅睡中醒来，他说：“我可以问一个问题吗？”

“有问必答。我保证。”她对自己也是这样保证的。

“跟我聊聊你的婚姻。”

“我的婚姻？”

“是啊，你的婚姻。你面试的时候我也在。我是你没注意到的那个人。那会儿你正在跟杰克爵士对戏。”

“好吧，要是你不跟人说的话……”

“保证。”

“我每次面试都允许自己撒一个技术性小谎。就是这么回事。”

“这么说你嫁给我之前就不用离婚了。”

“我觉得还有更大的障碍。”

“比如说？”

“不怎么喜欢做爱。”

当他方便回来之后，她问：“保罗，你怎么知道我是34B？”

“只是出于我不可思议的本能知识以及对女人的了解。”

“继续。”

“继续？”

“抱歉，我是说，除此之外。”

“好吧，你注意到我解开你内衣的时候笨手笨脚的了。我觉得没办法忍住不去看一下标签。我是说，我并不是故意的。”

他们睡着前，他说：“那么，总结本次会面的纪要，要是我换个工作，涨了薪水，改掉我的出生日期，挂到门上，让我自己显得高一点，再戴上隐形眼镜，你也许会考虑跟我约会。”

“我会考虑的。”

“作为回报，你也得解决你的障碍。”

“哪些？”

“哦，比如已婚啊，不喜欢做爱啊。”

“没错。”她说，突然感到全身袭来一阵毫无来由的忧郁之情。不，是有来由的，因为它说，你不配这个，不管是什么。它就是来嘲弄你的。

“除非……我是说，我不知道，也许你正和什么人约会。”

“是啊，我想我是。”她回答，感到他的胳膊紧张起来，便飞快地加了一句，“现在。”

第二天早上，她早早叫醒他，好让他穿过伦敦，穿着正常的服装，从正常的方向赶到皮特曼大厦，然后她想：嗯哼，是啊，没准会。

* * *

马克斯博士的测试对象是一个四十九岁的男人，高加索人种，中产阶级，英格兰血统，虽然三代以上就不知来历了。母亲来自威尔士边境，父亲来自英格兰中部偏北地区。公立小学毕业，靠奖学金读完公学，靠奖学金读完大学。在人文艺术和专业媒体工作过。会一门外语。已婚，没有孩子。自我判断为有文化、头脑清醒、知性、博学多识。正如要求的那样，没有与历史相关的教育或者职业背景。

这次访谈的目的是保密的。捏造了市场调查的由头，并借用了一家著名软饮公司的名义。没有说明马克斯博士的在场。问题由一位身穿无特征服装的女问询员提出。

测试对象被问，在黑斯廷斯战役中发生了什么。

对象回答：“1066年。”

问题重复一遍。

对象笑了。“黑斯廷斯战役，1066年。”停顿，“哈罗德国王，眼部中箭。”

对象表现得好像他已经回答了问题。对象被问到能否指出战役的其他参战方，评论一下军事策略，提出导致冲突发生的可能原因或者解释其后果。

对象沉默了25秒钟。“那位——我想是——诺曼底的威廉公爵，率军前来，从法国过海而来，虽然那会儿他来的那地方可能还不是法国，他赢了战争，成了征服者威廉。或者他已经是征服者威廉了，变成了威廉一世。不。我前面说的那个是对的。英格兰的第一个正式的国王。我是说，忏悔者爱德华和烤焦了面饼的那个国王，阿尔弗雷德[1]，他们都不算，对吧？我想他好像跟哈罗德[2]有亲戚关系。可能是表亲吧。[3]那会儿他们大多数人都是亲戚，不是吗？他们全都算是诺曼底人。我是说，除非哈罗德是撒克逊人。”

对象被要求解释一下他是否认为哈罗德是撒克逊人。

对象沉默了20秒钟。“他没准是。我想是的吧。不，再一想，我还是打赌他不是。算了，我想他是另一种诺曼底人。因为他是威廉的表亲嘛。如果真有这么回事的话。”

对象被问到战役发生的确切地点。

1.阿尔弗雷德大帝（849—899），韦塞克斯的国王。是历史上第一位称呼自己为“盎格鲁-撒克逊之王”的君主。因为英勇统率臣民对抗北欧海盗，被后世尊称为阿尔弗雷德大帝。一则关于阿尔弗雷德国王的传说是，某次他寄宿农家，主妇请他帮忙照看炉子，国王沉浸在对国家大事的思考中，浑然忘却这桩嘱托，令面饼烤煳。

2.黑斯廷斯战役中，英格兰一方的统治者。

3.威廉一世与忏悔者爱德华是表亲。

对象："这是个圈套吗？"

对象被告知没有圈套。

对象："黑斯廷斯。呃，不是在那镇上，我想。虽然我猜那会儿也还没什么镇吧。在海滩上？"

对象被询问黑斯廷斯战役和征服者威廉加冕之间的关系。

对象："不清楚。我猜伦敦发生了某种游行吧，就像墨索里尼'进军罗马'[1]一样，发生了一些冲突，没准又打了一仗，当地人就投靠到了胜利者的旗下，这种时候他们都会这么干的。"

对象被问到哈罗德出了什么事。

对象："这是个……不，你说过没有圈套。他眼部中箭了啊。"（充满攻击性地：）"这个人人都知道。"

对象被问到这场事故之后发生了什么。

对象："当然是他死了啊。"（情绪缓和一些：）"我相信他肯定是因为中箭而死的，不过我不知道那是他受伤之后多久的事。我想那时候你没什么办法治眼部中箭这种伤吧。你想想，这真是太不幸了。我想要是他那会儿没有正好抬头，英国历史的进程就会大不相同了。就像埃及艳后的鼻子一样。"停顿。"顺便说一句，我记不清哈罗德眼部中箭之后是谁赢了这场战役，所以没准英国历史的进程不会因为这个而改变吧。"

对象被问到他对于刚才的叙述还有什么补充。

1. 1922年10月，墨索里尼因为不满1921年意大利国会的选举结果，召集了三万名自己的支持者进入罗马，成功让当时的意大利国王任命他为首相，使意大利成为第一个由法西斯掌权的国家。

对象沉默了30秒钟。“他们穿锁子甲和戴带护鼻的尖角头盔，用大砍刀。”被问到他指的是哪一方，对象回答：“双方都是吧。我想。没错，因为反正他们都是诺曼底人嘛，对吗？除非哈罗德是撒克逊人。不过哈罗德的小伙子们显然都不是穿着短皮衣之类跑来跑去的吧。等等，他们没准还真是。那些比较穷的，当炮灰的。”（谨慎地：）“我不是说他们有炮啊。那些不是骑士的人。我想不可能每个人都穿得起锁子甲。”

对象被问是不是没有补充了。

对象（兴奋地：）“还有！贝叶挂毯，我刚想到它。那完全是以黑斯廷斯战役为主题的。或者部分是的吧。它还记下了哈雷彗星的首次观测，或者说是首次记录了这颗星，我想。不，是第一次画出了它，我的意思是这个。这有用吗？”

对象表示现在他已经知无不言了。

我们相信这是一份该访谈的公正准确的记录，也相信对象代表了目标人群。

马克斯博士拧开钢笔，在报告上勉为其难地涂上姓名缩写。还有很多像这样的人，想到他们，他不由得有点沮丧。大多数人对历史的记忆，就像回忆他们自己的童年一样笃定而混乱。马克斯博士觉得，对于自己的民族的起源和成形居然如此无知，简直就是不爱国的表现。不过，这里面也存在着一个悖论：爱国主义的最佳伴侣正是混沌，而非知识。

马克斯博士叹了口气，不只是出于专业，而且也是发自个人的。他们是否都在装呢——一直在装——那些涌向他的讲座，打电话参与他的直播节目，跟着他说的笑话发笑，买他的著作的人？他对他们的头脑大力熏陶，是否就像火烈鸟落进小雀子的洗澡钵一样毫无用处？他们是不是都像他面前这位自我判断为有文化、头脑清醒、知性、博学多识的四十九岁无知蠢货一样，对一切根本啥都不懂？

“蠢货！”马克斯博士嘟囔道。

* * *

杰夫的调查报告打印稿摊开在杰克爵士面前的指挥台上。来自二十五个国家的潜在优质休闲客户被要求列出“英格兰”这个词让他们想到的六项特征、优点或者精华。他们不需要自由联想，答题人没有时间压力，也没有预先设定的多项选择。“如果我们想要给人们他们想要的，”杰克爵士坚持道，“那么我们就应该至少有点胸怀，去搞清楚那会是什么。”因此，来自世界各地的公民们将自己心目中的五十个跟英国有关的特质对杰克爵士坦诚相告：

1.皇室
2.大本钟/议会大厦
3.曼联俱乐部
4.等级制度
5.酒吧
6.雪地上的知更鸟
7.罗宾汉和他的快乐伙伴们
8.板球
9.多佛尔白崖
10.帝国主义
11.米字旗
12.摆绅士架子
13.《天佑吾王/女王》
14.英国广播公司（BBC）
15.伦敦西区剧院
16.《泰晤士报》

17.莎士比亚

18.茅顶屋

19.茶/德文郡奶油茶

20.巨石阵

21.镇定自若/不动声色

22.购物

23.橘子酱

24.伦敦塔卫兵/伦敦塔

25.伦敦出租车

26.圆顶硬礼帽

27.经典名著改编电视连续剧

28.牛津/剑桥

29.哈罗兹百货公司

30.双层巴士/红色巴士

31.虚伪

32.园艺

33.背信弃义/不可信任

34.半露木结构建筑

35.腐国

36.《爱丽丝漫游奇境记》

37.温斯顿·丘吉尔

38.马莎百货

39.不列颠之战

40.弗朗西斯·德雷克

41.皇室阅兵

42.抱怨不休

43.维多利亚女王

44.早餐

45.啤酒/常温啤酒

46.冷淡

47.温布利体育馆

48.鞭笞/公学

49.不洗衣服/劣质内衣

50.《自由大宪章》

杰夫观察着杰克爵士一边研究清单，一边表情从悠然自得变得极度沮丧。接着一只肉嘟嘟的手一挥，打发了他，杰夫感觉到它传达出的苦涩。

杰克爵士又独自研究了一遍打印稿。显然，越到表末，它变得越糟。他划掉觉得是由调查失误所致的几项，思考着其余内容。有好儿项都已被准确地预见到了：岛上少不了购物，也一定会有提供德文郡奶油茶的茅顶屋。园艺、早餐、出租车、双层巴士：这些都是有用的。雪地上的知更鸟：这是哪儿来的？没准是圣诞卡上的吧。《自由大宪章》目前正被译为优雅的英语。《泰晤士报》毫无疑问可以很容易解决；伦敦塔卫兵们一定会给喂得肥肥壮壮；多佛尔白崖可以不需要多少语言学上的转换就挪到之前叫作白崖湾的地方；大本钟、不列颠之战、罗宾汉、巨石阵：都是唾手可得。

不过清单顶部有点麻烦。准确地说，是第一、第二和第三项有点麻烦。杰克爵士已经朝议会发出了试探，不过他在一次与下议院发言人共进工作早餐时，向这个国家的立法者们发出初步提议，得到的却只是无动于衷，这里甚至可以用“轻蔑”这个词。足球俱乐部会容易些：他已经派马可带着一队顶级谈判专家去曼彻斯特。蓝眼睛的小马可看起来像个容易上当的家伙，不过旋即他就会对你一阵恭维，弄得你乖乖签下卖身契。毫无疑问会出现诸如地区骄傲、城市传统之类的问题——一贯如此。杰克爵士知道在这种时候每每不再只是价格问题：价格会跟自欺欺人的说法绑在一起，认为到头来原则比钱更重要。那么这里适用什么原则呢？嗯，马可会找到一条的。要是他们死不让步，你还是可以偷偷买下这家俱乐部的头衔。或者干脆直接炮制一个，然后让他们见鬼去。

白金汉宫得换个路子解决：少点胡萝卜加大棒，多点胡萝卜加胡萝卜。国王和王妃最近颇受非议，指责他们的还是那堆愤世嫉俗、心怀不满和事事反对的人。杰克爵士的报纸奉命以爱国主义情怀驳斥所有这些叛国的诽谤，同时又悲愤不已、长篇累牍地详细介绍着它们。对于里克王子的那桩丑事也是一样。“国王的表弟卷入吸毒乱交案”——是这个大标题吗？当然，他开除了那个记者，但是不幸的是，污点永远无法洗净。胡萝卜加胡萝卜；必要的话，不妨给他们一整捆胡萝卜好啦。他可以给他们提供更优渥的薪水和生活条件，更少工作，更多隐私；他可以把他们今天臣民的吹毛求疵、不知感恩，与他们未来臣民的感恩戴德、恭顺有加作个对比；他会强调他们的旧帝国的日益腐朽，以及一块镶嵌在银色海面上宝石的灿烂前景。

不过那块宝石如何才能闪耀呢？杰克爵士又戳着杰夫的清单，每划掉一行，他那出于忠心的怒吼声就更响亮一分。这不是什么民意测验，这是一次赤裸裸的人格诋毁啊。他们以为自己是他妈的谁，能对英格兰这样胡说八道？他的英格兰啊。他们知道些啥？该死的游客们，杰克爵士想。

* * *

小心地、尴尬地，保罗把他的人生展开给玛莎看。他在郊区的一幢都铎风格的住宅里长大：观赏樱和连翘，整整齐齐的草坪和邻居们的互相窥探。星期天早上洗车，村子教堂的业余音乐会。不，当然不是每个星期天：只是这么觉得而已。他的童年风平浪静；或者要是你乐意，也可以说是无聊。邻居们会交头接耳，嘀咕谁家在禁水期开了洒水器。街道一角有一个都铎风格的警察局，它前面的花园里有一个立在长长杆子上的都铎风格的鸟屋。

“真希望我干过点坏事。”保罗说。

“为什么？”

“哦，那样我就可以对你坦白了啊，你就会理解我，或者原谅我之类的。”

“没那必要。那说不定还会影响我对你的好感。”

保罗沉默了片刻。“我以前经常手淫。”他满怀希望地宣布。

“那不是罪，”玛莎说，“我也这么干。”

“真见鬼。”

他给她看照片：看穿尿布的保罗，穿短裤的保罗，穿戴着板球护具的保罗，打着黑领结的保罗；他的头发逐渐从稻草色变深为泥炭色，他的眼镜勉强赶着时髦，他青春期的肥胖消退了，被成年人的焦虑取而代之。他是三个孩子里中间那个，上面有爱嘲弄他的姐姐，下面有优等生弟弟。他在学校里成绩不错，也擅长不引人注目。大学毕业后，他加入皮特科公司担任管理见习生；接着是对任何人而言都无伤大雅的稳定升迁，直到某天他在男洗手间，发现身边那个宽阔无比、几乎要把立式小便器两侧隔板撑炸的身影属于杰克·皮特曼爵士本人，保罗觉得他想必是突发奇想，决定放弃他那奢华隐秘的斑岩抽水马桶，来感受下民主风格的尿尿。杰克爵士哼着《克鲁采奏鸣曲》的第二乐章，弄得保罗一阵紧张，尿尿半途而废。出于他至今都不知道的原因，他给杰克爵士讲起了一个有关贝多芬和乡村警察的故事。当然，他不敢看着董事长，只是把故事说了下去。讲完后，他听到杰克爵士拉好拉链，悠悠出门，哼着第三乐章，快板，哼得荒腔走板的。第二天他被召唤到杰克爵士的私人办公室，一年后就变成了爵士的金点子捕捉者。每个月底，保罗都会给杰克爵士呈交他的个人名言录，里面有时甚至会有一些杰克爵士早已遗忘的妙语，令爵士惊喜万分。那用力的频频点头主要是出自得意，不过也是对金点子捕捉者的祝贺，因为在这些转瞬即逝的妙语消失之前，他灵巧地捕捉住了它们。

“女孩们。”玛莎说。她已经听够了杰克·皮特曼爵士的事。

“是啊。”他言简意赅地答道。他的意思是：时不时地，小心翼翼地，尴尬地。但从没有像现在这样。

她报以对自己人生的初步介绍。他紧张地听她回忆父亲的背叛和英格兰诸郡拼图。听到农业博览会和A. 琼斯先生的时候他放松了一点，对杰西卡·詹姆斯的故事犹犹豫豫地笑了，对于二十五岁之后就不要责备父母那段报以一脸严肃。然后玛莎给他讲了母亲对于男人要么邪恶要么软弱的看法。

“我是哪种？”

“陪审团还没就位哦。”她开玩笑道。不过他看起来一脸失落。“不要紧啦，二十五岁以后，你也没必要事事同意你的父母。”

保罗点点头。“你觉得这里面有关联吗？”

“什么之间的关联？”

“你父亲开溜了，按照你的说法，和你为杰克爵士工作之间？”

“保罗，看着我的眼睛。”他勉为其难地照做了；他现在已经超越了只盯住她耳朵的阶段，不过有时还是喜欢盯着她的脸颊和嘴唇。“我们的老板并不是什么失去的父亲的替代品，好吗？”

“只是他有时候好像当你是女儿啦。一个总是质疑他的叛逆女儿。”

“那是他的问题，而且你这是低劣的心理分析。”

“我不是指……”

“不……”但他肯定是指什么。玛莎既然已经营造了自己的人生，构筑了自己的性格，所以对不同的意见必然抵触。

一阵沉默。最后保罗说：“你知道贝多芬和乡村警察的故事吗？”

“你现在又不是在参加工作面试。”哟，说话注意点，玛莎，你是打算开个玩笑，但他脸红啦。你以前这样伶牙俐齿，可是毁掉过不少关系的啊。她声音放柔和了些：“下次再给我讲吧。我现在有个更好的主意。”

他的目光回避着她。

“我来软弱地邪恶，你呢来邪恶地软弱。或者要是你愿意，反过来也行。”

这是他们第四次同床。最初的谨慎尴尬已经消失，他们不再用膝盖互撞。不过这一次，在她感觉他们快要分道扬镳的时候，他用一只胳膊肘半撑起身子，平静地说道：“玛莎。”

她转过头。他的眼镜搁在床头柜上，双眼直接对着她。她好奇他是不是其实没办法看清楚她，以及这是不是让他可以比较容易地看着她的眼睛。

“玛莎。”他又唤了一声。在某种意义上，他其实不用再说什么了，不过他还是说了。“我还在这里。”

“我看得出来，”她说，“我能感觉到。”她那里收紧了，拢住他，不过知道自己这是在防御，同时又很开心。

“是的。但是你知道我的意思。”

她点点头。她已经摆脱了神飞天外的习惯。她冲他微笑。也许事情可以再度变得简单。无论如何，她都会感谢他冒此风险。她陪着他，观望，献殷勤，服从，领导，赞许。她小心翼翼，坦诚相待。他也是一样。

然而，这并非她此生有过的最佳性爱。不过谁说人类尊严和出色性爱之间必有关联呢？谁又会给情人们列个排名表呢？只有那些缺乏安全感、一心想竞争的人吧。大多数人记不得什么一辈子的最佳性爱。能记得的都是奇人。比如埃米尔。善良的老埃米尔，玛莎的一个基佬朋友。他就记得。她曾经从卡尔卡松[1]给他寄过一张明信片。她回到家时，他及时、狂喜的回信已经躺在她的门垫上了。他的信是这样开头的："我在卡尔卡松遇到过这辈子最棒的性爱。很久以前的事了。在老城区的旅馆里，阳台下方都是那些圆拱形的屋顶。一场风暴即将来袭，就像在埃尔·格列柯[2]的画里一样，老天忙乎着它自个儿的大事，我们也一样，直到闪电和雷鸣轮番登场，风暴就在头顶，我们仿佛天人合一。之后我们躺在床上，听着暴风雨朝山区挪去，等我们缓过劲儿来，就听到一阵涤净大地的雨开始倾下。这足以让你相信上帝的存在了吧，对吗，玛莎？"

好吧，足以让玛莎相信，如果真有上帝的话，他一定对基佬们没有任何偏见。不过上帝——以及，要较真的话，还有人类——从来没有给她安排过这样的辉煌时刻。她这辈子最出色的性爱？算了吧。

1.法国西南部城市，有大片中世纪防御工事遗迹。

2.埃尔·格列柯（1541—1614），西班牙文艺复兴时期的著名画家、雕刻家、建筑家。

她把脸埋进保罗的腋窝里。她要安顿下来啦。

❈ ❈ ❈

老式英格兰烤牛肉自然得到了委员会烹饪分会的点头通过，约克郡布丁，兰开夏郡砂锅，萨塞克斯池塘布丁，考文垂圣饼，艾尔斯伯里鸭肉，布朗温莎汤，德文郡奶油面包，梅尔顿莫布雷馅饼，贝德福德郡甜咸饼，利物浦圣诞长面包，切尔西小面包，坎伯兰香肠，以及肯特郡鸡肉布丁，也是一样。炸鱼薯条，培根煎蛋，薄荷酱，牛排和腰子布丁，农家午餐，牧羊人馅饼，乡村风馅饼，果干布丁，蛋皮奶油冻，面包配黄油布丁，肝配培根，雉鸡，佐餐薯片和王冠烤肉，也立即打了钩。伦敦汤，女皇布丁，可怜的温莎骑士烤土司，欣德尔威克斯炖鸡，凝望星辰派，喔喔酱，少女蛋挞，松饼，薄肉片，英式烤饼，胖小子饼干，博斯沃思曲线饼干，猫和麦片姜饼，则因为它们美妙的名称而获通过。分会否决了稀粥（因为太具苏格兰风味），否决了基佬仙女蛋糕（以免伤害同性恋客户），葡萄干斑点布丁也被否了，因为即便改叫“斑点狗”也不太让人舒服。恶魔与马背上的天使（培根裹牡蛎）入选了，洞中蟾蜍（香肠布丁）和葱炖鸡汤落选。威尔士干酪吐司、苏格兰蛋和爱尔兰炖菜连提名都没得到。

将会有一大波来自计划建于文特诺[1]的小酿酒坊的淡啤酒；如果阿吉斯通[2]的葡萄园能入选最终的战略计划，还会有用壶装的岛产葡

1.怀特岛上的一座海滨度假小城。

2.怀特岛东部的小村。

萄酒。不过引来财源的还有侍酒大师们叮当作响的品酒碟，好饮者将专享由导游带领进入深藏在白垩悬崖内部酒窖的旅行项目（那儿“一度是走私犯藏赃物的秘密洞穴，现在是经典佳酿的存放地”），然后这些酒将以四倍价钱被兜售给他们。关于餐后酒：也许可以温和地推销一种莫德姑妈的什罗普郡原产李子白兰地，不过也会有各种麦芽酒（它们绝不会叫什么令人不爽的爱尔兰名字）可供选择。杰克爵士将会亲自审阅阿马尼亚克酒的酒单。

“这样就只剩下性啦。”协调委员会通过这份爱国主义的菜单之后，项目经理评论道。

“你说什么，马可？”

“性啊，杰克爵士。”

“我经营的可都是家庭报纸。”

“家庭报纸，”玛莎说，“向来都是满纸婚外情和不伦恋。”

“所以它们叫作家庭报纸。”她的老板恼怒道。他扯着加里克俱乐部的吊裤带，叹了口气。“很好。鉴于这些会议都要遵循民主原则，继续说吧。”

“我猜想我们还得提供一些性视角吧，不是吗？”马可说，“人们度假是为了享受性生活，众所周知。或者不如说，他们想到假日的时候，每每都会想到‘性’。要是他们是单身，他们希望有艳遇；要是他们已婚，也会希望得到某种，或者许多种，比在家里床上更棒的性体验。”

“你这还真是一说。唉，你们这些年轻人啊……”

“所以，我认为吧，要是你们的两便士游客会设法寻找三便士的快乐，那么那些为优质休闲买单的人更会想要来点优质性爱吧。”

“这个逻辑在历史上不乏证明，”玛莎评论道，“不列颠人曾经一直为了性而奔赴海外。整个帝国之所以建立，正是因为不列颠男人无法在婚姻之外觅得性满足。或者，也不妨说是在婚姻之内吧。西方总是视东方为妓院，不管是高级的还是低级的。现在形势已经反转。我们要挣来自环太平洋地区的钱，那么我们就必须提供以历史性的回报。”

“请问官方历史学家对这种关于我们国家的辉煌过去的诽谤性理解有何评价？”杰克爵士用雪茄指了指马克斯博士。

“我对此非——常熟悉，”后者答道，“虽然它们并非总是表达得如此一针见血。这个是可以商榷的。”马克斯博士口气慵懒，暗示出他自己是绝不会被引得加入这种商榷的，无论是站在正方还是反方。

“哈，”他的老板回答，“这个是可以商榷的。要是允许我说点大不敬之语的话，这可真不愧是历史学家的发言啊。那么我们正在商榷的是……什么呢？说具体点？是要把英国处女们送上市场吗？赤身裸体，关在死囚车上，按小时卖到配备了水床、倾斜的镜子和色情录像带的高价妓院里做性奴？你们明白的，我这是在打比方而已。”

一阵令人窘迫的沉默，马可迅速站出来解释。“我想我们有点离题了。我只是说，我想知道是否应该还有一个‘性’的角度。我不知道具体应该如何。我并非金点子专家，只是个项目经理。就给你们提个意见罢了：优质休闲，高档消费，市场预期，英格兰和性。我可以把这杯鸡尾酒端上来送给与会的各位吗？”

“很好，马可。让我们把它放到按摩床上吧，用个新词儿。我们这就开始吧。性和英格兰，有谁来说说？”

“瑞士海军[1]。”玛莎说。

“节哀顺变啊，科克伦小姐。”杰克爵士深沉一笑，“虽然小鸟儿并没告诉我这个。”玛莎瞥了他一眼，他装傻一样挪开了视线。她不敢看保罗。“这方面有什么优势吗？”

“好吧，好吧，”玛莎恼怒地接受了挑战，“我先来。英国人和性。这让人想起什么？奥斯卡·王尔德。童贞女王[2]。《劳合·乔治伯爵认识我爸爸》[3]。戈黛娃夫人[4]。”

“到现在为止，一个是爱尔兰佬，一个是威尔士佬。”马克斯博士大声地自言自语道。

“加上一个处女和一个脱衣舞女郎。”马可补充道。

“英格兰的恶习，”玛莎继续道，强硬地看着马克斯博士，“鸡奸还是鞭刑，你随便选吧。维多利亚时代的雏妓。一系列性谋杀。听到旋转门在咯吱响吗？来个英格兰的卡萨诺瓦[5]如何？我觉得拜伦勋爵也不错。一个乱伦的跛足名人。真是一片沃土，不是吗？哦，我们还发明了避孕套，如果这个也有用的话。据说是这样的。”

1.按摩润滑油品牌。

2.指伊丽莎白一世，在吸取了姐姐们的前车之鉴后，伊丽莎白为了稳定英格兰的统治，决定一生不嫁，以免引入其他国家王族，争抢英格兰王权。

3.英国童谣，有讽刺英国曾经的自由党党魁劳合·乔治沉溺女色的含义。

4.英格兰古代贵妇，传说她曾为了请求领主丈夫给百姓减税，赤身裸体骑着马穿过考文垂街头。

5.贾科莫·卡萨诺瓦（1725—1798），意大利传奇冒险家、作家，18世纪享誉欧洲的大情圣。

“全都没用,”杰克爵士说,“甚至更碍事了,普通点的可能反而还有点意义。我们想找的,如果允许我简单点儿说的话,是一个给性爱以美名的女人,一个家喻户晓的好姑娘的名字,他妈的就是一个大奶子的小美人儿,我是打个比方啊。”委员会成员们突然对桌子的纹路、壁纸的花纹、吊灯的闪烁产生了前所未有的兴趣。杰克爵士一拍额头。“我找到她了。我找到她了!就是这个女人。妮尔·格温[1]。当然,英雄不论出身嘛。我相信这是一位可爱的女孩。赢得了整个民族的心啊。而且是一个非常民主的故事,一个适合我们时代的故事。也许要用点手段,把她纳入到第三个千年的家庭价值观里。然后,当然还有橙子专营权[2]。怎么样?有人叫好吗?有人喝彩吗?”

“很好。”马可说。

“好。”玛莎说。

“值得怀疑。”马克斯博士说。

“怎么说?”他们的老板怒道。他难道真的非得一肩挑起所有的创意重任,然后还要被一群否定者包围吗?

“这其实并非我研究的领——域,”官方历史学家开口道,这是一则少见的以简短演讲收尾的否认声明,“不过我所记得的是,小妮尔的经历谈不上什么家庭价值观。她公开称自己是一名‘新教徒娼妓’——你们知道,当时的国王是信天主教的。妮尔跟他生了两个私生子,跟他的另一个宠妾分享做他情妇的快乐,那位的名字我一时想

1.妮尔·格温(1650—1687),被塞缪尔·佩皮斯称为“美丽的、智慧的格温”,她被视为英格兰的活化身,是英格兰国王查理二世的情妇。

2.格温出身微贱,曾是一名卖橙子的小贩和女喜剧演员。

不起来了……”

“你的意思是，三人同床那种事情。”杰克爵士低声道，一边设想着相关的大标题。

“……显然我得查一下了，不过她作为国王情妇的生涯确实是从相当年幼就开始了，所以我们没准不得不考虑儿童的问题。”

“很好，”玛莎说，“非常好。西方的恋童癖过去都去东方寻求满足。现在东方的恋童癖可以来西方啦。”

“太可怕了，”杰克爵士说，“我一直以来都是经营家庭报纸的啊。”

“我们可以把她调整得年长一点，”玛莎欢快地建议道，“去掉她的小孩，去掉其他的情妇，去掉社会和宗教背景。然后让她变成一个中产阶级好姑娘，最后嫁给了国王。”

“同时犯下重婚罪。”马克斯博士补充道。

“在我那个时候，事情可简单多啦。”杰克爵士叹道。

❋ ❋ ❋

“你觉得杰克爵士注意到我们了吗？”他们在床上，灯关了，他们的身体疲倦，思想因咖啡因的缘故仍活跃着。

“没有，”保罗说，“他只是在试探。”

“感觉不像试探。感觉更像……在压迫。我告诉过你，居家男人最恶劣。”

“他喜欢你，感觉不出来吗？”

“他的喜欢留给隐身的皮特曼夫人好啦。你为什么总帮他说话？”

“你为什么总是攻击他？不管怎么说吧，你总归是招惹他来着。”

“我什么？你是说用穿着扣到下巴的衬衫配炭黑色外套吗？”

“用你那种一点不爱国的对性的高谈阔论。”

“挑衅的，不爱国的。真是越来越妙啦。我领工资就是干这事的啊。”

“你知道我的意思。”

他们谈僵了，几乎要变成吵架。为什么会这样，玛莎想。为什么爱总免不了有厌烦的一面紧紧相随，为什么温柔总与恼怒密不可分？或者莫非只有她是这样？“我只是想说英国人不以性爱闻名，如此而已。就像赛艇比赛，上下，上下，上下，然后所有人都累瘫在船桨上。”

“多谢你哦。”

“不是说‘你’啦。”

“不，要是真的恭维，我自然能听出。所有人都需要这个，我好像还记得。我们那会儿还说过，它能阻止战争。”保罗想：我做错了什么？为什么我们突然就变这样了，在黑暗中对彼此怒吼？上一刻还好好的。上一刻我还那么喜欢着你，爱着你；现在我剩下的却只有爱你了。太可怕了。

“哦，给我讲个故事吧，保罗。”她不想交战。

他也不想。“一个故事，”他沉默片刻，让心头的那丝憎恶静静地燃尽，“好吧，我给你讲那个贝多芬和乡村警察的故事。就是我给杰克爵士说过的那个。”

玛莎僵住了。她很想把杰克爵士留在办公室里。保罗却不停地把他带回家。现在他甚至与他们同床了。好吧，也许就这次吧。

“很好。我想象出那场面了。在男洗手间里肩并着肩。他在哼的是什么来着？”

“‘克鲁采’。第二乐章。富于表现的慢板。不是说当时的情景正好对得上。反正，是这样的。从前，不管那是什么时候吧，我估计是一八几几年的一天早上，贝多芬早早起床去散步，关键是那会儿他已经是个著名作曲家了。你也许知道，他有点邋遢。他套上那件破破烂烂的旧外套，没戴帽子走了出去，那会儿所有不是著名作曲家的体面人都戴帽子来着，他沿着家附近的运河牵道就走出去了。他肯定一心想的都是音乐，脑袋里都是它，没顾上注意别的，因为他走着走着，突然发现自己已经把运河走完，到了运河的源头那里了。他不知道自己在哪儿，所以就开始朝别人的窗子里打量。嗯，这可是在德国的一个体面人住的地区，或者不管当时那里叫什么吧，自然地，居民们没有问他需要什么，或者给他杯咖啡什么的，而是叫来了当地巡警，把他当作流浪汉抓了起来。简而言之吧，事情变成这样，让他大吃一惊，他对着警察反抗起来。他说：‘可是警官，我是贝多芬。’警察说：‘你当然是啦——为什么不呢？’”

他顿了顿，不过玛莎一如既往保留着熟悉男性叙述节奏的本能。她等待着。

“然后——没错——然后巡警解释了自己为什么要逮捕他。他说，‘你是个流浪汉。贝多芬可不会这副模样’。”

玛莎在黑暗中笑了，意识到他没法看见她，便伸手过去搂住他。

“真是个好故事，保罗。”

他们从他俩都正直奔去的方向撤回了，因为他俩都这么希望。要是他们中有一个不这么想呢？要是两人都是呢？她入睡时，疑惑着两件事情。为什么哪怕在床上，他们都仍旧称呼杰克爵士的头衔，以及为什么贝多芬认为自己迷路了。他所需要做的，其实只是掉头，沿着运河走回自己家嘛。或者莫非那是普通人的逻辑？

那晚迟些时候，她醒来想到性的问题。她觉得自己说过的话仍在耳边回荡。我要一劳永逸地安顿下来啦，她这么说过。已经要安顿啦，玛莎，这个是不是太早了点？哦，我不知道，反正，所有人都要安顿下来的吧。那可不是你哟，玛莎，你总是自由自在，不要安顿，所以你才没有……安顿下来。

——看啊，我只是说，这回的亲热非常令人愉快，但它算不上是卡尔卡松。为什么它会让你睡不着？不是说它就是卡尔卡松的反面，不管那会是什么吧。切尔诺贝利。阿拉斯加。吉尔福德的绕城公路。再说了，两个人的关系也不是只有性吧。

——但是确实只有性，玛莎，在现在这种关系萌芽的时期，它确实只有性。你之前的关系也并非始于什么陶瓷课或下课铃吧，是吧？真要那样，那还就无所谓了。

——你看，这段关系，它还在发展嘛。

——它在发展，而与所有从前那些你会有的希望啊，可爱的自我欺骗啊，还有……野心啊，正相反，你在作一些理性的适应，寻找一些理性的理由。

——我没有啊。

——你有。你都用起了诸如“非常令人愉快”这样的字眼儿。

——嗯，没准我快到中年了吧。

——这是你自己说的哦。

——那我收回。没准我正在变成熟，变得没那么自我欺骗吧。现在不一样了。感觉不一样。我尊敬保罗。

——哟，亲爱的。这感觉像是要安顿下来听什么伟大作曲家的故事？

——不，感觉是这样的：没有游戏，没有欺骗，没有假装，没有背叛。

——四个否定成就了一个肯定？

——住嘴吧，住嘴。没错，顺便说一句，没准真能这样。所以给我闭嘴。

——玛莎，我可一个字都没说哦。好好睡吧。仅仅出于好奇问一句，你觉得自己为什么会醒来呢？

❋ ❋ ❋

说到一份简短的性爱史，保罗·哈里森的过去可比玛莎·科克伦的要简短得多。

——小时候一开始对所有女孩的渴望，以及由于所有女孩，或者至少在他周围出现的女孩们，都穿着白短袜，长及小腿的绿格子裙（因为妈妈们知道她们还会长高，这样的裙子才经穿），白衬衫，系着绿领带，所以这就是他脑海中浮现的最初的女孩们的形象。

——对金的特别渴望，金是姐姐的朋友，在学中提琴。一个星期天早上，她到他们家来，让他意识到（这一点以前光靠他姐姐他从未意识到的）没有穿校服的女孩会让人嘴唇发干，大脑发晕，内裤一点点鼓起（学校里的女孩们可绝不会让他这样）。金比他大两岁，对他毫不在意，或者是假装毫不在意，反正结果都一样。他有一次若无其事地问姐姐："金最近好吗？"她仔细地打量着他，突然乐了，笑到快要吐出来。

——发现杂志里的女孩。只是她们显然都不是女孩了，而是女人，有着大大的完美胸部、中等大小的完美胸部或者小小的完美胸部的女人们。看到她们对他无异于当头一棒。她们在他心中全都是无可挑剔的美人，就连那些粗鲁淫荡的也是；也许后者尤其如此。她们胸部以外的部分，最初也让他大吃一惊，它们在不同的身体上，从形状到生理特征都如此的多样，如此的不同，不过也一律都是完美至极的。这些女人对他来说远在天边遥不可及。她们是芳香光滑的贵族，他是恶臭拙劣的农夫。

——不过他还是爱着金。

——不过他发现他同时也可以爱着那些杂志上的女人。他从她们中间选出了最喜欢的一些，对她们忠心耿耿。他觉得这些女人会温和地对待他，理解他，教他该怎么做；然后其他那些女人等他一旦学会怎么做，就会真的跟他做；然后还有第三种类型，那些天真、迷茫、纯洁的姑娘，到一定时候，他会教她们怎么做。他把那些深深打动他的女人们的大幅图片撕下来，藏在床垫下。为了避免压坏她们（这样既不妥，也是亵渎），他把她们收在一个马尼拉硬纸信封里。过了一阵儿，他不得不再买一个信封。

——学校里的女孩们长大了，裙摆从小腿肚升到了膝盖。他混在男孩堆中打量着女孩们。他觉得自己永远、永远也不可能独自面对一个女孩（除了他姐姐之外）。与杂志上的女人们独处要容易得多。他和她们做爱的时候，她们好像总能与他心意相通。还有一件事：据说做爱之后会忧伤，可他从来没有过。只有对不应期的失望。他买了第三个马尼拉硬纸信封。

——一天在操场上，吉奥夫·格拉斯给他讲了个关于长期离家的旅行推销员的故事，这个故事隐秘而复杂，提到推销员找不到女人的时候怎么做。一般会这样，有时会那样，有时会变个花样，因为他不想女房东偷看他，他会在浴缸里做。嗯，你知道那玩意儿在浴缸里是什么样的——保罗听得入迷，随口应了声“是啊”，而不是说“不知道”，然后吉奥夫·格拉斯就冲着操场嚷道，“哈里森知道那玩意儿在浴缸里是什么样的”。他意识到性就是陷阱。

——他从学校回家，发现妈妈在春季大扫除时翻开了他的床垫，更加固了他对“性是陷阱”的认识。

——有那么一阵儿，他用暗号在一本妈妈永远不会检查的数学课本后面画了一张表格，记下与那些失去的杂志女人们做爱的次数。结论模棱两可，或者并没有起到一点点劝诫的意味。他发现自己一清二楚地记得和切瑞，和旺达，和萨姆，和蒂凡尼，和爱普丽尔，和特里斯，和林迪，和吉瑞尔，和比利，和凯利，和金伯利，在一起时的所有细节。有时他洗澡时也惦记着她们。在床上他不再操心要不要让灯亮着的事。相反他操心起自己最终能否在现实中遇到一个能在他身上激起同样疯狂欲念的女人，或者说女孩。他理解了男人们那种肯为爱而死的感觉。

——有人告诉他，要是你用左手做，感觉就会像是别人在帮你做。也许吧，只不过它感觉像是别人的左手，而你会想为什么他们不用右手。

——接着，非常意外地，克里斯汀出现了，她不介意他戴眼镜，也不介意自己十七岁零一个月，比他还要大三个月，她认为这倒是一个有趣的落差。他表示同意，他对她所说的一切都是如此。他发现自己进入了真实人生的平行宇宙，可以做一些他之前梦想过的事。和克里斯汀一起，他冲进了一个不停地打开避孕套和计算着例假时间的世界，一个在他帮她照顾最小的弟弟时可以把手想放哪儿就放哪儿（只能是正常的地方，脏的地方不可以）的世界；一个充满炫目欢乐和社会责任的世界。当她在某个灯火通明的店铺橱窗前指着里面的什么小玩意儿，柔情低语时，他心中升起一种奇妙的感触，觉得她格外有女人味，同时，感觉自己此刻就是亚历山大大帝。

——克里斯汀想知道他们要去哪儿。他说："我想是电影院吧。"她大哭起来。他意识到情投意合和彼此不解可以轻而易举地同时存在。

——他对林恩提起避孕套时，她说，"我讨厌它们"，然后直接干了他，那是在一次晚会快结束时，他俩都醉了。他发现喝醉意味着他可以干很长时间。后来有一次，他发现这种关联并不会指数式增长。他的父母认为林恩会带坏他，她当然会，不过这也正是他爱她的原因。他愿意为她做任何事，那也正是她迅速厌倦了他的原因。

——和克里斯汀分手后，他有过一些有意无意的邂逅，半吊子的思念，化作自卑的欲望，一些他尚未开始就恨不得摆脱的关系。看着他的女人们好像常常在说：就用你来凑合凑合吧。另外一些从第一次接吻就死死挽住他的胳膊，手指在他臂弯那儿扭来扭去的，让他感觉自己好像正大步走向结婚祭坛，然后直接扑向坟墓。他不由得妒忌又不解地打量起其他男人。根据一些愚蠢的古代诗人的说法，美人就该配英雄。真实生活根本不是这么回事。谁能得到自己该配的人呢？英雄们在忙着打仗的时候，人渣、花花公子和死缠烂打的混蛋们弄走了美人。接着英雄们回来啦，得以参加第二轮挑选。保罗这样的人只能等着挑剩的。他们得设法习惯这样的现实，设法安顿下来，给英雄们生几个男孩，以后当小卒上战场，或者生几个纯洁无瑕的女孩，供人渣和花花公子们糟践。

——他和克里斯汀重修旧好了几个小时，而这显然是一个大错误。

——不过保罗在广义上，或者在面对克里斯汀这个具体的真人时，总在与自己缄默的命运抗争着。就性和爱这类事，他不相信有什么公平：根本没有什么系统来保证你作为人类、伴侣、情人、丈夫或者别的角色时可以得到一个公正评价。人们——尤其是女人们——扫你一眼，就视若无睹地走开了。你也没什么抗议的办法，比如递上一份你那些潜藏优点的清单。不过要是说根本没什么系统可言的话，那意味存在着运气这种玩意儿，保罗恰好对运气坚信不疑。这会儿你还只是个皮特科公司的普通雇员，下一刻你就和杰克爵士肩并肩站在男厕所里，而且后者恰好哼着那支你熟悉的曲子。

——他第一次看到玛莎时，留意到她一丝不苟的波波头，那身蓝西装，有种一声不吭却令人心慌意乱的气场。他发现自己心里想的是你低沉而性感的嗓音可真配你深棕色的头发，而且你不可能有四十岁。当他看着她优雅地转身，在张牙舞爪、鼻息乱喷的杰克爵士的鼻子底下轻甩着斗篷，他想：她看起来真不错。他意识到这实在是个不到位的评价，而且也许他永远不应当告诉她。或者就算他告诉她了，也不能让她知道下面这些注解：他离开家，重拾买杂志的习惯之后，当他盯着一个印满跨页、仿佛触手可及的女人时，悄悄涌上心头的一句评论就是，“她看起来真不错”。也许他并没有真的戒绝杂志性爱。来干我啊，纸上的女人们似乎催促着，而他总是答道，“嗯，我还是想先了解了解你再说”。

——过去他就注意到，和一个女人待在一起会改变你对时间的感知：当下变得何等轻盈，往日变得何等沉重，将来看起来福祸难料、捉摸不透。他更清楚没有和女人待在一起的状态会如何篡改你对时间的感知。

——所以玛莎问他，他们初见时他对她的感觉，他想说的是：我感觉你将不可逆转地改变我对时间的感知，未来和过去都被统一进了当下，一种新的、不可分割的、神圣的时间的三位一体即将诞生，这是宇宙洪荒千古未有的。可这不像真的，所以他没这么说，而是老实说了他在杰克爵士的双立方体办公室里时那种一清二楚的感觉，以及后来他在酒吧中坐在她对面，意识到她正微微引领着谈话方向时的感觉。“我觉得你很不错。”他说，又担心着这不是人渣、花花公子和各种可怕的死缠烂打的无赖汉们会用的那种花言巧语。但它好像偏偏还就说对了，或者说他之前那么想还真是想对了，或者两者都对了。

——玛莎让他觉得自己变得更聪慧、更成熟、更有趣了。无论他说什么笑话，克里斯汀都会大笑不止，到头来这让他怀疑她可能并没有幽默感。后来，他知道了抬起眉毛的表情蕴含的羞辱意味，以及那种除非你知道怎么说否则不要开口的暗示。有一阵子，他不再讲笑话，只在心里想想。对着玛莎，他又重拾了笑话，而她只在觉得好笑时才笑，没感觉时就不笑。这对保罗而言真是美妙至极。此外这还有一层特别的象征意味：他之前始终是默默地度过人生，不敢开口。感谢杰克爵士，他有了一份正常的工作；感谢玛莎，他可以过一种正常的人生，一种可以开口的人生。

——他简直没法相信与玛莎相爱会让事情变得简单多了。不，不只是这样，除了“简单多了”，这份关系中也包含了“丰富多了”“充实多了”“复杂多了”，生活有了焦点和回声。此刻，他一半大脑还涌动着对自己的好运难以置信的惊愕与无措，另一半则充盈着一种寻觅已久、激动人心的现实感。也许该这么说：与玛莎相爱让一切变得真实。

之二

杰克爵士选择这座岛并不是制图学上的突发奇想。他的那些奇思妙想背后，是有精心考量的。目前考虑到的因素有：岛的面积、位置和便利的交通，加上它绝无可能被列入联合国的《世界文化遗产名录》。同时他也考虑到当地充足的劳动力，制定规则的灵活性，以及当地人的可塑性。杰克爵士觉得把怀特岛人争取过来并不麻烦：跟发展中世界打交道的丰富经验教会他如何充分利用历史恩怨，甚至如何引发这种恩怨。此外他已经摆平了岛上的议员。针对全体选民进行的一系列关于内部投资的广泛宣传，加上林肯律师学院附近的一位律师的保险箱里存着的三份伦敦妓院娈童的签字声明，足以让皇室法律顾问、议员珀西·那丁爵士不断表现出正确的热情。胡萝卜加大棒一贯有效，虽说大棒加胡萝卜其实更有效。

起先他计划直接买下此岛。他已经用新企业的债券，从养老基金和教堂管理委员会那里换得了数千英亩[1]的农田，下一步他准备劝

1.英美制地积单位，1英亩约为4046.86平方米。

说威斯敏斯特宫[1]把岛的领土权卖给他。这个主意并非异想天开。帝国最后一部分土地正在以这种——在杰克爵士看来——完全理性的方式处理掉。早些时候的殖民地靠着由游击战推进而匆匆制定的政策分离了出去。对于最后一点零星土地，则依明智的经济守则而行：直布罗陀卖给了西班牙，福克兰群岛（即阿根廷的马尔维纳斯群岛）卖给了阿根廷。当然，关于土地易手，买卖双方都不是这么解释的；可杰克爵士自有他的消息来源。

这些来源也告诉他令人失望的消息：关于将怀特岛卖给私人的提议，威斯敏斯特宫立场强硬。甚至还涌出了维护国土统一这种言之凿凿的反对意见。虽然杰克爵士忠诚的普通议员支持团施加了压力，政府还是直接拒绝了给领土标价。这是非卖品，他们宣布道。一开始，杰克爵士有点不高兴，不过很快他就重拾幽默感。反正正面交易总免不了让人失望。你看上个东西，主人出个价，然后你砍砍价买下了它。这样一来乐趣何在？

事实上，所有权这整个概念，或者说通过支付报酬、签订正式协议获得所有权这种程序，难道不是有点老套了吗？杰克爵士宁愿重新思考这整个概念。只要你拥有控制权，有没有所有权根本无关紧要，这一点显然毫无疑问；此外，目前他已拥有权利可随意选择和规划那片土地。同时，他还有银行、养老基金和保险公司的支持。他的债务股本比例也无可挑剔。自然地，他自己的资金仅仅进行了最基础的小额投资，杰克爵士素来相信借力打力。以及此外，在所有这

1.英国中央政府和议会所在地。

些合法冒险之外和之下，还有一种更加原始的动力，一种脱离当下生活的繁文缛节的返祖渴望。把杰克·皮特曼爵士叫作野蛮人，似乎不大公平，虽然有些人是这么叫他的；不过他只是体内涌动着一种重返古典时代的渴望，一种希冀通过前官僚时代的手段获取资产的冲动。比如说，采用诸如偷窃、征服和掠夺等方式。

"农夫，"玛莎·科克伦说，"你需要农夫。"

"低成本劳动力，现如今我们这么称呼他们，玛莎。这个不是问题。"[1]

"不，我指的是'农夫'。比如嚼着稻草的乡巴佬那样的。穿工作罩衫的人，住在村子里的呆子，把大镰刀高举过肩掀谷糠的人，如果确实掀的是谷糠的话，或者会干用连枷给谷子脱粒之类农活的人。"

"农业，"杰克爵士回答，"当然会凑合着弄出来，既作为背景，也作为次一级的旅游选择。你们这些乡下姑娘不会被忘记的。"他的微笑混合了不耐烦和言不由衷。

"我说的不是农业。我说的是人。我们花时间讨论了产品定位、消费者概况、表演结构、吞吐量和休闲理论，但是我们似乎忘记了这门行当最古老的诱惑之一就是宣传人员。温暖、友好、纯真、朴质的人们。爱尔兰人的眼睛在微笑，我们在山坡上恭迎光临，等等。"

"很好，"杰克爵士有点狐疑地说，"我们可以讨论一下。这是一个非常积极的提议。不过你的态度似乎表明，你预见到了一个问题。"

1. 玛莎此处说的"peasant"在英语中同时拥有"农夫"和"乡下人"两层含义，杰克爵士以为她说的是后者。

“实际上是两个。首先，你没有任何原材料。也就是说，你在岛上的低成本劳动力们全都从没见过什么玉米，他们最多只了解倒进碗里的玉米片。”

“那就让他们带着一代新人重新铆足劲儿学使用连枷，或者随便你说的啥玩意吧。”

“那么古朴、纯真、热情好客呢？”

“那个也可以学嘛，”杰克爵士回答，“而且如果是学来的，它会显得更真实。或者这个想法对你来说是不是太玩世不恭了，玛莎？”

“我觉得没问题。不过还有第二个问题。实际上，我们应该如何推广英国人呢？来见见一个民族的代表们吧，他们，哪怕根据我们自己的调查，也都是被普遍认为冷酷、势利、麻木不仁、胆小排外的；当然，有时还背信弃义、虚伪不堪。我的意思是，我知道你们这些人喜欢面对挑战……”

“很好，玛莎，”杰克爵士说，“太棒了。我简直有点担心你正在起大作用，提出建设性意见呢。那么，你们这些人，想办法来挣你们的玉米吧，不管是用手工扬谷，还是依靠工业加工的方式。杰夫？”

玛莎看着这位概念开发者停下来想了一会儿，觉得这位杰夫真是这个协调委员会里的异类。他好像没什么私人日程，似乎全身心奉献给这个项目，他思考问题的时候似乎总要想出解决方案，他似乎还是一个不向她献殷勤的已婚男人。这全都非常古怪。

“嗯，”杰夫说，“我现在能想到的最好的办法是去恭维客户而非产品。比如邀请新客人在老公牛和灌木丛酒吧好好灌一品脱欢乐杰克淡啤酒，让他们看看那些光怪陆离的老客们，看看传说中的英式矜持是如何消失的。比如：他们可不容易敞开胸怀，但是一旦认定了你，他们的友谊便会终生不渝、牢不可破。”

“这话有点吓人吧，不是吗？”马可说，“人们度假时不喜欢交什么朋友。”

“实际上，我想你这话可是说错了。我们做的所有调查都表明，别的民族，也就是不说英语的人们，大多认为度假时交朋友是赚到了，或者说认为这为他们的人生添色增彩。”

“真古怪。”马可发出一声不可思议的笑声，目光在杰克爵士不动声色的庞大身躯上来回逡巡，寻找线索。“他们到岛上就是为了这个吗？所有这些高消费者就是为了来和我们的低成本劳动力交朋友，交换照片、地址和所有那些玩意儿。‘这是弗雷什沃特来的沃泽尔，他将向我们展示古老英国的传统表演，在鼻孔里插着小树枝，把一品脱老开颅酒灌下肚……’不，很抱歉，这种场景我可想象不出。”马可意味不明地扫了一眼委员会成员，对自己轻哼了一声。

“马可正在非常生动地为我们展示所有那些我刚才提到过的英国性格。”玛莎评论道。

“好啊，为什么不，”马可嗤之以鼻地回答，“毕竟，我就是个英国人。”

“谈正事，”杰克爵士说，“我们可能会遇到问题，也可能不会。总之我们来解决它吧。”

他们埋头工作起来，这主要是一个聚焦和感知的问题。他们得出结论，田园风情可以通过出行方式（不管游客是坐在伦敦出租车、双层巴士还是两轮马车里)，用实景再现的方法为他们展现。牧羊人在被风吹歪的树下躺着，举着拐杖，冲着正在推搡羊群的古代牧羊犬指一指，吹起尖利的口哨；穿罩袍的农夫用木头干草叉把干草挑到修剪成树丛状的干草堆上；猎场看守会在威斯特摩兰郡式的村舍外抓捕偷猎者，把他推到许愿井旁的单养栏里关起来。他们全部所需只是从纯然装饰到真实关系之间的概念上的一跃。懒洋洋的牧羊人随后必须出现在老公牛和灌木丛酒吧里，并以一系列精心设计的货真价实的乡下俚语，陪伴着吹三孔笛的猎场看守愉快地聊天，这些俚语部分是由塞西尔·夏普[1]和帕西·格兰杰[2]收集的，另一些则是半个世纪后由多诺万[3]记下的。堆干草的人则会离开他的九柱戏战争，帮点餐的游客出主意。偷猎者会百般为自己辩解，蜷缩在壁炉边的老梅格[4]会放下她的陶土烟斗，说出些几代人口口相传的智慧妙语。他们决定的这一切，将意味着把原本是背景的东西推到前景中。但整体而言，这是些技术手段而已。

“另一方面……”马可说。

“是的，马可。又有一轮关于不爱国的狂轰滥炸要落到我们头上了吗？”

1.塞西尔·夏普(1859—1924)，英国民谣复兴之父。他曾从英格兰乡间和美国阿巴拉契亚南部地区收集了数千种民间小曲。

2.帕西·格兰杰(1882—1961)，出生于澳大利亚的作曲家、编曲人和钢琴家。对20世纪初英国的民谣复兴影响巨大，收集了大量来自英国乡间的原创旋律。

3.多诺万·菲利浦斯·莱奇(1946—)，出生于苏格兰的歌手、歌曲作家和吉他手。

4.梅格·谢尔顿(?—1705)，因巫术而被指控的英格兰女人，在英国流传着很多关于她的传奇故事。

“不。没准是的。我今天好像接替了玛莎的工作。我只是想说…… 你不觉得我们应该当心加利福尼亚侍者综合征吗？”

“启发启发我这个大老粗吧。”杰克爵士说道。

“那家伙不是老老实实站在那里，闭着该死的嘴，往本子上记下你点的菜，”马可愤怒地说道，“而是在你旁边一屁股坐下，跟你扯起他们是怎样轻巧地撬开榛子，还想打听你对什么东西过敏。”

杰克爵士做出大惊失色的表情。“马可，你经常遇到这种事吗？你去的都是些什么饭店啊？我得承认，我实在是孤陋寡闻，还没有遇到过要打听我过敏症的服务员。”

“但是您明白我的意思吗？这就像你走进一家酒吧，打算安安静静喝上一品脱，最后遇上个臭烘烘的玩九柱戏的老头，他把啤酒泼在了你身上，还非缠着你打听你老婆的事？”

“好吧，真是一种不折不扣的英国体验。”玛莎评论道。

杰夫咳嗽了一声。“看啊，这种事情根本不可能发生。我们的卫生标准和禁止性骚扰的规定不会允许这种场面出现。不管怎样，他们自己决定去酒吧的，不是吗？我们还开发了很多别的晚餐选择。他们可以从农庄周末晚宴到客房服务任意选择。”

“只是…… 我不是势利啊，”马可说，“嗯，没准我是。你是想要一个在袜厂之类地方干活的家伙一整天都站在那里打麦，然后到酒吧去，不是去尽情跟同伴讨论性和足球，而是打算让他更辛苦，做一个乡巴佬去陪伴一些，请允许我大胆地悄悄说一声，大有可能比我们这些可靠的雇员更有文化一点，也更芳香一点的游客？”

“那就安排他们在柴郡奶酪酒吧跟约翰逊博士一起用晚餐好

啦。”杰夫说。

“不，不是那个意思。它更像是……你有没有去看过戏？演出结束后，演员们走下舞台，走到观众中间，跟你握手——就像这样，像在说：嗨，我们在台上只是你想象出来的人物罢啦，可现在我们告诉你吧，我们其实和你一模一样，是活生生的人哟，这真让我浑身不自在。”

“那是因为你是英格兰人，”玛莎说，“你认为被触碰等于受到侵犯。”

“不，问题在于将现实和虚幻分离开来。”

“那也是典型的英格兰思维。”

“我是个他妈的英格兰人没错。”马可说。

“我们的客人们不是。”

“孩子们，”杰克爵士责备道，“先生们，女士，本主席想作出一个谦卑的提议。开一家小岛浓缩咖啡馆怎么样？我相信他们是这样叫它的，取名为‘脏兮兮卡布奇诺’，这个主意怎么样啊。老板嘛，就由马可先生来担任？”

集体发出一阵中规中矩的哄笑，宣告会议结束。

* * *

“告诉伍迪时间到啦。”杰克爵士说。那天下午他穿戴着他的法兰西学院院士吊裤带，事后他认为那是极其适宜的。会议上皮特曼式的珠玑妙语和睿智名言迭出不穷。委员会成员们享受了一场超级丰盛的听证会。

现在的苏西是新一任的苏西，偶尔他想不起来自己为什么要聘用她。因为姓氏，当然咯，还有她父亲，还有她父亲的钱，等等，以及她那有点放肆的微笑，以及他隐隐感觉到的她那种藏在硬邦邦套装下面的柔软性感……不过这些都是任命历任苏西的通常原因。你希望一位苏西还应当拥有一些发自内里的直觉，拥有一点儿超感知觉，一些妙不可言的特质。可是任何人都会以为这工作无非是要她彬彬有礼、一字不差地传个话而已。

"哦，"苏西冲着电话说，然后，带着不合时宜的微笑宣布，"我恐怕伍迪得回家了，杰克爵士。我想他的背疼得厉害。"

他曾经纠正过她对"伍迪"的叫法。杰克爵士才能叫他"伍迪"。她应该有自知之明地叫他"伍德"才对。"那帮我重新找个人。"

又用相当错误的口气轻声问了几句：那种明快的就事论事，丝毫没有对老板的不便感到稍许不安。"他们全都出去啦，杰克爵士，参加外展会议。我给您叫辆出租车吧。"

"出租车，姑娘？出租车？"这太离谱了，几乎要把杰克爵士逗乐了，"你能想象要是我被拍到钻进出租车的照片，市场会如何反应吗？你的小脑袋一定是发昏啦，小姐。出租车！给我弄辆轿车，一辆豪华轿车来。"他给这句话加上了一个法式尾音，以便展现极端的不满和幽默可以共存。"不，"他转念一想，"不，保罗可以开车送我。可以吗，保罗？"

"事实上，杰克爵士……"保罗说，没有看玛莎，不过一心想着她左腿膝盖后头和上方的那个部分，想着手指和舌头的区别，丝缎覆盖的肌肤和真正的肌肤的区别，夹紧的腿和抬起来的腿之间的区别。

“事实上，我有个约会。”

“确实不错。你跟我有个约会。你要开车送我去看我的梅姑妈。所以戴上你该死的帽子，从车库里把你那辆该死的公司的捷豹开出来，带我去乔利伍德。”

保罗昙花一现的勇气又缩回了它的老鼠洞。他不敢看玛莎。他不介意在其他人面前被羞辱——他们全都知道杰克爵士是怎么回事——但是玛莎…… 玛莎。三分钟之后，他发现自己正弯腰打开他的后车门。杰克爵士重重地停顿了一下，直到保罗别扭地一鞠躬，这是从某部看过的军旅电影中生搬硬套来的。

“非常感谢。”耳后传来一个声音，看门人更训练有素地一鞠躬，抬起杆子，杰克爵士继续道，“我相信你不介意我指出几点吧，你的车——要是论理的话，其实是我的车——看起来好像刚刚追着一只狐狸倒着在犁沟田里开过似的。借用老话开个玩笑，还真是洗不得的追着吃不得的[1]。开车送我前一定记得换条领带，简单点的，事实上纯黑色领带就行。行事顺序如下：摘帽，夹在左胳膊下方，开车门，站直，鞠躬。明白？”

“遵命，长官。”但要保罗再来一遍这个，他宁愿假装癫痫病发作。

“很好。我相信玛莎会等你的，而且会给你一个更甜蜜的吻。”

---

1. 此处化用了奥斯卡 · 王尔德的名句“The unspeakable in full pursuit of the uneatable”，形容英国乡绅对猎狐的吃迷，安静无言地专注于追求不可食之物，这里作者将“unspeakable”替换成了“unwashable”，“uneatable”替换为“inedible”。即“洗不得的追着吃不得的”。

保罗的眼睛本能地投向后视镜，不过杰克爵士已经从那里盯着他了，一脸不屑和得意。“注意看路，保罗，司机可不应该做出这个动作。我当然知道。我知道我需要知道的一切。比如——而且这没准会让你舒服点吧——我知道世界上没几样东西会因为要等待而受影响。大米，当然，还有舒芙蕾，以及上好的陈年勃艮第葡萄酒。但是女人呢，保罗？女人？据我所知，不会有。事实上，没有任何毁谤的意思，我得说，她们正相反。”

杰克爵士像个舞台上的老色鬼一样笑了起来，一边打开公文包。他们在潮乎乎的刹车灯光当中缓缓地停顿、前进，停顿、前进。金点子捕捉者温习了一遍一种他无比熟悉的思路：杰克爵士的自我需要如此之多的氧气，以至于他觉得从周围人的肺里榨出氧气来是既合理又公平的。杰克爵士是个还算正常的老板，他付高薪，希望得到完美回报；当他得不到的时候，总得有人遭殃。只是恰好那个礼拜，那一天，那一微秒，落到了你身上，其实不意味着什么。结论：羞辱确实相当不公，但是这种不公本身，这种极端的不满，证明杰克爵士其实不是冲你来的。换个说法也对：他确实是冲着你来的这个事实，意味着你是被特地挑出来受此对待的，这样一来，说明你被他另眼相待了，甚至让你在自己眼中都会显得与众不同，要是他根本不在乎你，那他就不会费神这么干了。他这么做，几乎是在表示他喜欢你。

保罗给自己灌输着这种想法，僵滞的交通也渐渐活了起来。因为要是不这么做，他就只能轻轻地一扭方向盘，比如就像这样一下，让捷豹迎面撞向一辆大货车，让他俩都送命。只不过任何一位皮特曼雇员如果可能，都会提醒他最后的结果也许是这样的：保罗会变成一堆肉泥，杰克爵士则会从事故车里精力充沛地走出来，兴高采烈地对赶到现场的头一个电视摄制组夸夸其谈起造物主的慷慨仁慈。

保罗沉默地驾驶了一个小时，渐渐觉得自己的自我意识消退了下去。他们抵达郊区，这里山毛榉树丛滴答着雨珠，老式马车灯映照着防盗门铃。

“就等在这儿。两个小时。我的司机们从来不许喝酒。”

“现在在下雨，杰克爵士。要送您到门口吗？”

“伞。包裹。”

保罗费劲地对付了帽子、车门和敬礼，目送杰克爵士胳膊下夹着一瓶包装好的雪利酒走远。他钻进车里，把帽子丢到副驾驶座上，抓起电话。抱歉啊，玛莎，真抱歉我没法看着你。希望你不要恨我，讨厌我。我爱你，玛莎。你对杰克爵士的评价是对的，你一直都是对的，只是我不乐意承认罢了。我明天也许不会这么说，但是今天你是对的。一切都正常吗？你不爱我了吗？没有吧，是吗？

保罗拨了一半号码，回过神来，停住手。当然了：他的老板也许会有一份从所有公司汽车里打出的电话清单。杰克爵士可从来不会忽略这样的细节。可能正是用这种办法，他才猜到了玛莎的事。要是保罗现在打给她，杰克爵士一定会发现，会把它存在他那庞大的、充满报复性的记忆中，在某个时刻，某个令人不快的公众场合翻出来用上。

那么，去电话亭吧。现如今这玩意儿可不多见。保罗开上空荡荡的街道，随意拐着弯。偶尔遇到一位遛狗的人，一位令人尊敬的酒鬼拎着给家人的食物踉跄地回家，没有电话亭的踪影，接着，前方20

码开外出现一条弯弯的小路，路边都是独幢房屋，仿维多利亚时代的煤气灯若隐若现地照着它们。他的车前灯照到了一把带条纹的高尔夫伞。真见鬼。现在怎么办？开过去，还是急刹车？不管怎么做都是错，否则杰克爵士也会找到理由证明它是错的。不管怎样，他大有可能下车前已经留意过汽车的行驶里程了，回头会让保罗支付多余的油费。

擦着开过去似乎显得更鲁莽：最好还是停下。保罗尽可能小心、温柔地刹车，但是那把会跑的伞并没有停下来。它大步流星地前进着，消失在一条车道尽头。过了几分钟保罗松开手刹，轻轻把车开过街道。梅姑妈住在一幢红砖墙的老式英国宅邸中，房子周围环绕着整齐的灌木丛，一棵冷杉上钉了一块木头名牌，上面刻着“阿多克”，这是宅子的名字。保罗想象着一位脖子上套着蕾丝领的瘦弱老太太端上小松饼和一杯马德拉酒。接着她变成一位洒着香水的高大女士，一个来自维也纳的犹太人，她用勺子舀着萨赫蛋糕边上的淡奶油。接着——也许杰克爵士的吊裤带提供了灵感——她又变成一位喜欢嘲讽的、骨架纤细的巴黎女人，羊毛外套的衣袖优雅卷起，从银嘴壶里倒出香气轻柔的花草茶。杰克爵士有时也许很粗鲁，不过他对他的梅姑妈很孝顺，每月必登门拜访，这也让他看起来变得可靠了。

保罗恶意地盯着这幢房子看，尽量不去想玛莎。他好奇“阿多克”是不是皮特科公司的财产。杰克爵士大有可能让他的姑妈从公司领钱，还奉上一幢大宅。时间渐渐流逝。雨一直下着。保罗打量着搁在副驾驶座上的司机帽。杰克爵士在为玛莎吃醋吗？嫉妒他和玛莎在一起了？是因为这个吗？接着他突然涌起一股叛逆的冲动，不假思索地做了一件事。他从口袋里掏出录音机，半真半假地把它当作和玛莎通话的电话机，打开了杰克爵士的随身麦克风。

麦克风的有效接听范围是50英尺，这是杰克爵士有时喜欢在和他的思路一样宽广的大厅里沉思踱步时所需要的距离。“阿多克”的大门距车有30英尺左右，墙壁毫无疑问也会减弱麦克风的信号强度。不过，有三个词像杰克爵士坐在办公桌前一样清晰无误地传了出来，被保罗录下。那晚迟些时候他放给玛莎听，弄得他俩一时都忘了做爱。

捷豹开回约定的地方，条纹伞出现在视线中的时候雨还在下。这一回，保罗的敬礼完美无瑕。后视镜中杰克爵士的表情安详平静。他们在11点差一刻时到达了他的公寓，保罗对着胡乱塞进他胸前口袋里的一百欧元钞票感激地点点头。不过他并不是为了钱而感激。

❋ ❋ ❋

“N……N……B！”

保罗从做爱后的短暂小憩中醒来时轻声道。玛莎笑得那里一紧，把他挤了出来。她把他推到一边，好让自己喘过气来。

“他没准正在讲故事。”她故意假装很谨慎。

“给他姑妈？用那当包袱？不，一定是真的。”

玛莎希望是真的；更重要的是，她希望保罗还保持着他三天前那个晚上回来时的样子——沉默地愤怒着，沉默地得意着，撕碎一张一百欧元的大钞。她不想他又滑回毕恭毕敬的理性状态，变回一头屁股上盖着公司标志的皮特曼家的牲口。她想要他至少有那么一回有点主见。

“你看，”他说，“那房子不在公布的财产清单上，要是她是他的梅姑妈，那就应该在上面才对，你知道。而且她也应该在领薪人的名单中才对。我告诉过你了，他每个月的第一个星期四雷打不动去看她，有时候伍德会直接从希斯罗机场开车接他过去。而他从不带她出来。”

“没准她坐着轮椅什么的。”

“没人会像那样去看姑妈，哪怕她们坐着轮椅。”

玛莎点头同意。“除非他们是另一种意义上的姑侄关系。”。

“N……N……B！”

“不要啊，你要笑死我了。”玛莎仰面躺着大笑，直到感觉有些难受了她才从床上坐起来，看着保罗颠倒的脸。她用拇指和食指捏住他的耳垂。“你觉得我们该做什么？”

“搞清真相。我的意思是，找个人去调查清楚。”

“为什么？”

“你什么意思啊，什么为什么？”保罗的反应就像自己的雄才大略遭到了质疑似的。

“我的意思只是，我们应该搞清楚，我们调查是为了什么。”

“保险。”

“保险？”

“哪怕是杰克爵士的疯狂崇拜者们，”——他抬头看着玛莎，仿佛刻意让自己与那类人撇清关系——“也会承认，他的聘用和解聘政策并非总是任人唯贤的。”

玛莎点头表示同意。“你没戴眼镜的时候能看清我吗？”

“我眼里，你永远一清二楚。”他说。

他们选中加里·戴斯蒙德来做密探。加里·戴斯蒙德过去很长时间都是一位为杰克爵士的连锁报业供稿的重要记者。加里·戴斯蒙德已经把三位内阁大臣赶下了台，其中一位还是女性；他披露了英格兰板球队队长有私生子，对两位天气预报女郎的毒瘾深表惋惜，以及最终，他通过仅仅少许的非法入侵，就给雇主弄来了里克王子跟高价陪游女郎玩三人同床游戏的照片证据。

他是过度自信，还是太过天真呢？不管是哪个原因吧，有一件事他理解错了：他以为发行商和读者对那些报道故事中所隐含的道德尺度的热情与支持都是发自内心的；或者即便不是真心的，也至少没兴趣推翻。但当加里·戴斯蒙德随时准备着抛出一句谦虚的双关语，将这些报道说成他的巅峰成就时，却发现他的胜利来得有点过头了，以至于有可能威胁到他的生意。毫无疑问，当他揭露了一位大有可能登上王座的年轻人，在一次应当为国争光的出访过程中，在纳税人供养的奢侈场所里，漫不经心地和辛迪与佩特内拉调情，大肆挥霍公款时，大众激动万分。但是随着事件的披露，对于好色的谴责却渐渐变得令人尴尬，舆论风潮慢慢被一种爱国主义的自责所取代。在更具体的层面上，这件事让杰克·皮特曼爵士扯着他的上议院吊裤带，担心弄不到能够与之相配的白鼬皮袍[1]。

加里·戴斯蒙德的故事像皮特曼大厦一样矗立不倒，照片证据

1.暗示杰克爵士进军政治界的前景受影响。

无可辩驳，两个女孩也找不到理由为自己开脱，然而加里·戴斯蒙德还是被付了一笔钱打发走人了。所有一度发表过他独家报道的报纸，现在都把他谴责为“行动过头的揭短者”。同时还配上了一些证据——实在颠三倒四——指出了一场去西印度群岛的调查之旅，它严格说来没有得出任何值得发表的结论。他用公费带着卡洛琳同去，那些混蛋们刊登了一张她着装非常不雅的快照，照片上，她把比基尼上衣挂在了腰间，这照片显然只可能是由偷窃或者重金贿赂弄到的。所有这一切让加里·戴斯蒙德一阵子都很难再找到雇主。

玛莎和保罗在一家旅游酒店的大堂和他碰了头。

“交易是这样的，”玛莎说，“这个报道归我们所有。我们来决定它要不要外流。也许不发表会对我们更有用。我们付你钱，结果好的话还有奖金，然后不管是发表还是保密，都会额外再付费，但是究竟如何处理，则由我们来决定。这样你无论如何都不会有损失。成交吗？”

“成交，”记者回答，“除了，要是有太多人关注怎么办？”

“除非你自己爆料出去。我们知，你知，仅此而已。不会有别的可能。成交吗？”

“成交。”加里·戴斯蒙德重复道。

其实，他可以理解皮特曼大厦为什么如此应对里克王子的事件。他相信，白金汉宫和英国内政部都施加了“不同寻常的压力”。离职薪水丰厚，可以说是相当合算；他的养老金也未受影响；这种情况下要求履行保密条款也是很正常的。加里·戴斯蒙德并非没有想象力，对于这种结果他其实并不吃惊，但是令他无法原谅，并且立刻同意接受眼下这次合作的原因是杰克爵士在敬礼的伍德身下钻进豪华轿车时发表的那句评论。“我一直都说，”这位前老板对等待着的记者们宣布道，“你永远不能相信一位有两个教名的家伙。”后来这句话变成了三份报纸的头条，加里·戴斯蒙德从此耿耿于怀。

❊ ❊ ❊

岛上的早餐体验始于对标识的寻找。设计部提供了大量标识，它们大多来自对众所周知的符号的偷偷改造和暗暗抄袭。出现于各种场合、数量不一的威武狮子；各式各样的王冠和冠冕；城堡要塞和城垛；一座山寨的威斯敏斯特宫吊门；灯塔，燃烧的火炬，地标性建筑的剪影；不列颠尼亚[1]、布狄卡女王、维多利亚女王和圣乔治的侧面像；各种各样的玫瑰，单瓣、重瓣均有，茶和丰花月季，石楠，卷心菜，狗和圣诞节；橡树叶，苹果和树；板球门柱，双层巴士，白崖，皇家卫队，红松鼠，雪地上的知更鸟；凤凰和游隼，天鹅和塔尔博特提猎犬，鹰和鹦鹉，马身鹰头怪和马头鱼尾怪。

“全都错啦，全都错啦，”杰克爵士把一扎记录着最近讨论建议的纸从指挥台上扫到地毯上，“全都过时啦，给我当下的。”

“我们可以用您的缩写缠绕[2]。”玛莎，小心点，别把业内的怀疑与业外的轻蔑混为一谈。不过自打发现了她觉得他们已经发现的那件事之后，她对杰克爵士的态度变了，保罗也一样。

1.不列颠岛的守护女神，也是现代英国的化身和象征，通常为一头戴盔、手持三叉戟和盾的女武士。

2.指将杰克爵士的姓名缩写字母以花体写就，彼此缠绕在一起，再加上装饰而成的图案。

“我们想要的，”杰克爵士对她的话置若罔闻，捶着桌子强调，“是魔法。我们想要在这里，我们想要当下，我们想要这座岛，可我们也想要魔法。我们想要我们的游客觉得他们穿过了一面镜子，离开了他们自己的世界，进入了一个新的世界，这个世界和原来的世界不同，那里发生的一切与我们居住的星球上任何其他地方都不同，但又奇怪地熟悉，要让人感觉像是走进了一场离奇的梦境。”

委员会成员们等待着，希望杰克爵士的复杂要求只是一段值得拼命鼓掌的自问自答的序幕。但是通常戏剧性的停顿延长为了一段令人焦虑的沉默。

“杰克爵士。”

“马克斯，我亲爱的朋友，这事本来不该你发言。”

马克斯博士窘迫一笑。他那天穿了身深棕色系。他迷信地碰碰蝴蝶结领带，双手指尖相对，表明他要开启在电视上夸夸其谈的模式了。“19世纪前中期的时候，”他开始了，“一个女人拎着一篮鸡蛋步行去文特诺的集市。她来自海边的村子，所以习惯性地走了悬崖顶上的小路。天下起了雨，不过她很明智地带了伞。当时制伞技术刚刚兴起，她带的是一把结构复杂、巨大又结实的伞。她快要走到文特诺时，突然一阵大风朝着海刮来，把她吹下了悬崖。她以为自己一定要送命了——至少，我认为任何这样被风刮得飞起来的普通人都会觉得自己一定要送命了，而我们也没有迹象表明她在这方面会是个不一般的人，所以我作出了这个推断——不过落下悬崖时，她的伞宛如降落伞般，减缓了她下落的速度。她的衣服也鼓了起来，也减缓了她下落的速度。我们不知道她具体穿的是什么，但是我们也许可以形象地想象到，她穿了一条有裙撑的布裙，所以实际上她拥有两顶降落伞，一顶在上面，一顶在下面。我这么讲着的时候，突然产生了一个疑问：裙撑显然是时髦的资产阶级的装扮，它传递着某种女性自我防护的理念，所谓的'不得触碰我'。那么这位卖蛋女会是一位中产阶级的女士吗，我倒要问了？或者也许岛上兴旺的捕鱼业意味着鲸鱼骨，也就是女性通常用来做裙撑的材料，比在大陆上更丰沛和普及？你们知道，这实际上并不是我的研究领域，我得对这个事件可能发生的年代其卖鸡蛋人所处阶层的贴身衣物的情况展开一些研究才能……"

"把这该死的故事讲完，伙计。别乱扯了，"杰克爵士吼道，"你让我们心都悬着。"

"不错，"马克斯博士没怎么理会杰克爵士，就好像爵士只是个录播室里的提问者，"总之，你们知道，她飘了下去，一只胳膊挎着一篮鸡蛋，伞和裙撑都被海上刮来的向上气流支撑着。有人看到她看着大海，嘟囔着对上帝的祷告，就这样慢慢踏上了柔软的沙子。根据我看到的资料，她平安地降落在了海滩上，毫发无伤，据说唯一的损失是篮子里有几个鸡蛋裂开了。"

杰克爵士的表情变得恼怒而欣喜。他吮着雪茄，恼怒渐渐消退。"我爱这个故事。我一个字也不信，但是我爱它。它就在这里，却又充满魔幻之感，而我们可以把它变成当下。"

标识画稿一改再改，从前拉斐尔派的超现实主义到印象派的擦拭笔触，各种风格轮番上场。有几个关键元素是始终保留的：雨伞、帽子和撑开的裙子，这三件彼此呼应的东西；束得细细的腰部和丰满的胸部，表明这是一位旧时代的女士；半圆形的乡村菜篮被堆满的鸡蛋凑成了一个整圆。背着杰克爵士，大家把这画的主题说成维多利亚女王秀内裤；当着他的面，大家则给她试了各种名字——贝斯，玛德，德莉拉，费斯，佛罗伦斯，玛姬——最后他们决定叫她贝琪。有人想起，或者发现，过去有句感叹的说法叫作“天佑贝琪！”，虽然没人知道这说法到底有啥意思，但是这似乎表明她蒙受上天眷宠是理所当然的。

他们拥有了标识，它包含了此地与魔法，至于当下则要靠技术开发部来促成。他们先是颇有道理地提议道，可以趁着风力正好，找一个穿着维多利亚时代女装的男特技演员来复制贝琪的一跳。文特诺西面标出了一片降落区；如果实验成功，这片海滩可以开发出来，扩大成为一片安全的降落地点；游客们可以从看台上，或者从海上泊着的小船中观看表演。接下来，展开了一系列实验，以确定最佳下降高度、风力、伞面张开程度和裙撑容积。用假人跳了二十次，终于有一天杰克爵士在轻轻起伏的海面上，双足稳稳站在船上，眉毛上扣着望远镜，参观了第一次真人测试。当下降到四分之三的时候，身材强壮的“贝琪”好像失去了对裙撑的控制，鸡蛋从篮子里悉数掉了出来，他跌落在沙滩上一片临时冒出来的煎蛋饼旁边，脚踝摔坏了三处。

“笨蛋。”杰克爵士评价道。

几天后，第二位跳伞者——他们能找到的可以假装女士的最轻的男特技演员——保护了鸡蛋的完整，却摔裂了自己的盆骨。他们得出结论，贝琪最初那一跌，想必是有特殊的天气条件助力之故。她的故事要么是奇迹，要么是神迹。

接下来的主意是策划“天佑贝琪蹦极体验”项目，它的优势在于可以让游客们也参与进来。接着安排了一系列挎着鸡蛋篮的男女跳伞者从修整过的悬崖上进行蹦极练习，大家都安全无事。不过看到一个个跳伞者在被慢慢放到沙滩上之前，先得拴着绳子上下弹动一阵，总归让人很出戏，丝毫感受不到魔幻色彩，当下感太过强烈了。

经过杰克爵士的数度亲自干预，技术开发部终于得出一个可行方案。道具和跳伞保护绳都保持不变，但是将蹦极绳换成一条人工控制的隐形缆绳，并且安装有隐藏的喷气口营造出上升气流的效果。这样既可以确保安全，又可以适用于任何天气。营销部提出了进一步的完善方案：“天佑贝琪蹦极体验”可以作为岛上的早餐体验的一部分。悬崖顶端将会建起一座散养鸡场，让毛发蓬松的母鸡们在那里闲庭信步，每天都能收获新鲜鸡蛋；游客可以携着夹式贝琪篮下降到沙滩上。然后他/她将由一位戴着旧式花边帽的女侍者带到贝琪的全日开放早餐吧，在那里会有人从篮子里取出鸡蛋，餐厅根据指示，会当着跳伞者的面为他们把鸡蛋做成早餐，煎、煮、炒、炖，随游客心意。最后出示账单时，还将奉上一份有纪念价值的跳崖证书，证书标注了日期，还由杰克爵士签名认证。

❋ ❋ ❋

推土机在路上穿梭，大吊车晃荡，平淡的地表突然变成一本打开的立体书，旅馆、码头、机场和高尔夫球场纷纷跳出书页，被迫移居者得到了补偿，而坚定的环境保护主义者被给予了微笑的承诺，开发者称不会破坏此地的白垩岩石，不会伤害红松鼠或者该死的任何品种的蝴蝶。杰克·皮特曼爵士则全神贯注于对付岛上的地方议会议员，威斯敏斯特宫和布鲁塞尔可以等等再说，当务之急是把当地人拉过来，得到他们的支持。

由马可负责出面沟通。要是他们看到杰克爵士，没准就会变得警惕易怒，就好像他是个准备把小岛公司化的入侵者，而不是一个伟大的慈善家。最好还是让拥有蓝眼睛和金卷发的“马可·波罗”来应付吧。

“我需要些什么呢？”项目经理一开始这么问道。

“小聪明，一袋胡萝卜和一捆大棒。”杰克爵士如是答复。

最后马可采取了两种谈判方式。皮特科公司和小岛议会之间的官方讨论会在新港大会堂举行。允许公众旁听，所有正常的民主程序一个也不少：这意味着，正如杰克爵士私下评论的，官样文章、特殊利益集团和少数派团体主宰一切，律师们炮制出如山的文件，你只有无休无止、疲于奔命地应付。不过，在此之外，还有一场秘密的讨论会在岛上的重要议员和马可带领的皮特科公司小团队之间展开。后一种的交流本质上是探讨性的，不会作出什么承诺；而且也没有会议记录。所以如果有必要，双方尽可以充分表达各种大胆的想法，以便，正如某位获邀发表评论的乖巧议员所言，放飞梦想。杰克爵士给马可的指示则是，不妨让这梦想直线飞行，直奔某个预定的目的地。他说出这个目的地的时候，连马可都大吃一惊。

“可是您怎么能实现它？我的意思是，这是第三个千年了——除了威斯敏斯特宫，布鲁塞尔，还有，我不知道，华盛顿？联合国？它们全都在了啊？”

“您怎么能实现它？”杰克爵士容光焕发。这个平凡的问题偏偏问得正中下怀。“马可，我要告诉你我知道的最伟大的秘密。你准备好了吗？”马可发自内心地兴趣盎然。杰克爵士，虽然想吊吊他的胃口，但自己也忍不住了。“很多很多年前，当我和今天的你一样年轻时，我也向我所效劳的一位伟大的人物问了同样的问题。这位伟人——马修·斯米尔顿爵士——可惜今天已经没人记得他了——时光飞逝啊——正在策划一场极其大胆的政变。我问他怎么能实现这个目标，你知道他是怎么回答的吗？他说，‘小杰克啊’——那些日子人们叫我小杰克——‘小杰克啊，你问我怎么能实现它。我的回答是这样的：你靠实践来实现它’。我从未忘掉这句忠告。一直到今天它依然激励着我。现在让它也激励下你吧。”

马可在探索性对话中，首先设法将目前对岛屿的开发放置在一种历史的视角下，并问了几个初步的问题。当然他并没有鲁莽地以为能得到回应。比如，陈述了皮特曼这一项目将投资巨大、创造大量就业机会，并且未来还将提供更多就业机会，在此基础上，保证让小岛未来长期繁荣，现在是否可以说时机已到，可以重新考虑考虑这座岛屿和主岛之间的本质关系了呢？显然，小岛几十年、几个世纪以来向威斯敏斯特宫提出的援助要求总是得到不咸不淡的回应，而且从过去开始，岛上失业率就一直居高不下。那么，何必让威斯敏斯特宫和税务官们成为目前的和即将到来的逆转的受益者呢？

马克斯博士的历史评估——由马可的部门加以润色和强调之后——已经四下散发。此外，进行这种重大商业投资时，公司律师们自然开展了一些例行调查，同样炮制出各种各样的文件和意见，马可觉得和与会者分享它们也是有必要的。当然，是在严格保密的条件下，而且不带偏见。不过不管怎样，他还是不得不指出，由合同法律师和宪法专家的意见来看，1293年爱德华一世从福提布斯的伊莎贝拉手中用6 000马克买下这座岛的做法，显然是可疑的，而且也很可能是非法的。只有区区6 000马克。这显然不是一次正常的交易。胁迫就是胁迫，哪怕发生在13世纪末也是一样。

第二次会议上，马可提议，既然他们不受传统程序的约束，不如大胆地将日程向前挪。如果事实确实如此——似乎无人反对——也就是说小岛是非法地被英国皇室获取的，那么在当前的情况下，会有什么后果呢？因为不管他们是否乐意，小岛议会都面对着历史、宪法和经济的困境。他们是打算对这些问题置若罔闻，还是打算扼住它们的咽喉呢？要是那些在场的议会成员们允许他放飞梦想的话，马可倒想提议，只要对当前危机展开一点合理的、客观的分析就会发现，一次兵分三路的进攻是很有必要的，具体简述如下。

首先，在欧洲法庭上正式挑战1293年的《福提布斯合约》，这样一份挑战自然将由皮特科公司资助。其次，将小岛议会提升到国会的地位，并为他们提供相应的办公场所、资金、工资、开销和权力。第三，同时申请让小岛作为一个拥有充分主权的国家进入欧盟。

马可等待着。他尤其得意于引入危机观念。当然并没有什么危机，至少现在没有。但是从无足轻重的小岛议员到美国总统，没有哪个立法者，会在有人提到说有危机的时候否认危机的存在。否认危机会让自己有漫不经心或者无能之嫌。所以现在，正式地，在岛上出现了危机。

“你关于和皇室翻脸的建议是认真的吗？”当然，这个问题是植入的，将会有来自感伤主义者和保守派的反对；目前这个阶段，最好让他们觉得自己是多数派。

“正相反，”马可回答，“在我看来与皇室搞好关系对于这个岛是至关重要的。任何当前的危机可能逼迫我们不得不作出的背离，都是针对威斯敏斯特宫，而不是皇室的。如果可以这么说的话，事实上我们将力图强化与皇室的纽带。”

“这话怎么讲？”植入问题者问道。

马可作出对这个问题猝不及防的样子。他好像很困窘。他看看自己团队里的其他成员，后者没人打算帮忙。于是他勉为其难地暗示出这一想法，国王也许会成为这座岛屿的官方拜访者。接着，他好像忍不住想要一吐为快，鉴于目前这种交谈的坦率和开放，而且又有着保密承诺，所以他不妨透露一下，就在此刻，皇室正在严肃地考虑一份重新为王宫选址的提议。不！为什么不呢？并没有任何确定不变的东西：历史本性如此。岛上目前有一座出色的王宫正在翻新。当然了，这个绝对不能外泄。当然不久后，这消息就散播了出去，被人们热切讨论着，传进了所有他们想告知的人耳中。

下一次会议上，大惊小怪的保守派们和不知感恩的乡巴佬们表示担忧主岛会施加干预。万一出现制裁、封锁，甚至进攻怎么办？皮特科公司及其顾问们的观点是，首先这一类反应是不大可能的；其次它们将会引起无可比拟的国际关注；第三，由于小岛会遵守一切适宜的法律和宪法规定，所以威斯敏斯特宫不会轻举妄动，以免招致欧洲甚至联合国的惩罚。相反，议题没准会回到谈判桌前，被索要一个高价。议会成员们没准乐意得知另一个小秘密：杰克爵士的初始出价，也就是用来购买岛屿主权的5亿英镑，现在已经被修改下降为6 000马克加1欧元。这样，更多的钱将被用来升级岛屿的设施。

皮特曼大厦为何会是一位比威斯敏斯特宫更好的主人呢？一个不错的问题，马可承认，并且对于这份挑战表示感谢。不过，他微笑了，这也是一个不太好的问题。他诱惑着议员们，我们在共同的自身利益上是捆绑在一起的，而且绝不同于中央政府与边缘地区的那种关系。在现代世界，稳定和长期繁荣更多是由跨国企业而不是老式民族国家提供。你们只要看看皮特科公司和英国主岛的区别就够啦：哪个在扩张，哪个在收缩？

那你们有什么好处？获得源源不断的共同利益，如前所述。把话摊开来讲得啦，我们也许会要求撤销古老的规划法中的一些微不足道的条款，其中大多数都是源自可鄙的威斯敏斯特宫的。你们希望与我们新岛屿议会保持怎样的官方或者非官方关系？两者都不要。在皮特曼大厦看来，在经济驱动力和当选政体之间保持权力分割，对于任何现代民主社会的健康而言都是至关重要的。当然了，你们也许会觉得给杰克·皮特曼爵士安排一个合适的名义性的位置，某个官样头衔，也是颇为适宜的。

“比如终身总统？”一位乡巴佬提议道。

马可乐坏了，笑得直咳，涕泪横流，足以以假乱真。不，他只是一时兴起，因为在这类交流只作探讨、不作承诺的性质的前提下，才想起来有这一说。放心好了，这事都还没跟杰克爵士提，杰克爵士本人更是想都没想过。事实上，也许唯一能让他接受这样一个位置的办法，就是不要给他机会拒绝。不妨直接发布一则议会决议，或者随便什么你们觉得合适的说法。

“一份任命他为终身总统的议会决议？”

哦，天啊，他还真是自找麻烦。不过——他随口说道——没准，根据他们将要制定的哪种宪法来给杰克爵士安排一个官样头衔，听起来倒也是合情合理的。那些英格兰的古老郡县都有些什么头衔呢？像那些佩剑戴羽饰头盔的家伙们？郡治安长官。不行，那样一来和主岛就没什么区别了。马可假装翻阅着马克斯博士的历史备忘录。好啊，你们有过长官和总督，对吧？这两个头衔都成啊，虽说长官的名头这些年好像有点掉价了。反正所有人都明白，理论上不管怎样用斜体字把这任命精心抄写在象牙色的羊皮纸上，事实上杰克爵士的权力都不会真正生效。当然了，他会自备马车，制服也一样。虽然根本没和他讨论过这类事。

此时，未来的总督正在浮想联翩。你总得设法超越极限。深思熟虑，并果断出手。让微不足道的人梦想那些微不足道的事吧，杰克爵士梦想的可是大价钱。有胆略，更有胆略；真正有创造性的头脑遵守的是另一种规则，他们信奉成王败寇。皮特科公司已经用其跨国公司的身份说服银行和基金会为这一项目提供稳定持久的投资与贷款；不过他偷偷地将这些钱们（杰克爵士始终觉得“钱”这个词的复数形式听起来更加美妙）借贷给他在巴哈马群岛上的一家分公司，真是天才之举——有时候啊，金融家的想象力与艺术家的何其相似！自然地，这就意味着这一项目的任何收益都将首先成为皮特科公司总部的管理费。杰克爵士假装同情地摇摇头。现在公司的开销变得大多啦，这些管理费，真令人遗憾，大得令人遗憾呐。

然后是独立之后紧接着该干什么的问题。假设新的岛屿议会——正如它完全有权做的那样，完全违背了杰克爵士的公开劝告——决定执行国有化政策。对于银行和持股人来说将是个坏消息：可他们又能做什么呢？小岛，令人遗憾地，还不是任何国际协定的签署者。然后，让他们带球跑一阵之后，杰克爵士将不得不运用他作为总督的紧急处置权。技术上讲，也是从法律上讲，到那时候，一切都将属于他。当然了，他会许诺补偿那些债权人。假以时日。在一定比例上。在大量债务重组之后。哦，盘算这些真让他开心。想想看，他们会怎样惴惴不安吧。律师们都会变成暴发户。大金融中心里没准会采取什么反对他的行动。好啊，小岛可不会签署任何让渡条约。他可以挺过去，等待用谈判来解决。或者他尽可以吩咐他们滚蛋，自个儿舒舒服服躲进皮特曼大厦（二代）里。反正四处漫游的日子他也过够了。

不过……这样一来是不是显得太复杂，太剑拔弩张了？他是不是放任自己热衷对抗的本性压过自己明智老练的大脑了呢？也许国有化的想法是错误的。这年头这个词会让重要的游客们感觉不爽，确实也该如此。他绝不能掉以轻心，一定得把目光放远些。他的竞赛策略是什么，他的底线又在哪儿呢？是让这个小岛崛起、腾飞。如果目前的预测正确的话，这个项目必然会大获成功。从本性而言，杰克爵士从来不介意不得不让投资者失望这种事。不过，要是他的最后一个金点子果真奏效了会怎样？要是公司能够支付利息，甚至还能分点红利给投资者们，会怎样呢？要是——颠倒一下那句名言吧——王者自然成功，贼寇注定失败[1]，那会怎样？那真是够讽刺的。

❋ ❋ ❋

“那故事是你编的吗，马克斯博士？”玛莎问。他们坐在湿地上方的可再生材料造的硬木平台上吃着口袋饼三明治。马克斯博士一身周末打扮，费尔岛图案的V领套头衫配了个黄色的佩斯利花纹领结。

“哪个故事？”

“关于女人和鸡蛋的那个。”

“编——的？我是个历史学者。官方历史学者，你忘啦。”马克斯博士闷闷不乐了一阵儿，不过不是真生气，只是那种演播室式营造戏剧气氛的闷闷不乐。他盯着向远处延伸的水面，嚼着口袋饼。“实际上，让我生气的是，没人要求我提供它的出处。它的出处绝对令人肃然起敬，况且还是出自一位牧师之口。”

“我不是那个意思……我的意思是我之所以认为你也许是编的，是因为这故事实在是太聪明了。”

马克斯博士又闷闷不乐起来，好像他干的这件事一点不聪明，或者说，好像“聪明”并不该是你通常从他身上得出的印象，又或者好像……

“你知道，我断定你是编的，也是因为你认为一个造假的项目就该有个假造的标识。”

1.这一句话是将“成王败寇”的逻辑颠倒来演绎，强调天然的优势地位与合法性将带来成功。

“那对我来说未免太——聪明了点，科克伦小姐。当然，吉尔维特本人并没有看到那位落崖女士的内裤，他只是提到有这么件事而已，不过，用土话来讲，这类事情总有可能真的发生过。”

玛莎吮了吮门牙，一片像牙线一样细的芝麻菜卡在了那里。“可是——你认为项目是在造假吗？”

“造——假？”马克斯博士突然不再闷闷不乐了。任何直截了当的、不像要侮辱他的、可以让他作出冗长回答的问题，都让他心情愉快。“假——的？不，我不会那么说。我根本不会那么说。粗俗，没错，当然了，因为它基于对实际上一切事情的粗俗式简化。在某种程度上，也可以说，它把‘英格兰’惊人地商业化了，像我这样的乡巴佬很难认同。它很多偶然外露的迹象都令人恐惧。操纵与控制是它的核心哲学。以上所有问题它都有，但是我想，它并不是在造假。

“在我看来，‘假——的’的意思是，一种正在遭到背叛的真实性。但是，我自问，目前这件事是这样吗？真实性这个概念本身以它自己的方式，在某种意义上，难道不也是假的吗？我觉得我这种矛盾的观点对你来说可能太艰深、太有冲击力了，科克伦小姐。”

她冲着他微笑起来，马克斯博士的自恋其实挺纯真的，不失可爱。

“让我详——细一点解释吧，”他继续说，“就拿我们眼前看到的东西，这片小小的、令人意外的、与老伦敦近得可疑的湿地来说吧。也许，在许多世纪之前，这里确实有一段通向市集的路，在那段路上，那女孩被风吹得撑着伞从天而降，也许没有。总的来说可能是没有。所以它是被炮制出来的。但它因此就是假的吗？当然不。它的目的和意图都全靠人类赋予，和自然没有关系。事实上，你也许会认为，由于它源自这种明确的目的，而非粗糙偶然的自然机缘，因此这一小片水面显得更胜一筹了。”

马克斯博士将两根手指塞向马甲口袋，但是他今天其实没穿马甲，所以双手继续向下，最后滑落在大腿上。“事——实如此，这片水面之所以更胜一筹，有以下几个原因。鸟类学是我的许多谋生技能中的一种，是我的诸多弓弦之一，这老话真怪，为啥不说是我的诸多琴弦之一呢。总之，我想告诉你的是，这片湿地被安排成一种特殊的布局，还布置了特殊的植物群，以便吸引我们想要的鸟类来到这里，同时又令一种让人厌烦的大型鸟——加拿大黑雁兴致缺缺地转头另择其他栖居地。简单点说，关键在于那边的那片芦苇。”

“所以，我们也许可以得出结论，这是一种对于之前状况的积——极改——善。此外——把话题拓宽一些——我们来看看一些备受赞赏，实际上却只是被盲目推崇的概念吧。随便举几个例子，比如雅典的民主，帕拉迪奥式建筑，那种仍令许多人沉迷不已的小教派崇拜，等等，无论信徒们如何对外宣称教派的历史，其实它们都不存在什么真正的肇始时刻。我们可以选定一个时刻，宣称一切都是在那时‘开始’的。但是作为一名历史学者，我不得不告诉你，这类标签在智识上是站不住脚的。借用我们现下这个时髦说法吧，我们研究着的一切，其实都始终只是某个更早时期之物的复制品。并不存在什么元初时刻。这就好像是某天一只类人猿站起来了，它套上硬胸衬，宣称分鱼刀恶俗不堪一样。或者，”他自顾自地乐了，“一只长臂猿突然写出吉本的作品[1]。不大可能，是吧？”

“那么，为什么我一直觉得你讨厌这个项目？”

“哦，科——克伦小姐，如果只是你我私下里说说，确实如此，确实如此。不过这只是从社会和审美角度来评判的结果。对于任何有点品位和判断力的人来说，这么一个东西，简直就是，如果我可以这样给我们亲爱的头儿起个外号的话，一个怪物策划构思出来的另一个怪物。不过作为一名历史学者，我不得不说，我并不反对这个项目。”

“尽管事实上它全都是……设计出来的？”

《自然笔记》的匿名作者亲切地微笑起来。“现——实其——实很像一只兔——子，要是你能允许我用这句格言的话。大众——我们遥远的、令人愉快地待在天边的金主们——想要现实像一只宠物兔。他们想要它跳来蹦去，在它手工制作的精美兔笼里优美地踱步，吃他们喂给它的莴笋叶。要是你给他们真正的兔子，某种野生的，要是你允许我这样说的话，会到处解手的兔子，他们就会不知所措。除了把这小家伙勒死，然后吃掉。

“至于被设——计出的嘛……嗯，你不也一样，科克伦小姐，我也一样，大家都是被设计出来的。‘我’，如果可以这么说的话，被设计得比‘你’稍微精巧一点。”

玛莎嚼着她的口袋饼，盯着一架慢慢飞过头顶的飞机。“我下意

1. 英语中长臂猿（gibbon）与英国历史学家爱德华·吉本的姓“吉本”（Gibbon）是同一个词，只有首字母大小写之别。

识注意到那天你对委员会发言时，你平时紧张的迟疑突然全都消失不见了。”

“令人吃——惊啊，这是肾——上腺激素的奇——效。”

玛莎放声大笑，把手搁在马克斯博士的胳膊上。被她这么一碰，他微微颤抖了一下。她又乐了。

“好啦，你这一下小小的颤抖精巧吗？”

“你真是个善于嘲讽的人，科克伦小姐。我也许可以回敬你一句，你这问题本身是否精巧呢？不过说到我的颤抖，没错，它是精巧的，因为它是对某种特定动作经过训练后作出的刻意回应——你知道，我没有冒犯的意思。这可不是一个我牙牙学语时就能做出的动作。也许，在我的心理发展的某个原始阶段，我就对它下了判断，把它排除出了我所能接受的各种动作的清单。我也许是直接得出这个结论的，也许是刻意养成了这种反应，也可能是从别人那里偷来的。我认为大多数人都是靠着偷来形成大部分的自我的。如果他们不这么做，那将变成多么贫瘠的动物啊。你也一样，也是设计出来的，以你那种比较……缺乏热情的方式，我无意冒犯。”

“比如说呢？”

“比——如说，这个问题。你不会说‘不对，你这傻瓜’，或者说‘做得太对了，圣人’，你只是问，比如说呢？你总是不动声色。我观察到的，当然，这是在喜欢你的前提下，科克伦小姐。集体讨论时，你要么是假装积极参与，但并非真心，你将自己塑造成一个不会幻想的女人，而其实是在消极地抵触；要么是令人恼火地沉默着，鼓励别人跳出来说蠢话。我不是说反对蠢人们展示出自己的愚蠢啊，但是不管用哪种方式，你都设法让自己无法被看透，也无法，我猜啊，被触及。”

“马克斯博士，你是在勾引我吗？”

“我指的就——是这个。转移话题，问个问题，以此来避免深入交——流。”

玛莎沉默了。她和保罗不会像这样说话。他们说的都是正常、普通的亲密话语。而现在她和马克斯的对话也是在说某种亲密的话语，却是成人的、抽象的。它有意义吗？她试着想出一个并不意味着要避免交流的问题。她以前一直觉得，问问题是一种交流方式。当然，这有赖于回答。终于，她用一种充满期待的少女语气问：“那是一只加拿大黑雁吗？”

“年轻人真是无——知啊，科克伦小姐。哟哟。那是一只相当普通的，而且实际上也相当邋遢的绿头鸭。”

❊ ❊ ❊

玛莎知道自己想要什么：这份清单也许可以以真实、简单、爱、友善、友谊、有趣和出色的性爱来起头。她也知道，像这样列单子是很可笑的；当然一般人都这么干，可还是可笑。所以即便在她敞开心门的时候，她的头脑始终不安着。保罗表现得好像他们的关系已经是天经地义的了：它的参数都设定好了，它的目的非常明确，所有问题都着眼于未来。她很容易就辨认出这种特征，这种无忧无虑、一心想与伴侣独处同居的迫切之情，它诞生了，甚至在他们伴侣关系该如何定位、如何进一步展开都并没有确定的时候。她也曾进入过这种状态。她有点希望自己不曾如此，有时她感觉自己的历史如此沉重。

“你觉得我有时在回避交流吗？”

“什么？”

“你觉得我有时在回避交流吗？”

他们坐在她的沙发上，手里端着饮料。保罗正拍打着玛莎小臂的内侧。在某个位置，手腕上去一点儿的地方，拍到三到四下的时候，她会发出一声欢愉的轻呼，然后，把手臂抽走。他知道这个，直等到玛莎离开自己，才答道：“是的，回答完毕。”

“但是你认为我，呃，会令人不快地保持沉默，或者有点假惺惺吗？”

“不会。”

“真的？”

保罗现出开心和得意的神色。“不如这么说吧，我从没注意到有这些。”

“好吧，如果你没有注意到，那么有可能我确实如此。”

“你瞧，我说的是不会。你怎么啦？”他看出她仍有疑虑，“我只是觉得你……真诚。我在你身上感受到的就是真实。这么说你觉得好一点儿吗？”

“我想是的。”接着，仿佛为了换个话题，她说，“午饭时我和马克斯博士聊天来着。”保罗发出了一声漠不关心的轻哼。“你知道皮特曼大厦后头的那片湿地吧？”

“你说的是那个池塘吗？”

“那是一片湿地，保罗。我跟马克斯博士说起了它。他是个业余鸟类学者。你知道他就是每周六《泰晤士报》上的那个乡鼠先生吗？”

保罗微笑着叹了口气。“这没准是我俩在一起以来，你告诉过我的最没意思的事了。‘乡鼠先生’，对于一个他和你面对面说话……却好像他还是在电视里对着观众滔滔议论的装模作样的傻瓜来说，这是个多别扭的名字啊。这阵子，要是哪天杰夫教训了他一顿，我一点都不会奇怪。哦，还有我真是不喜欢他说——话时的小——小拖——延。”

“他很有趣。你喜欢的人不一定能有趣啊。反正，我真的挺喜欢他的。事实上，我非常喜欢他。”

“我讨——厌他。”

“不，你才没有。”

“我是真——的讨厌他。”保罗又摸着她的胳膊。

“不。他跟我讲了些奇妙的事。显然，那片湿地是被他们特别设计过的。那里的地形，种植的芦苇，河岸的高度，水流方向，都有考虑。目的是想要阻止加拿大黑雁在这里着陆。我猜想它们可能对环境有害，或者会吓跑别的鸟吧。午饭时水面上有一只非常美丽的野鸭。”

“玛莎，”保罗严肃地说，“我知道你是个乡村女孩，可是为什么要跟我说这个？马克斯博士在为这个项目策划一个鸟类部分吗，难道他不记得杰克爵士的指示了吗，让海雀们见鬼去？”

“我以为你已经不再引用皮特曼语录了。我以为你已经改邪归正了。不，只是这片湿地让我思考了一些事情。我是说，你觉得我们是一样的吗？”

“我们？”

“不是你和我。我是指一般意义上的人类。关于你和谁……谈得来，和谁谈不来的问题。到现在，这都是个谜，不是吗？为什么我会被你吸引而不是被别人？”

“我们讨论过这个呀。因为我比你年轻，比你矮，戴着眼镜，挣得没你多，而且……”

“好了，保罗。我想要更深入一点。我并不想说自己被你吸引很蠢。”

“谢谢。真让我安慰。那么跟我上床怎么样？来证明你真这么想。”

“你瞧，要是有人想对这事作客观评价，他们没准会认为这跟我父亲有关。”

“打住吧，”保罗说不准自己是被逗乐了还是感觉被伤害了，“可是我们已经得出结论了，我比你小啊。”

“没错。所以，比如说你吸引我，是因为我不信任比我年长的男性。或者其他诸如此类的原因。”

“那个，正如你不久前跟我说的，这是相当廉价的心理学。”

“抱歉，”玛莎说，“或者你可以说，你跟那些我以前约会过的男人是完全相反的类型。或者可以说在这种事上其实根本就没什么道理可言。”

“比如我们俩都是异性恋，恰巧在同一个地方工作，这是命运让我们走到了一起？”

“或者你可以说确实有道理可言，但那是我们不知道或无法理解的道理。有什么我们不知道的东西在冥冥中指引我们。”

“算了，算了，别扯了。”保罗起身，站在她面前，举起一根手指，让她别再开口。“我明白啦，我总算明白啦。你和我聊这些东西，一准是因为马——啊——啊——克斯博士对人类关系这个话题没准发表的什么东拉西扯的高见的缘故吧。你是想说，你是一片湿地，然后偏偏是我到了这儿，你不理解为什么所有那些可爱的加拿大黑雁都不停下，为什么你只好跟一只像我这样讨厌的老野鸭过了起来。”

“不对，并不是，根本不是你理解的意思。野鸭很可爱。”

“要是这果真是恭维的话，我可不知道自己能否消受。”

“那么你想怎样呢？”

“我不用想的，我呱呱叫。”

“不要吧。”

“呱呱呱。”

“保罗，住嘴。”

“呱呱呱，”他看到玛莎已经忍俊不禁，“呱呱呱。”

❊ ❊ ❊

加里·戴斯蒙德从不急于求成。他的同事以前都是这样钦佩地评论他的。他有好人脉，消息来源稳定，腿脚勤，眼光独到犀利，一定要到一切水到渠成时才会把他的故事交给编辑。作为一名追踪和贩卖桃色新闻的狗仔，他的一大优势在于他看起来并不像会干这种勾当的人。在大多数人想象中，这号人大多是某个粗鄙不堪、到处打听、敲诈勒索的恶棍，他们总是贼眉鼠眼地记着笔记，短风衣上沾着像是啤酒的污渍，但那很可能不是啤酒。

加里·戴斯蒙德穿一身黑西装，打着严肃的领结，某些场合还会戴上婚戒；他睿智、文雅，而且几乎从不对线人施加什么明显的压力。他打听消息的态度是——或者看起来是——面对当事人满怀同情，但又公事公办。一个消息引起了报纸注意，他们已经彻底调查了，准备尽快发表；但是在这之前，出于礼貌，以及实际上，出于道德的约束，他们想要跟事件的关键人物核实一下，也许有些事实是他或者她想要澄清的，而且，万一竞争对手也抓住这个新闻，而且——让我们现实点吧——还有如果其他方面对事件评价有所偏颇的话，本报将乐于施以援手。简而言之，有个问题出现了，而且这个问题不会消失，加里·戴斯蒙德随时乐意为您效劳。他不会意味深长地舔铅笔尖，而是会用金笔头的钢笔慢慢地做笔记，那笔颇具古董风味，足以充当一阵谈资，而他的态度又是无限耐心、不乏奉承的，这样，到头来通常倒是你先提起钱的问题。只需要轻轻一句："我猜我的费用包括在内吧？"或者更直白的："我有好处吗？"——你不知不觉地，就会"隐姓埋名，远走高飞"了，这个说法听起来比较炫目，比什么伦敦郊区路边的会议旅馆强多了……磁带录音机一直转啊转的——可爱的钢笔被搁在一边——加里·戴斯蒙德一遍遍地确认他已经知道的事实，或者似乎已经知道、只是想再次确认一下的事实。这时，你已经签了协议，看到了机票。事实上，你和加里已经变得如此亲密——你已经不知不觉这么称呼起他了——以至于你甚至会可爱地一撩染成金色的头发，想着他干吗不干脆陪着你一道晒晒日光浴，度过那等待事情烟消云散的五天呢。有时候他确实会来，有时候则非常遗憾，他为了遵守行规，不会露面。

所有这一切专业化的安慰并不会让你心平气和，坦然面对突如其来的这种大标题:《我的莉齐嗑药嗨翻，与里克王子狂欢鬼混》。再往下翻两页，你看到了自己，衣不蔽体，只穿了条超短裙趴在台球桌上，手里调皮地抓着两个球。然后是你父母打来的电话，他们一直以来都为你感到骄傲，现在却抬不起头来，更别提出去见人了；只不过，你只接到了妈妈打来的电话，因为爸爸已经气到没法和你说话了。然后是几年前那些忠诚的前男友们提供的消息（“就知道像大胖狗一样躺在床上，让穆格西忙活一切……都已经买了戒指，她却跟个花花公子走人了……一直都是个骚货，可没想到居然会嗑药，还玩3P……”）。这事太不公平了，报纸真是恶毒，其实他们只是喝了点可乐，而且大多数都是佩特内拉的主意。所以你去找加里·戴斯蒙德帮忙，而且，是的，他还在，只是回你电话比之前稍微慢了一点而已；然后，哎哟，不，他这礼拜没时间吃饭，正在对付一个大报道，人不在城里，没准哪天可以一起喝一杯；总之，振作点，姑娘，在加里看来，你的表现真的很好，充满尊严，他们是怎么说的来着？干掉那些通风报信的人，对吧？不过要是你继续唠叨下去，他的语调会变得严厉一些，他会提醒你，这世界本身就很残酷，玩火总免不了挨烫；要是你想听听他的建议，你已经得到支票了嘛，干吗不去花掉一点儿呢，根据他的经验，没哪个女孩是买了新衣服还会不高兴的，抱歉，去谈场新的恋爱，那就这样吧，该挂了。你都来不及建议说，要是他过来陪你购物，就会看到你还是漂漂亮亮的，根本不像昨天才被无缘无故地骂作什么讨厌荡妇的样子。医生说失眠的时候得吃多少片这个来着？

加里·戴斯蒙德的深蓝色货车看起来普普通通，毫不引人注目。它停在梅姑妈乔利伍德的大宅对面有一些时候了。车的驾驶座总是空着，路过的遛狗人或者周边热衷八卦打探的邻居谁都不会想到，车的排气孔其实是窥视孔，加里正躲在车里，忙着做笔记、录音和录像。对"阿多克"的游客进行身份鉴别需要一定的外界合作；他给一个老朋友买了一大份喝的，让对方帮忙调出宅邸主人的信用卡数据。不过加里对一切守口如瓶，关于那位大黄蜂般的主角，那位庞大、"肥胖"、嗡嗡作响的家伙的名字，他只字未提。

第一次接触总是最麻烦的，因为加里·戴斯蒙德此时处于最一无所知的状态，而果蝇一号有可能会号叫道"滚开，你这恶心的混蛋"，并且冲到电话前，给他的梅姑妈发去警报，这样整件事就直接玩完了。不过加里·戴斯蒙德选择的那位羞涩、秃顶的飞行员，一位五十多岁的离异胆小鬼——他们在这家伙家附近的酒吧里见的面，在这儿，对方出现不稳定举止的可能性被压到了最低——一开始就被加里的态度和谎言震住了。当然，加里可不用记者那样一开口就令人觉得备受侮辱的询问方式；他的证件表明他是英国皇家税务与海关总署的调查专员。这是一桩牵涉多国的毒品案，还涉及一系列的谋杀。案件中的一位关键人物是某处的常客。加里·戴斯蒙德对着开始变得惴惴不安的受害人强调道，这并不是警局办案，与媒体也没什么关联，而且他们对于梅姑妈的生意毫无兴趣。就税务而言，遵纪守法、按时纳税的公民们私底下尽可以自行其是，只要不去伤害未成年人、珍稀物种和一些特殊的人或物就行。现在也许他们可以去某个没什么人认得他的地方，好好谈一谈？

这天晚上结束时，加里付了餐厅的账单，颇为尴尬地将一个信封放在桌上。他说这并不是他的处事方式，但是他的上级坚持那些帮助税务总署的人都该得到报偿。飞行员拒绝了。加里相当理解，并补充说，这类钱绝不会入账——不需要签名，也不会开收据。他们叫它“小金库”的钱，为啥这么叫，他也不知道；如果真是这个名字，那肯定也有哪里弄错了。就当它是财政部的退税吧。过了一会儿，飞行员看也不看地收下了信封。加里·戴斯蒙德确信他们不需要任何进一步的帮助了，不过如果需要，他们当然也知道去哪儿找他（以及他的老板们）。严格保密的调查也许还会再开展两个月，到时候梅姑妈也许将会少一位客人，不过除此之外，一切都不会受到影响。

接下来的步骤就容易多啦，对于姓名、时间、联系方式、价格、选项、服务方式进行常规调查。然后最后作一个艰难的决定：他们究竟要不要找梅姑妈帮忙？要是她害怕了，或者逃跑了，或者干脆非常忠心耿耿，那么事情就难办了。不过要是她肯配合一下，好心地让他录一个小时或两个小时的像……加里·戴斯蒙德会调整自己扮演的角色。也许这回是国家安全部的工作人员，调查事件跟某位阿拉伯的独裁者有关联，想想那些喉咙被割断的娃娃们，那些照片真令人心碎啊，不是吗，只不过是要找出一位客户而已，是的，一张众所周知的脸，事实上确实是位很有名的人物，不过说真的，她得留心选择用他不为人知的一面来做成这笔生意。费用不是问题，顺便说一句，费用绝对不是问题。相反，他们提议，事实上是坚持，会付一大笔钱。数目真的相当可观。只需要三个小时。不过是在灰泥墙上钻一个小洞眼，让我们进出一下，之后再也不会来打搅。

加里·戴斯蒙德觉得值得冒个险。

❋ ❋ ❋

“巴克宫[1]，”杰克爵士说，“我们没有巴克宫，真是无计可施。”

酒店里铺好了地毯，摆上了盆栽树，温布利体育馆的双塔即将收工，一个舒适的双立方小房间的复制品正被安装进皮特曼大厦（二代）中，三个高尔夫球场已在丁尼生丘陵上建起。购物中心和牧羊犬选拔站已经随时可以投入使用。汉普顿宫的迷宫已经成形，白垩山崖上刻出了一匹白马，同时在西面临海的崖顶上，园艺家们将植物修剪成英国历史上的各重要场景，它们在夕阳映衬下仿佛一道围着崖顶的黑色壁缘。他们造了一个原物一半大小的大本钟；他们有莎士比亚和戴安娜王妃的墓；他们有罗宾汉（以及他的快乐伙伴们），多佛尔的白崖，街上有黑色的甲壳虫出租车飞梭往来，它们穿过伦敦的大雾，驶向遍地茅顶屋，并供应德文郡奶油茶的科茨沃尔德村庄；他们有不列颠之战，板球，酒吧里的九柱戏，爱丽斯漫游奇境，《泰晤士报》，以及101条斑点狗。斯塔克普尔婚姻纪念池塘挖好了，并在周围种上了垂柳。皇家卫兵被训练了如何侍奉客人享受大英格兰

1.白金汉宫的俗称，英国王室的居所。

早餐，约翰逊博士正在字斟句酌为柴郡奶酪酒吧的晚餐体验作准备，一千只知更鸟正在设法适应永远不化的雪地。曼联俱乐部的所有主场赛都将在怀特岛上的温布利球场进行，之后将由替补队员在老特拉福德球场把比赛再重新演绎一遍，得出同样的比分。他们没能争取到任何国会成员；不过尽管只是经过了马马虎虎的训练，一群失业的演员足以乱真。国家画廊装点一新，地板重新打了蜡。他们还弄来了勃朗特姐妹的乡村和简·奥斯汀的旧居，建起了原始森林，并在其中放进了许多英格兰土生土长的动物；他们有音乐厅，橘子酱，木屐舞和莫里斯舞表演者；有皇家莎士比亚剧团，巨石阵，不动声色的上唇，圆顶礼帽，室内播放的经典电视剧，半露木结构宅邸，充满节庆气氛的红色巴士，八十个牌子的常温啤酒，夏洛克·福尔摩斯和妮尔·格温，后者的身材足以反驳任何关于恋童癖的窃窃私语。不过他们还是没有巴克宫。

当然，在某种意义上，他们弄到它了。宫殿的前部和栏杆都完工了；头戴人造熊皮帽的守卫们训练有素，绝不会用刺刀去戳往他们鞋头丢冰激凌的可爱孩子们；各种缤纷色彩——一组完整的彩虹色——正蓄势待发。所有这一切都伴随以一次有意为之的新闻封锁，它自然而然让人们猜想，皇室果真同意挪地儿了。白金汉宫的频频否认反倒证实了谣言。不过事实是，他们并没有弄来巴克宫。

这事本来不难。在主岛上，皇室家族名声不佳已久。伊丽莎白二世的去世加上随后继位原则被打破，令人普遍感觉传统君主制已经走到了尽头。对于继位问题展开的公开磋商进一步降低了皇室的神秘感。年轻的国王和王后已经尽了力，他们参加电视访谈节目，雇用最出色的台词撰稿人，而且设法或多或少地隐瞒着他们对彼此的不忠。《非凡》杂志刊登了整整二十页照片告诉读者们，在丹妮丝王后亲自设计的一个沙发垫子上，可以看到她给丈夫起的绰号：国王宝贝儿。一时颇令人动容。不过总体上来说，国民们变得抱怨满腹，要么因为这个家族的平凡无奇而颇为失望，对其巨额花销心生厌恶，要么就是干脆烦透了对女王及其家族长期以来忠心耿耿的做法。

这本应有利于杰克爵士的事业来着，但王宫不知为何异常顽固。国王的顾问们擅长把事情一拖再拖，并且公开暗示说，温莎家族的国外存款足以支撑皇室几十年的开销。在购物中心的尽头，似乎产生了一种草木皆兵的心态，偶尔涌出的一句玩笑话都足以引起严阵以待的反应。首相偶然多说了几次“骑自行车的君主”[1]，结果一位王宫发言人便回应道，自行车不是，也永远不可能是皇室的出行方式，不过国王鉴于经济形势和石油供应的日益短缺，非常乐意将温莎家族变成一个骑摩托车的皇室。而且确实，时不时地，一个戴着头盔，衣服背后有皇室纹章的人会沿着购物广场飞驶而过，他的车没有装消音器，一路绝尘，仿佛故意要展示特权似的；不过，这位究竟是国王本人，还是他那邪恶的表兄里克，还是一位替身或者小丑，没人能搞得清。

尽管公民们觉得皇室不再神秘，但是白金汉宫、旅游部，还有杰克爵士，都知道皇室家族是这个国家的顶级摇钱树。杰克爵士的谈

1. 英国人经常用这个词组来讽刺斯堪的纳维亚国家和荷兰等国的平民风格的国王，以此显示对正规、气派的英国皇室风范的自豪之情。

判小组不断强调搬到岛上会给皇室带来怎样的经济效益和优质的休闲生活。岛上将会建起一座完全现代化的白金汉宫，他们还可以去奥斯本宫度过一个怀旧的周末；既不会招来批评，也不会受到打扰，只会有组织有序的自发赞颂；在这里皇室家族将不用纳税，国王私用金将由一个分红计划取而代之；不会再有什么记者闯入他们的生活，因为岛上只有一家报纸——《伦敦泰晤士报》——而它的编辑是一位真正的爱国者；令人厌恶的义务将被压减到最低限度；出访海外将是纯粹娱乐性的，可怕的国家元首们的签证申请可以直接拒绝掉；王宫对于在这个岛上颁布的所有硬币、勋章和邮票都拥有批准权，要是乐意的话，明信片也归他们管；最后，将永远、永远不会有自行车的问题——实际上，对于这场迁居的整体考虑的出发点就是想要恢复过去几十年来皇室家族被如此无礼地夺走的气派和潇洒。他们提高的迁居费数额已经达到足以令收转会费的球星们都昏厥的程度，但是皇室仍旧顽抗着。在进行了大量恭维——主要是财务方面的——之后，国王和王后同意飞来参加开幕式。不过绝对不带任何倾向性，正如已经多次指出的。

专业怀疑者试图看到好的一面。“看吧，”她说，“我们已经把伊丽莎白一世、查理一世和维多利亚女王弄到岛上了。谁需要一群昂贵又毫无特长的乞丐呢？”

“唉，我们需要。”杰克爵士回答。

“好吧，如果这里的所有人——令我吃惊的是，就连马克斯博士也是——都宁愿要复制品而非原件，那就弄点复制品呗。”

“我想，”杰克爵士说，“要是再让我听到这种话，我就不客气了。

当然我们有个备用方案。预备的‘皇室家族’已经训练了数月。他们干得很好，我非常信任他们。不过到底还是不一样啊。”

“从逻辑上说，这意味着他们的表现会更好。”

“唉，玛莎，有时候逻辑和讽刺一样，帮不上我们多少忙。我们讨论的是提供优质的休闲体验。我们讨论的是赚大钱。我们没有巴克宫就无计可施，他们也明白这一点。”

一个少见的声音突然冒了出来。“把老乔治从他的修院请回来如何？”

杰克爵士对他的金点子捕捉者完全不屑一顾。这位年轻人最近几周变得非常冒失。他难道不明白他的工作就是捕捉金点子，而不是抛出他那些鸡毛蒜皮的小想法吗？杰克爵士认为保罗突然这么冒失，是因为他不知哪来的好运，爬上了玛莎·科克伦的床。皮特科公司难道沦落至此了吗，变成一个雇员们的牵线中心？迟早得把他们开了，不过不是今天。

杰克爵士久久地沉默着，让小伙子煎熬一阵，然后低声对马可说：“那可真是疯了。”马可充满优越感地笑了起来，宣告会议结束。

“跟你说句话，保罗，要是你有时间的话。”

保罗看着其他人鱼贯而出；或者更准确地说，他看着玛莎的腿迈出了门。

“没错啊，她是个美妙的女人，”杰克爵士赞许道，“作为一个美妙女人的鉴定专家我不得不这么说，当然，这也是出自一个居家男人的看法。一个美妙的女人，就像谚语说的那样，我可不奇怪。”

保罗没有回答。

“我记得第一次看到她的感觉，也记得第一次看到你的感觉，保罗。那个场合可不怎么正式。”

“是的，杰克爵士。”

“你做得很好，保罗。在我的羽翼下。在我的羽翼下，她也做得很好。”

杰克爵士点到即止。来吧，小伙子，别让我失望。让我看到你裤裆里那玩意儿至少还能管点用。

“您是说，”保罗的语调前所未有地咄咄逼人起来，不过还是一如既往地一本正经——“我和……科克伦小姐的——关系，令您觉得无法接受？”

“我为什么要这么想？”

“或者说我的工作因此受到了影响？”

“完全没有，保罗。”

“或者她的工作因此受到了影响？”

“完全没有。”

杰克爵士满意了。他搂住保罗的肩膀，引着他的被保护人走向门口，心满意足地感觉到年轻人的肩膀变得越来越僵硬。“你是个幸运的男人啊，保罗。我真妒忌你。年轻。获得了一个好女人的爱情。人生即将展开。”他伸手去够门把手，“祝福你吧，祝福你俩。”

保罗确定一件事：杰克爵士的话绝非真心。不过他到底是什么意思。

❋ ❋ ❋

罗宾汉和他的快乐伙伴们在格伦科峡谷中驰骋来去，劫富济贫。罗宾汉，罗宾汉。一个古老的传说；更美妙的是，一个古老的英国传说。一个关于自由和反抗的故事——当然，是合理的反抗。随性且睿智地制定了新的税收原则和收入再分配原则。凭借个人主义来抗衡过度发展的自由市场。男人的兄弟情谊。此外还是一则基督教传奇，虽说不乏反教权的特征。舍伍德森林里的质朴修道院。正直且武力上不占优势的一方战胜了典型的强盗贵族。还有，最重要的是，经过杰克·皮特曼爵士的调整，这个故事在杰夫的五十个英国特质清单上排名第七。

罗宾汉传奇从一开始就备受优待。帕克赫斯特森林被轻而易举地转变成舍伍德森林，并且，皮特科公司升级了山洞周围的植被环境，种上了从某位沙特王子的车道上回购来的数百棵成年橡树。山洞的岩石外表层被用空气锤凿出了逼真的沧桑感，内部的寝室区则刷了两层底漆。通往全牛烧烤坑的煤气管道已搭建好，即将被雇佣的罗宾汉和他的快乐伙伴们正在进行最后一轮的试镜。玛莎·科克伦已经不怎么嘲讽了——主要因为百无聊赖，只敷衍几句——直到在一次星期四的委员会上，她说：

“顺便说一句，为什么罗宾汉的绿林好汉们全是男人？”

“教皇都是天主教徒吗？”马可回答。

“忘掉女权主义吧，玛莎，”杰夫说，“这和赚大钱根本没关系。”

“我只是……”

不过马克斯博士唠里唠叨地挺身而出搭救了她，虽然方向不大对："当然，尽管被用来当作一个看似确凿无疑的抢答题的答案，但是教皇现在是不是，过去是不是天主教徒，"——他冷冷地瞪了马可一眼——"对历史学家来说都依然是一个严肃的问题。一方面，有通俗的、当然也是不假思索的观点，认为教皇大人不管做什么，事实上体现的都是一名天主教徒的行为，认为教皇身份的特性或者教皇的合法性定义了天主教本身。另一方面，我的同行们则提出了比较成熟的观点，认为天主教会这么多个世纪以来的一个基本问题，也就是令它频频深陷于基督教难题和历史难题的一个要素，就在于教皇们未必具备充分的天主教徒身份，如果他们都……"

"打住，马克斯博士，"杰克爵士说，尽管用的是溺爱的口气，"给我们多讲讲你的想法，玛莎。"

"这可能谈不上什么'想法'吧，"玛莎说，"但是我……"

"确实，"杰夫说，"这会儿来这些膝跳反应一样的玩意儿太迟了吧。这个方向最多只可能引来一些微不足道的小钱。所有人都知道罗宾汉。你不能靠着乱搞罗宾汉打开局面。我的意思是……"他绝望地翻了翻眼睛。

杰夫的进攻令玛莎猝不及防。他通常总是稳重、刻板、耐心地等待别人作决定，然后贯彻他们的意志。"我只是想，"她温和地说，"我们的任务，开发工程的一部分，是重新定位传奇，让它们适应现代。我想罗宾汉传奇也不例外。其实，它排名第七，更意味着我们要仔细考虑它。"

"我可以借用杰夫的两——个自命不凡的——如果我可以这样

说的话——用词吗？”马克斯博士朝后靠着，双手手指松松地交叉着笼住后颈，胳膊肘挡开怀疑者，已经进入了完全的论辩模式。玛莎看看对面的杰克爵士，今天老板好像颇有耐心，也有可能正心怀不轨。“所有人都知道罗宾汉——这是一个浅薄的说法，足以令历史学者勃然大怒。所有人都知道，哟，只有所有人都知道的那些，正如我代表这个项目展开的调查得到的不幸结果所显示的。但是真正脱颖而出的亮点在于‘你不能……乱搞罗宾汉’。我亲爱的杰夫，你认为历史是什么呢？是对于现实的某种明确的、多角度的复写吗？啧啧啧。13世纪中晚期的历史记录并不是什么让我们可以激动地一猛子扎进去的清澈小河。至于这个宝贝传奇嘛，它一直都是男性视角的。历史，说白了，是个大男人。事实上跟你倒是很像，杰夫。

“现在，来看看人们对这个事——情的第一反应吧。科克伦小姐非常准确地提出了‘绿林好汉’是否和为什么全都是男人的问题。我们知道他们中的一位——玛丽安小姐——显然是一位确定无疑的女性。所以从一开始就确实有一位女性存在。进一步说，那位领导者本人的名字，‘罗宾’，在性别上也是模棱两可的，这种模棱两可源自不列颠的哑剧传统，在这种哑剧中，亡命之徒总是由一位年轻女性来扮演。而姓名的另一部分‘汉’[1]，指代的是一种男女皆可穿着的服装。所以，要是有人想提出疑问，想反驳杰夫，那他确实可以根据亡命之徒是由女性扮演这一确凿的事实，尝试对罗宾汉传奇进行重新定位。对此，也许我们会想到摩尔·卡特波斯、玛莉·瑞德和格蕾

1.这里“汉”的英语原文“hood”有“风帽”的意思。

丝·奥马利[1]，还有许多其他例子。”

杰克爵士欣赏着杰夫的狼狈。“好吧，杰夫，愿意重新讨论一下这个问题吗？”

“你看，我只是概念开发者。我开发概念。要是委员会决定将罗宾汉和他的绿林好汉们变成一群……仙女，那通知我一声就成。不过我可以告诉你们一件事：脂粉钱和巨款进的可不是同一扇门。”

“没准挤一挤就有了。”马克斯博士说。

“先生们，够了。有想法都去跟马克斯博士讲，他负责下星期一在委员会的紧急会议上作报告。哦，还有杰夫，先暂停寝室区施工。说不定我们还要造点小姑娘的卧室出来。”

第二个星期一早上，马克斯博士作了报告。在玛莎看来，他一如既往衣冠楚楚，一丝不苟，但是更加自信了。她暗自预测，他不会像以前一样结结巴巴了，她也好奇保罗会不会注意到这些。马克斯博士清了清嗓子，就好像这里是他而不是杰克爵士说了算。

“鉴于大家都了解的我们主席对于沉积岩和燧石箭头的看法，”他开始道，“我就不再赘述罗宾汉传奇那些其实也同样有趣的早期史，与它齐名的‘亚瑟王传奇’，以及这个故事在大雅利安太阳神话中可能的起源问题了。同样，《农夫皮尔斯》[2]、温顿的安德鲁[3]、莎士比亚，这些我也略过不表啦。不说箭头。同样，关于我对于普通大众作的调查的结果，我也不再赘言，就目前这个话题而言，我觉得不妨将

1. 这几位是英国历史上著名的女贼和女海盗。

2. 中世纪英语寓言诗，里面首次提到了罗宾汉传奇的故事。

3. 中世纪苏格兰诗人，曾在诗歌中写过类似罗宾汉传奇的故事。

他们重新命名为杰夫大众[1]。没错，所有人确实都‘知道’罗宾汉的故事，但至于具体知道些什么，估计你们也能猜到。正如俗话所说，什么都不知道。

“这些都不提，那么事实上，这个团队是怎样‘发挥作用的’呢？杰夫大众，我估计，会为这位自由斗士的解放之举和均贫富的经济政策而欢呼，也会惊叹他对同伴们的选择不分贵贱。塔克修士、小约翰、威尔·史考利和磨坊主之子马奇。那么我们拥有什么呢？一位有进食紊乱症的叛逆修士；一个要么是发育不良，要么是患有巨人症的家伙，而他究竟是在哪方面与众不同，则要看你如何理解中世纪思维，理解那样的描述是否为嘲讽而定；一个疑似玫瑰糠疹患者，尽管也不排除他可能只是个酒鬼；还有一位磨面粉的，其身份完全取决于其父的社会地位。然后我们还有阿兰-阿-戴尔，之所以说他心碎了，也许是隐喻一种心脏疾病。

“换言之，这是一群被一位信奉机会平等主义的雇主率领着的边缘人，雇主不管自己是否知晓，成了第一位积极争取权利计划的实施者。”玛莎怀疑地打量着马克斯博士。他是在开玩笑吧：一定是打算气疯杰夫。但是油滑的自我戏仿倒也符合马克斯博士一贯的人设；她探寻地研究了一阵他洋洋得意的模样，便挪开了目光。“这自然让我们想到这个团队的性取向问题，以及他们是否有可能是一个同性恋的团队，以此更强调和突显了社会边缘人的身份。看看英国众王，各种版本的同性之爱，无处不在，而且程度更甚。我们在上一次正式

1.上一句中，马克斯使用“Joe Public”来表示大众，这一句中他将“Joe”替换为了“Jeff”，直译即“杰夫大众”的意思，在故意嘲讽杰夫。

会议上曾提到这个故事中人物名字的性别含糊问题——罗宾和玛丽安就是显著的例子——我们还可以加上磨坊主之子，文本中，有时称他为马奇，这个名字有可能特指一种壮实的雄性特征或者杰夫风格，有时则称为米吉，有充分证据表明，这是一种用于娇小女性的昵称。

“作为一个普遍的观点，我们应该知道，在男性人数大大多于女性的乡间群体中，不受道德规范约束的同性行为是一种历史常态。这类行为有可能涉及一定的异装癖因素，有时是仪式性的，有时，呃，不是。我还希望指出一点——虽然如果委员会拒绝将它发展为一个概念，我也表示理解——那就是这种结构的乡间群体当然也很有可能深陷兽交行为中。就拿我们目前这个话题为例吧，鹿和鹅可以被视为最有可能的交谊对象；天鹅则不大可能；总而言之，野猪是绝无可能的。

“现在，就同性倾向的历史证据而言，玛丽安小姐是极有说服力的。根据幸存下来的不太完整的记录，玛丽安最初名叫玛蒂尔达·费兹沃特，在弗莱尔·塔克的主持下，她与罗宾汉举行了婚礼——这自然使得这种婚姻在就基督教而言的有效性上令人存疑。不管怎样，她拒绝履行婚姻，除非丈夫的反叛者名号被取消。同时，她又采用了玛丽安小姐的名字，过着贞洁的生活，穿男装，和‘绿林好汉们’一道狩猎。对此有什么想法吗，先生们，科克伦小姐？”

不过他们全都太专注了，既专注于马克斯博士的发言，或者至少是他绘声绘色的形容，也折服于他在家庭报纸老板面前的这种放肆和勇敢无畏。杰克爵士自己也沉思着，默不作声。“有三种可能，”马克斯博士流畅地继续道，“至少我这个笨脑袋是这样认为的。首先是中立的、无须阐释的可能——尽管没有哪个真正的历史学者会相信有绝对中立的、无须阐释的历史存在——那就是玛丽安小姐遵守的是她所理解的那个时代的骑士规范。第二，避免插入式性爱乃是一种婚姻策略。历史记录并没有明确说明守贞誓言是否也是为了避免插入式性爱。事实上，玛丽安也许是打算好处占尽。第三，就是玛蒂尔达·费兹沃特，虽然在法律和受洗意义上是女性，其实在生理上也许是男性，并且利用骑士规范中的技术漏洞来避免被戳穿。

“毫无疑问你们都在屏息静气等着我对这一切下个结论。我的结论如下：我个人对这种话题毫无兴趣；准备这份报告，我体验到了职业生涯中前所未有的耻辱；还有，我已寄出辞职报告。谢谢先生们，谢谢科克伦小姐，还有主席先生。”

说完，马克斯博士站起身，潇洒地走出房间。所有人都等着杰克爵士发点评论。但是主席一反常态没有率先开口。最后，杰夫说：“我得说，他这是咎由自取吧。”

杰克爵士耸耸肩，动了动身子。“你是这么认为的吗，杰夫？”概念开发者意识到自己发言太过轻率了。“我本人想说的是，马克斯博士作出了非常有益的贡献。当然，也不乏争议，甚至还有点侮辱人。不过要是光雇用那些唯唯诺诺的人，那我只能一事无成，是吧，马可？”

“没错。”

“你这是在唯唯诺诺逢迎我吗？随便吧。”

会议继续。杰克爵士就前进的方向发出指示。杰夫闷闷不乐。玛莎为马克斯博士感到一阵心痛。擅长见风使舵的马可表示赞同积极招聘同性恋和少数族裔。他还同意应该进一步展开调查，看看使用盗贼逻辑能如何帮助各种身有残疾者，让他们摆脱自己的边缘身份，打破当今社会的种种不便与限制，发挥更大的作用。因为，谁能比视觉障碍者拥有更灵敏的嗅觉呢？谁又能够比又聋又哑的人更能忍受严刑拷打呢？

会议记录中记下了一份最终建议。也许舍伍德森林里可以出现两个不同的团队，他们奉行相同的理念，但是各行其道：一个是传统的、由罗宾汉率领的纯男性的团体，不过组成人员基本上是少数族裔；以及一个由玛丽安小姐率领的独立派女性团队？这些问题将留待进一步讨论。

散会时，杰克爵士对概念开发者勾了下手指："杰夫，顺便说一句，你意识到我任命你全权负责了吗？"

"谢谢，杰克爵士。"

"很好。"主席转向身后最新入职的苏西。

"呃，请原谅，杰克爵士，是什么？"

"什么是什么？"

"您要我全权负责的是什么？"

"负责确保马克斯博士能够继续对我们的思想论坛作出有益贡献。去把他追回来，笨蛋。"

❋ ❋ ❋

"维克多，"梅姑妈招呼道，"真令人喜出望外。"她把"阿多克"的前门敞开些，迎接他进屋。有的侄儿喜欢女仆——通常是某位特定的女仆——来应门，不过维克多喜欢一切按规矩来：这是梅姑妈家，所以应该由梅姑妈应门。

“我给您带了一瓶雪利酒。”杰克爵士说。

“你永远是最体贴的侄儿。”今天她是一位优雅的夫人，穿了一袭软呢套装，头发染成了银蓝色，体面、亲切而严厉。明天她又会变成一位完全不同的姑妈。“我等下再开它，”她知道棕色纸袋里还有数额恰好的几千欧元钞票，“你来看我，总让我很开心。”这是真话。有些女孩抱怨额外的小费赚得不值，为什么别人不能，维克多就可以？好吧，她们不用抱怨太久啦；她也不用再费心每过几个月就要找来一位新的海蒂啦。

“我可以去玩了吗，姑妈？”她的所有侄儿里面，维克多总是最快切入主题的一位。他知道自己想要什么，以及何时要、如何要。她很喜欢这一点。有时要让新的侄儿们说出自己的欲望，简直要花一辈子时间。你试着帮他们，却猜错了他们的心思。“你把一切都搞砸了。”他们会大声抱怨。

“去玩吧，维克多宝贝。我去歇会儿。今天够累的。”

杰克爵士走向楼梯时，步态变了。他变得摇摇晃晃，双腿蹒跚；他的脚朝两侧撇开。他挨着边儿、跌跌撞撞地走下楼，好像随时会跌个跟头。不过他到底没有跌跤；他是个大孩子啦，大孩子知道该怎么做。他第一次来的时候，梅姑妈试图陪他下去，但是很快就被他制止了。

育儿室长约40英尺，宽约23英尺，灯光明亮，黄色的墙壁上贴着可爱的海报。房间里放着两件家具：一个木头的儿童围栏，高约5

英尺，围住了30平方英尺[1]左右的地方；一辆8英尺长的大婴儿车，它的车轮辐条很粗，轮轴很结实。婴儿车的车篷上缝着英国国旗花边。维克多宝宝拧了拧高度在膝盖位置的调节灯光的按钮和燃气取暖器的气门。他挂起外套，把衬衫和内衣丢到了木马上。他现在还小，等大一点，才可以骑木马。

他浑身赤裸地拉开巨大的黄铜钩子，走进儿童围栏中。一个塑料茶碟上放着一块抖颤的绿果冻，它刚被从模子里扣出来，足有一英尺半高。有时他喜欢把它吞进肚子；有时他喜欢抓起它，朝墙上丢去，那样他就会挨骂，被打屁屁。今天他对它没兴趣。他趴在地上，把自己埋进粉红色的长毛地毯中，像青蛙一样张开双腿。他半转过身，抬头盯着梳妆台。那里有一大沓尿布，一个3英尺多高的装婴儿油的瓶子，以及一个和它大小相当的婴儿爽身粉罐。梅姑妈真是会办事。她花了不少工夫凑齐它们，在这儿，确实每分钱都花得值啊。

就在这时，育儿室的门打开了。

“宝宝！维克多宝宝！”

“咕咕咕咕咕咕！”

“小屁屁。小屁屁要换尿尿啦。”

“尿尿，”杰克爵士咿咿呀呀地说，“尿尿。”

“乖，尿尿。”露西说。她身穿一件新熨烫过的浅棕色护士制服，其实她真名叫作希瑟；梅姑妈不知道的是，这姑娘正在雷丁大学攻读性心理学博士。不过在这里她叫露西，薪水以现金支付。她从梳妆

1.英美制面积单位，1平方英尺约为0.09平方米。

台上取过巨大的粉罐，小心地架在围栏的上层栏杆上。芳香的粉末从足足有茶壶嘴那么大的孔洞里倾倒而出；维克多咯咯笑着，咕噜咕噜地享受着它们。保育员停下手，接着拿出一把连在扫帚柄上的骆驼毛刷，把宝宝皮肤上的粉末抹匀。他转身仰面朝天躺着，让她把粉末也抹到他的肚皮上。然后她从梳妆台上取来一块足足有浴巾那么大的毛巾尿布。杰克爵士暗暗帮着忙，露西则暗暗使着劲，终于设法给他围上了那块富有弹性的尿布。他几乎不动声色地把双腿分开又合拢，好让她把尿布在他身上裹好，最后露西用一个一英尺半长的黄铜安全别针把尿布别住。大多数宝宝都会选择那种有自粘扣的成品塑料尿布；很多时候，听到自粘扣拉开来的声音就足以让他们中的一些人立刻兴奋起来。但是维克多宝宝却选择毛巾尿布和安全别针。希瑟思考着他俩一起操演还原的护理过程：他的父母是环保派、老派——还是仅仅因为贫穷？

“宝宝饿饿吗？”露西问。这一位喜欢老派哄孩子的话。有的人喜欢成年人的语言，没准这表明他们在婴儿期从一开始就被当作成年人一样对待，因此并不认同他们现在这种仿真的婴儿护理经历；或者也有可能，这表明的是成年人想要掌控性幻想的欲望；或者，也有可能的是表明他们已经无法进一步退化了吧。“宝宝现在是不是需要换尿布啦？”你得一本正经地这么询问。不过眼下这个宝宝要求的是全套的宝宝经历。毛巾尿布，本能的咕噜咕噜，以及……所有其他，不过这会儿她设法不去想它。相反，她又问了一遍：“宝宝饿饿吗？”

“吃奶奶。”他嘟囔道。说实话，对于一个三个月大的宝宝，这么说话实在是超前了；不过要是真按照不会说话的阶段来，这活儿就太麻烦啦。

她走到门口，打开门，用特别温柔却顽皮的口气喊道："宝宝饿啦。"她头顶上6英尺多高的地方，加里·戴斯蒙德冲着这个音效得意地竖了竖拇指。他从监控器中看到，露西关上大门后，杰克爵士从围栏中爬了出来。他摇摇摆摆地站着，弯着膝盖，步履蹒跚地朝梳妆台方向走去；拉开最下面的抽屉，抽出一顶蓝格子的头巾式睡帽。他把帽绳系在下巴上，然后目标明确地爬上婴儿车加固过的梯子，钻了进去。婴儿车在弹簧上像海轮一样摇晃起来，不过并没有挪地儿。梅姑妈特地把它固定在了地板上。

杰克爵士坐在带有米字旗花边的车篷下，龇着牙哭了起来。过了一会儿，抽泣停止，换成一种近乎他在董事会开会时的声音，号哭道："吃奶奶！"

听到这个信号，海蒂轻快地走进屋。梅姑妈用过的所有奶妈都叫海蒂，这是一个家族传统。这一位海蒂的哺乳期已近结束，或者没准是中年宝宝们把她的乳汁都吸干了；不管是哪个原因吧，总之再过一两个礼拜就得换人。这始终是梅姑妈的工作中最困难的一个部分。有一回，她别无他法，签了一位加勒比地区的海蒂。那天维克多宝宝真是大发雷霆啊！实在是个糟透的决定。

维克多还坚持要用正常的哺乳乳罩。有的宝宝喜欢赤裸上身的脱衣舞娘的风格；不过维克多宝宝是认认真真做宝宝的。这回海蒂把自己的浅色头发盘成法式发辫，此刻她正把背心裙里的衬衫拉出来一点，爬到护栏边，解开衣扣，掀开乳头上的乳罩盖儿。杰克爵士又嘟囔了一句"吃奶奶"，用嘴唇裹住牙齿，假装是没长牙的小嘴，含住露出来的乳头。海蒂轻轻挤着乳房；维克多举起一只田鼠一样的爪子，搁在钢托式罩杯上；然后心满意足地闭上了眼睛。仿佛没完没了的几分钟过去了，海蒂抽出乳头，随意地让乳汁洒在他的脸上，把另一侧乳头递给他。她一边挤着，他一边用宝宝的小嘴又吸了起来，大口大口吞咽着。海蒂这一侧的乳房要凑近他不大容易，她费劲地对准他。最后，他从一阵深度的昏睡中睁开眼睛，轻轻推开她。她又往他脸上洒了一点乳汁，明白他差不多满意了。她知道他想要露西来擦掉乳汁。海蒂把乳罩扣好，扣上衬衫，一只手无意中从他已经鼓起的尿布前端滑过。没错，维克多宝宝已经到位了。

她走出育儿室。杰克爵士开始轻轻哭起来，一开始是轻声抽泣，渐渐声音变大了。最后，他号哭起来："尿尿！"露西双手插在一碗冰水中等在门后，现在赶紧跑进来。

"尿尿要换吗？"她关心地问道，"宝宝的尿尿湿了吗？阿姨来看看。"她挠挠维克多宝宝的肚子，然后慢慢地、小心地、戏谑地解开了他的安全别针。杰克爵士已经充分勃起，露西用冰凉的手摸着它。

"尿尿还没湿呀，"她用困惑的声音自言自语，"维克多宝宝没有尿尿哟。"杰克爵士又大声哭闹起来，督促她寻找别的原因。她从他的大腮帮上擦掉海蒂的乳汁，然后轻轻捏着他的身体。最后，她好像突然想到了什么。"宝宝痒痒吗？"她大声地问。

"痒痒，"维克多重复道，"痒痒。"

露西取来那个足足有两个大酒瓶容量的婴儿油瓶。"痒痒哦，"她安慰地说道，"可怜的宝宝，阿姨来让你舒服舒服。"她把瓶子倒转过来，把油倒在维克多宝宝小山一样的肚皮上，大象一样粗壮的大腿上。接着她开始帮维克多宝宝按摩，挠痒痒。

“维克多宝宝喜欢捏捏吗？”她问。

“嗯……嗯……嗯……”杰克爵士嘟囔道，传达着他想要的节奏。从现在起，露西避免和他目光接触。她曾经试图保持客观：毕竟，她是希瑟，而这是有用的、薪水可观的实践工作。不过她发现，不知为何，她想要保持置身事外，就只有不断强调参与感，必须说服自己她其实就是露西，而这确实就是维克多宝宝，尿布松开，全身赤裸，只戴了一顶蓝方格睡帽，正摊手摊脚地躺在她面前。

“嗯……嗯……”她往他那玩意儿周围倒了更多的油，他继续哼哼着。“嗯……嗯……”一边抬起屁股，让她多捏捏自己。“嗯……嗯……”这是一种更轻更深沉的声音，表明她的手法恰到好处。接着，他发出一声比较响亮、成熟的吼叫，轻声道：“粑粑。”

“宝宝要拉粑粑？”她鼓励地问道，好像并不大相信他真能完成这个宝宝的终极举动。有的宝宝想要你说他们还不会呢，然后就不真拉。另外一些宝宝则希望你说他们做不到，好寻求叛逆的快感。不过维克多宝宝是个真正的宝宝；他的命令很专横，一清二楚，毫不含糊。她意识到，终极举动已经近在咫尺。

他撅起屁股，她油乎乎的手回应地捏捏他，杰克·皮特曼爵士，这位企业家、革新者、金点子专家、艺术赞助人和城市振兴者；杰克·皮特曼爵士，与其说是制造业的掌舵者，毋宁说是一位真正的海军上将；杰克·皮特曼爵士，这位野心家、梦想家、实干家、爱国者，深沉地、越来越大声地吼了起来，最后终于一锤定音：

"噗——!"他放出一串屁，震颤着露西合拢的双手，然后将粑粑壮观地拉在了尿布上。

有的宝宝喜欢被清洗、擦干，然后扑上粉，那要多花几千欧元，而且女孩们都不大乐意干这个。不过露西的工作此刻已经结束，维克多宝宝这会儿更喜欢自己待着。摄像机最后几段拍摄到的画面是他从婴儿车里跳出来，像个生机勃勃的年轻人一样朝浴室走去。加里·戴斯蒙德没有再费神去记录杰克·皮特曼爵士穿衣服时的节奏或者自恋。

梅姑妈一如既往地送维克多到门口，感谢他的雪利酒，并招呼他下个月再来。她好奇那还会不会实现。她可真不想失去几位来访最有规律的侄子中的一位哟。不过，要是他果真跟那场可怕的大屠杀有什么牵连的话……再说戴斯蒙德上校给的费用慷慨得惊人……而且她们之后不用再担心忘记给婴儿车挂那种彩旗了……此外，女孩子们从来都没有真的赞同过那个拉屎的环节。她们说那样演宝宝实在有点过分。

杰克·皮特曼爵士轻快地走出"阿多克"，一路吹着口哨走向汽车。他感觉青春焕发。伍迪胳膊下夹着帽子，扶着打开的车门。伍迪这等人，真是不可或缺的老百姓啊，真是一个他娘的好司机，而且忠诚。年轻的哈里森跟他真不能比，这小子得到给杰克爵士开车的机会，居然不屑一顾，一心想回家跟科克伦小姐亲热。她则是个狡猾的家伙，设法诱降他的思想卫士。现在即便短暂想到他们污秽的交媾，也不会破坏他这天的愉悦心情。忠诚。没错，等到家时，他要给伍迪一笔慷慨的小费。路上放什么好呢？“第七”[1]怎么样？要是你心情不错，它会锦上添花，要是心情不好，它则会让你振奋起来。没错，就放“第七”。真是个他娘的好家伙，这个老路德维希。

❊ ❊ ❊

国王正驾驶着皇家喷气式飞机从诺霍特空军基地飞往文特诺。至少他认为自己是在驾驶着飞机，事实确实也差不多。不过自从皇室出了一系列事故之后，飞机上配置了超弛控制系统。官方的副驾驶——他在里克王子烧毁日托中心的悲剧中表现得如此无能——现在已经沦为一个摆设。他被严禁参与任何操作，只负责坐在那里微笑、点头，以便让来自皇室的飞行员充满优越感。实际上，国王的飞行操作会略微延迟，他的每个指令要经过位于奥尔德肖特的指挥中心的批准才会被付诸实施。今天，天空清澈，吹着轻柔的西南风，国王是真的在负责飞行。奥尔德肖特几乎无事可做；副驾驶员尽可以冲着平静的风景微笑，等着奔赴奇切斯特以西的约定地点。

它们来啦，扁鼻子、轰鸣着，两架喷火式战斗机和一架飓风式战斗机，摇摆着它们圆滚滚的机翼致意，准备护送国王的无声飞机到岛上参加官方开幕式。奥尔德肖特暂时接手了国王的操作，把指数调回去，降到规定速度。喷火式战斗机保持在翼侧位置，飓风式战斗机负责殿后。

战斗机采用的是最新的内部通信系统，还有周期性的静电噪音

1.此处“第七”为杰克爵士对贝多芬的《第七交响曲》的简称。

和噼啪声。"'约翰尼'·约翰逊中校报告，陛下。您的右侧机翼位置是'生姜'·贝克尔少校，左侧机翼位置是'白垩'·怀特上尉。"

"欢迎登机，先生们，"国王说，"放心坐好，欣赏表演吧，嗯？是应该说'罗杰'[1]吗，还是别的什么？"

"'罗杰'，陛下。"

"我好奇地问一句啊，中校，'罗杰'是谁啊？"

"什么？"

"好像是为一家叫作威尔科的公司干活的吧，我好像记得。"

"我恐怕没听明白，陛下。"

"开个玩笑而已。中校。完毕。"

国王扭头看看他的副驾驶，失望地摇摇头。那天早上在王宫开了一次发言准备会，他们准备出发时，他和丹妮丝练习了一遍他的台词。她紧张得都快尿裤子了。丹妮丝真是绝佳伴侣。但是如此大费周章，结果却根本是对牛弹琴，那又有什么用呢？

他们飞过塞尔西附近的海岸，朝西南方飞过英吉利海峡。"银海中的宝石，呃？"国王嘟囔道。

"没错，先生。"副驾驶点点头，好像陛下说出这样的话很寻常似的。

小中队飞过粼粼碧波。意识到你这么快就可以飞到海上，跟祖先一度拥有的领土相比，他的国土是多么渺小，这总会让国王陷入一阵忧郁。仅仅几代人之前，他的曾曾祖母曾经统治着地球三分之一

1.这个词通常用来表示"收到命令"之意。

的面积。在王宫里，每当他们觉得他幼小的信心动摇时，经常就会翻出陈旧的老地图，给他看看世界曾经有多大面积是粉色的，向他证明他的家族是多么显赫，多么重要。现在一切几乎都消失啦，所有那些公正、尊严、和平、力量和他娘的全世界第一，全都消失啦，多亏了你们哟，外国佬们。现如今这地方这么小，真是弹丸之地了；缩水到了老阿尔弗雷德国王烤煳面饼时那么小了。他过去常跟丹妮丝说，要是这个国家不振兴，他俩迟早真要回家烤面饼，就像老阿尔弗雷德那会儿一样。

他心不在焉。有大段时间这飞机好像自己在飞。接着他听到一阵静电噪音和噼啪声。

“3点钟方向，出现敌机，陛下。”

国王朝副驾驶指的方向看去。一架小型飞机正冲着他们的机头飞来，拖着长长的条幅。他看到上面写着：**桑迪·德克斯特和《每日报》欢迎陛下光临。**[1]

“真是他娘的屁话。”国王嘟囔道。他转过头，冲着打开的舱门朝外吼道：“喂，丹妮丝，快来看看这屁话。”

王后抓起她的拼字卡片，因为她从来不怎么相信她的女侍不会耍诈，把头探进驾驶舱。

“屁话，”王后说，“真他娘的屁话。”

他们俩都不屑于理会桑迪·德克斯特。在国王和王后看来，德克

1.此处原文为“SANDY DEXTER AND THE DAILY PAPER GREET HIS MAJ”。译文以加粗字体来表现大写字母带来的视觉冲击效果。

斯特是个混球，《每日报》甚至连用来在户外厕所擦屁股都不配。当然他们各自都悄悄看这份报纸，好搞清楚他们这些皇室人物都被迫吞下了些怎样的蠢话和谎言。丹妮丝王后靠着它得知了丈夫对臭婊子达芬·罗斯托夫特的定期光顾，她的假奶子是跑到美国做的。只要丹妮丝还在，那婊子除非换一张脸，否则休想踏进王宫一步。国王也是借助这份报纸才发现，王后最近令人称道的拯救海豚的兴趣是与某位他甚至都不屑于提及名字的人共享的，那家伙穿了一身紧身潜水服。真奇怪，紧身潜水服会让身体所有部位的轮廓都那样凸显出来，活像广告里一样。

现在，就在他们眼睁睁看着的时候，德克斯特的小阿帕奇直升机掉过头，掠过他们的机头朝后方飞去。国王能想象这混蛋正一边大笑着驶开，一边命令摄影师把长焦镜头对准哪儿的样子。他们没准已经拍到了国王的驾驶舱。

“国王宝贝儿，”王后说，“采取点行动啊。”

“该死的混蛋，”国王回答，“我们到底怎样才能摆脱这个混球？”

“‘罗杰’，陛下。”

“约翰尼”·约翰逊中校从皇室的飞机后方爬升飞出，准备拦截。它靠近拖着挑衅之语的阿帕奇。就像在做老鹰抓小鸡的游戏。接着中校想，何不再好好地吓这个混蛋一跳呢？机翼炮在昨天的不列颠之战排演之后，应该还剩下几轮没开。往这混蛋屁股上来一下，让他尿裤子。该死的狗仔。

飓风式战斗机逼近了。约翰逊冲内部通信系统吼了一句：“这个归我！”便在瞄准器里对准目标，按下按钮，他感觉飞机颤抖了一阵儿，喷出两轮持续射击八秒的子弹。他按照《操作手册》规定把飞机拉起，猛地爬升，正暗自得意呢，就听到“生姜”·贝克尔的声音打破了通信系统的沉默，确凿无疑地传来。“哦，见鬼。”他吐出的每个词都如此清晰。

中校回过头去。起初，他只看到一团火焰。慢慢地，它变成一个垂直下坠的残骸，在天空中，轻盈地拖出一道轨迹，最后蓝天里只剩那条长长的条幅孤零零地、毫发无损地飘浮着。没有冒出任何降落伞。时间仿佛变慢了。通信系统复归沉寂。皇室小分队的成员们目瞪口呆地看着，直到直升机的残骸坠落到下方遥远的水面，消失不见。

“约翰尼”·约翰逊再次回到王室飞机的后方位置。小岛东面的悬崖渐渐进入视线。接着“白垩”·怀特上尉开了口。“飞行报告，头儿，”他说，“我觉得像是发动机事故。”

“玩火自焚。”“生姜”·贝克尔补充道。

接着是很长一段沉默。最后国王思考了一番，在通信系统里开了口。“恭喜啊，中校。我得说，敌机受挫。”丹妮丝王后从女侍那里借了三个字母，啪嗒啪嗒地拼出了“混球”（SLIMEBALL）一词。

“小意思，陛下。”“约翰尼”·约翰逊回答，想起了在不列颠之战排演结束时的台词。

“不过我得提一句啊，总的来说，不要多嘴。”国王补充道。

“绝对保密，陛下。”

小队开始朝文特诺下降，作好了着陆准备。喷气式飞机的舱门打开时，一支铜管乐队大声奏起国王主题曲，国王则试图回忆他到底说了什么，才让中校突然发怒，把桑迪·德克斯特轰进了英吉利海峡。充当公众人物就是有这个麻烦：你随便说一句话，都会被可怕地误解。同时，飞行中校本人则想着，到底是谁把他的空心弹换成了真子弹。

* * *

一队健壮的空降特技演员从悬崖上跳进了无风的天空中，他们都穿着蓬松的衬裙，裙摆由于风压的缘故，被吹得鼓鼓的；他们胳膊上挂着柳条篮子，里面稳稳地粘着橡皮鸡蛋。他们最终降落到一片绿草如茵的村庄，这里正对着白金汉宫。

“天佑贝琪！”杰克爵士在观礼台上大喊道。

站在他身边的国王倍觉疲倦。这是一个炎热的下午，他对于昨天击落桑迪·德克斯特还多少有些内疚。丹妮丝倒是表现得精神抖擞：她真是一个好伙伴，这个丹妮丝。悄悄地，他想到油炸记者这件事，有点犯恶心，此外，他询问了副官如何能给德克斯特的遗孀送一笔匿名捐助。副官问了新闻办，后者报告说，据了解德克斯特并非一位顾家的男人——事实上，应该说他是个毫无责任感的混球——知道这些，一定程度上让国王感到了丝丝安慰。

然后紧接着是官方的欢迎仪式，虽说这个岛蛮新奇的，但是被杰克·皮特曼爵士欢迎，跟被几位他说得出名的国家元首欢迎没啥两样，只不过幸好皮特曼没有坚持吻他的双颊。他们在小岛上方展开了一次直升机之旅——好吧，这个倒真挺好玩的。这趟旅行就像感受一个快进版的英格兰：这分钟是大本钟，下一分钟就成了安妮·海瑟薇[1]的小农舍，然后是多佛尔的白崖，温布利体育馆，巨石阵，他的王宫，还有舍伍德森林。他们对着罗宾汉和他的绿林好汉们鸣笛，作为回应，后者冲着他们的方向射来了几支箭。

“无赖混蛋们，”皮特曼嚷道，“对他们真没办法。”

国王带头笑起来，为了表现出他著名的皇室的淡定风度，还应了一句俏皮话：“幸好你没给他们配上地对空导弹。”

然后还有与各种各样的人没完没了地握手，莎士比亚，弗朗西斯·德雷克，骡子“松饼”[2]，在切尔西皇家医院养老的老兵们，一整支足球队，塞缪尔·约翰逊博士，后者看起来真是个难缠的老头，妮尔·格温，布狄卡女王，还有一百多条该死的斑点狗。跟自个儿说不清多少代的曾祖母握手，这事真叫人浑身不自在，而且你还没办法逗她笑，因为她始终一本正经地摆着女王陛下的派头。同样，他不知道他们到底是不是应该把他介绍给奥利弗·克伦威尔。这都是些什么品位啊。不过，那个妮尔·格温还真是个出色的姑娘，他想，穿着那低胸的啥玩意儿，还有你懂的，那对大橙子。可是路上丹妮丝问：“你说，那些是真家伙吗？”突然给他浇了一盆冷水。她有时候真是个婊子，这个丹妮丝。最好的伙伴，但也是个真正的婊子。干吗她对任何人工修饰的东西都有如此准确犀利的眼光——偏偏陛下大人是个传统派，一旦知情就没办法再欣赏人工手段。他都能想象出那场面了——一匹小马在附近踟蹰，那对橙子落到床下，老国王宝贝儿正

1.安妮·海瑟薇为莎士比亚之妻。她幼年时住在沃里克郡的一座农舍中。这座农舍保存了下来，现在是博物馆。

2.英国旧时电视儿童节目中的一头木偶骡子。

打算行使，那个法国佬的词儿是怎么说的来着，*初夜权*[1]——然后就在千不该万不该的时候，丹妮丝这句“你说，那些是真家伙吗？”突然飘进脑海。真扫兴啊，唉。

午饭。永远要对付午饭，这次是无数杯阿吉斯通葡萄酒，在他看来，这个岛对这玩意儿如此洋洋自得实在是毫无道理。然后是站在滚烫的太阳下检阅。他看到一队队卫兵和伦敦出租车掠过眼前（说真的，这感觉跟站在巴克宫窗前有啥两样），各种历史场面和传奇故事纷纷再现。他看着皇家禁卫军仪仗卫士和身高6英尺的知更鸟们在雪地上和谐起舞，那雪在夏天的高温中依然毫无融化的迹象。他看着铜管乐队、交响乐队、摇滚乐队和歌剧明星们在他身前的虚拟空间中交织登场。戈黛娃夫人骑着马出现了，为了搞清楚她是不是电脑空间外的真人，他举起望远镜。他感觉左侧一阵骚动，赶紧举起一只尊贵的国王之手，示意他的王后安静。丹妮丝在公开场合至少是知道分寸的，这回没有发出什么破坏气氛的关于去脂切皮之类的评论。她真是令人眼前一亮啊，这位戈黛娃夫人。

“幸运的老马。”他对右侧的皮特曼低声说道。

“没错，陛下。虽然我必须补充一句，我本人是个居家男人。”苍天啊，为什么今天所有人好像都对他夹枪带棒的？就像今天早上，在岛上巡游时，还安排了一个飞过什么纪念湖的额外项目。那就是个乡间小湖而已，上面浮着几只鸭子，周围种了几株垂柳，但是冲着这玩意儿，它肥胖的主人居然变得眼泪汪汪，还像坎特伯雷大主教布道

1.原文为法语。

般高谈阔论了一通。

现在，又冒出这些空中特技演员，或者天晓得是些什么人吧，他们全都穿着女人的衣服，挎着一个装满鸡蛋的篮子，伴随着抒发爱国之情的歌声，带着降落伞落到了他面前。他完全记不起来他们表演的是什么故事。之后，一会儿是英国皇家大赛[1]，一会儿又变成莫名其妙一团糟。最后，他只知道全人类，加上动物王国所有成员，还有一百万位打扮成植物的人，一个接一个从他面前游行而过，而他还不得不挥手、握手，还得给里面的每个混蛋别上奖章。阿吉斯通葡萄酒在他的胃里翻滚，音乐闹腾个没完。

可是他不愧是温莎家族的后代。他的祖先代代相传下来一些诀窍。永远要记得事先尿尿，这可是头号诀窍。二号诀窍：不要同时两脚用力地站着，先一只脚站着，过一会儿换另一只。三号诀窍是丹妮丝说的：永远记住，只赞赏那些之后你愿意带回家的东西。还有四号诀窍，这个是他自己发明的：等到整件破事已经忍无可忍，你无聊得快要发疯的时候，就转向主人，就像他现在转向皮特曼一样，用足以被周围听到的声音大声宣布："真是场他妈的好演出。"

"谢谢，陛下。"

赞美完毕，国王放低了声音："还有戈黛娃夫人真是个他妈的好姑娘，要是我可以冒昧地这么说的话。真是个棒妞儿。"

杰克爵士眼睛始终盯着下方那些忙着收拾降落伞的空中特技演员兼异装癖。任何人都会以为他嘟囔的是对他们的赞美之语："她是

1. 曾是世界上最盛大的军队游行表演，在1880年至1999年间，每年由英国军方主办。

您的一位狂热仰慕者，陛下，要是我可以冒昧地这么说的话。”

砰！这个老滑头。不过，没准今天还真不算白来了。丹妮丝也许只好自己提前回去啦。

“绝对不用演讲。”杰克爵士继续低语道。该死的混蛋！这个老东西好像能读懂别人的心思。“除非您自己想要。在这儿，不用纳税。没有恶俗小报。偶尔会需要皇室成员出席活动，不过大多数此类负担将由训练有素的替身来承担。没有令人头疼的国家元首前来拜访，除非您想见他们：我明白家族义务的重任。当然，还有，绝对不会有自行车。”

国王来之前已经被警告过，切勿与皮特曼展开任何直接谈判，人人皆知他是个狡诈又古怪的老家伙，所以国王仅仅答了一句：“自行车确实太不体面，你知道。膝盖要那样一直向外抬起来。”

“双层玻璃。”杰克爵士冲着白金汉宫方向点点头。不知为何，这个复制品虽然只有原件二分之一的规模，看起来却更美妙。“卫星电视、有线电视和数字电视。全世界范围内任意打的免费电话。”

“那又怎样？”国王觉得最后这句实在有点放肆了。这难不成是冲着白金汉宫在下议院最近一次不信任动议之后安装的付费电话来的。说真的，这大热天气，这咄咄逼人的主人，还有这该死的酒，让他受够了。“你为什么觉得我会对他妈的电话账单感兴趣？”

“我相信您不会，陛下，我相信您不会。我只是觉得，要是每回您想发动一次空中打击，都不得不跑去用那部付费电话，未免不怎么方便。要是您明白我的意思的话。”

国王给了他一个潇洒的皇室侧影，转着自己的图章戒指。要是您明白我的意思的话。要错过这意思可不大容易，不是吗？这就像丹妮丝的那些马士提夫獒犬要是有哪只放个屁，而你正好站在下风口。

“哈，说什么来什么。”

国王好奇着这位混蛋皮特曼是否有什么线人，还是他的话只是纯粹的巧合。总之就在这当儿，好像听到提示一样，两架喷火式战斗机和一架飓风式战斗机飞入视野，大广播宣布道，它们分别由“白垩”·怀特上尉，“生姜”·贝克尔少校和“约翰尼”·约翰逊中校驾驶。它们在低空飞行，冲检阅台鸣笛致意，晃动着机翼，慢慢地翻滚，转圈，发射空心弹，喷出红、白、蓝色的烟雾。

“纯粹出于好奇，”国王说，“而且不带任何偏见，就像我那些博学的顾问们经常说的那样。在我的总部，我拥有一整套该死的陆军、海军和空军部队，随时准备在形势严峻时保护我。在这里，你给这三架博物馆里的老东西配备了玩具枪，不会指望靠它们能吓得外国佬在裤子里拉屎吧，是吧？”

杰克爵士其实正在给他们的谈话录音，对于这段一旦形势所迫，足以用来上演又一次皇室丑闻的东西非常满意。眼下他只是暗暗留了个心眼儿，同时也注意到国王不光厌烦无比，而且满腹牢骚、贪杯且欲壑难填。“同样不带偏见，陛下，”他回答道，“虽然我本来打算等到跟您博学的顾问们讨论时再谈这个，我得说，您一定想不到，在我们这个现代世界核武器有多便宜。”

丹妮丝王后第二天回到主岛，继续她的慈善事业。国王推掉了一次军团午餐，因为他决定，既然关于会谈的会谈好像即将发展为真正的会谈，那他本人就应该准备好出席才成。就他的判断而言，戈黛娃夫人既没有隆脂拉皮，而且还是一位激情四溢的爱国者。

根据目前在赖德发行的《伦敦泰晤士报》，四份独立的飞行报告以彼此呼应的细节，记录了三天前在塞尔西角以南10英里处，出现一架身份不明的轻型飞机。几份报告都提到了飞机突然失控。机组人员毫无生还可能。报纸确认损失了一位颇受欢迎的小报记者和一位明星摄影师，虽然后者也常以和名人们打嘴仗而出名。杰克爵士的办公室发布了一份声明，确认飞机残骸沉入了怀特岛的领海范围，并表示这一他们殒命之地将永远备受尊崇。两天后，会谈圆满结束了，杰克·皮特曼爵士乘坐一架皮特科公司的直升机来到事故地点上空，容光焕发地抛下一个巨大的花圈。

❊ ❊ ❊

杰克爵士的六十五岁生日被选为合适的行动时间。在他复制到怀特岛总部的舒适的双立方小房间里，杰克爵士叛逆地用上了他的威斯敏斯特宫吊裤带。要是到头来他自个儿了断了进入上议院的可能性，那还有什么可顾虑的呢？几十年来，他曾经超乎慷慨地给予捐助的各种党派的各种蠢货、笨蛋，全都错过了让他披上紫貂的机会。好吧，那就悉听尊便吧。小人总在想办法扳倒大人物，伪君子总会迎来春风得意之时。就是因为啊，不久之前，贸易与工业部的某位乳臭未干、对于现代商业实践毫无认识的巡视员自作聪明造了个糟糕的词儿。他说杰克·皮特曼爵士和塔拉斯·布尔巴[1]一样令人钦佩，这简

1.果戈理长篇同名小说主人公，哥萨克英雄。

直就是种族诬蔑。“连一个贝壳摊子都不擅经营”的说法更是令人无法忍受。当时，他让人把五十公斤贝壳堆到了这位巡视员在赖盖特[1]的廉价居所的门口，还派了一大队狗仔去围观报道这次羞辱；不过他不确定这做法是不是委婉过头了。不知怎么，巡视员居然设法扭转了形势，把这些贝壳说成是一笔贿赂。真是出人意料，杰克爵士关于贝壳全都来自他的海外基金会的客气话竟然遭到了彻底的误读。

好吧，今天是时候啦，该让那些无足轻重的议员、自私自利的大臣、伪君子和小人见识见识，他们到底是在和谁打交道了。很快，他就要给自个儿挂满勋章，只要他乐意，还可以想要多少头衔就发明多少头衔。比如，福提布斯家族后裔如何？毫无疑问，这个家族可以复兴嘛。本布里奇的第一任福提布斯男爵？不过杰克爵士觉得，在他内心深处，始终有一种本能的纯真，甚至说是一种质朴。当然你得维持排场——要是那位善良的撒玛利亚人连旅店钱都付不起，那还怎么做善人？[2]——但是你永远不该失去你的纯真本性。不，也许对他来说，继续做那个简简单单的杰克爵士才更好、更合适呢。

公司的一切资产已经转移出英格兰本岛，摆脱了遭到威斯敏斯特任性报复的可能。皮特曼大厦（一代）的租约只剩下几个月了，所有权人正在被各种敷衍。过一段时间，一些物品和动产将会转移，除非遭到不列颠政府的扣留。杰克爵士还真希望它们会被扣留：这样一来，他就可以把那些伪君子、那些小人送上国际法庭。不管怎样

1.伦敦附近小镇，多为在伦敦的上班族居住。

2.《新约·路加福音》中的典故，一位犹太人被强盗打伤，倒于路边，一位撒玛利亚人路过，不顾教派隔阂，出钱送伤者进旅店救治。

吧，反正这些设备大多数也都到了要更新换代的时候。他的人力资源差不多也是如此。

他那些比较胆怯的助手曾经提出，不要在所有方面同时出击。他们宣称这样会冲淡报道效果。杰克爵士请求允许自己提出不同意见：这是一场大爆炸；它可不会仅仅充任一天的头条新闻，而将会是连续多日被长篇累牍报道的热点事件。不管怎样吧，你靠什么来实现它？你要实践才能实现它呀。因此，到了那天，各种连锁事件在赖盖特、文特诺、海牙和布鲁塞尔接连发生，让人应接不暇。杰克爵士将费点心思，把他其中一份报纸的双页版留给赖盖特。那位最近貌似顺风顺水的贸易与工业部巡视员将会在早餐桌子上困惑不解地和他无忧无虑的妻子同时发现，他的邮件里有好几封盖着南美邮戳的挂号信，写地址的笔迹与他本人的神似。亲切的邮递员离开之后几分钟，紧接着上门的就该是来自英国税务与海关总署板着面孔的代表们。后者拥有令人满意的可怕的上门搜查权，而且——尤其是在一些报纸最近的宣传战之后——他们对于那些道貌岸然的头面人物，因为堕落的贪婪，用毁灭生命的肮脏毒品交易将这个国家的孩子们带进地狱的做法，将更加义愤填膺。

就在一位穿黑色裤子的蒙面人被看到离开赖盖特一幢仿都铎风格的房子，被消息灵通的狗仔们围堵着嚷嚷“朝这儿看哟，霍尔兹沃思先生”时，杰克爵士正坐在他的敞篷马车里，挥舞着总督三角帽。员工们簇拥在文特诺通往小岛新议会大厦的路边。一开始，杰克爵士戴着安全帽，挥舞着镀金铲，参加了大厦的封顶庆典，还与屋顶工和泥瓦匠们合影留念，分享质朴情谊。接着，回到地面上，杰克爵士剪断一系列缎带，宣布大楼启用，并正式将它们交给岛上的居民，后者由议会领袖哈里·黑文斯代表。然后，摄影记者们涌进大楼内部，在那里，议会宣誓就职，并立刻通过了它的最后一次立法。议员们一致宣布，在经历了七个世纪的镇压之后，小岛终于摆脱了威斯敏斯特宫的统治，自此正式独立，市议会将升级为国家议会，全岛各处的爱国者们受邀一起挥舞起皮特科公司捐赠的国旗，它们是从杰克爵士的马车后部被一路抛撒出来的。

接着，没挪地儿，国家议会就通过了它的第一份行政法令，宣布赐予杰克·皮特曼爵士岛国总督称号。这只是一个名义上的职位，虽然就技术层面而言，他被赋予了紧急统治权——由一位书法大师抄写在最精细的仿羊皮纸上——也就是说，在国家危难之际，他有权取消国会和宪法，改为由他亲自统治。这一赋予权力的条文由拉丁语加以表述和记录，因此削弱了其存在感，轻而易举地赢得了国会的赞同。杰克爵士坐在镀金王座上致辞，感谢神圣的信任，并怀念了早先的小岛总督和首领们，尤其是巴滕贝格的亨利王子，王子在1896年的阿散蒂战争中英勇牺牲，表现出强烈的爱国主义情怀。他的遗孀，尊贵的贝阿特丽丝王妃，继承了总督之位——杰克爵士特地指出，在他的语法中，阳性名词里总是包含了阴性——直到她本人在将近半个世纪之后去世为止。杰克爵士表示自己谦逊地谢绝了死亡大神的约邀，不过出于对夫人的敬爱，依然提名皮特曼夫人充任他可能的继任者。

文特诺的钟声欢奏之时，海峡对岸，一位杰克爵士亲自挑选出来代表福提布斯的伊莎贝拉的怀特岛少女，向海牙国际法庭提交了一份请愿书，要求法庭宣布英国皇室1293年购买小岛的协议无效。接着一辆布狄卡女王式的战车将她送到了德意志银行，她在那里开了一个名为“不列颠人民”的户头，存入了6 000马克加1欧元。之后她由一群打扮成13世纪晚期乡下人的人护送离开，后者的装扮是特意用来强调爱德华一世“购买”小岛的做法是对心思单纯的乡下人的欺诈，从没有人正确地向他们解释过这份条约的含义。乡下人当中混进了不少皮特科公司的管理层干部，训练有素地声讨、揭露着英格兰最初的土地掠夺和接下来数个世纪的蒙骗行为。

福提布斯的伊莎贝拉又坐着战车来到火车站，一辆前往布鲁塞尔的特快专列已恭候多时。她抵达时，皮特曼海外国际公司的律师团前去迎接，他们已经准备好了怀特岛紧急申请加入欧盟的文书。这是一个决定性的时刻，皮特曼海外国际公司的首席谈判专家对全世界媒体宣布，这是岛民们长期以来为自由而开展斗争的一个代表性时刻，这是一场延续数世纪，不畏牺牲、可歌可泣的斗争。从现在开始，他们将要寄望于布鲁塞尔、斯特拉斯堡和海牙来保护他们的权利和自由。这是一个充满机遇的时代，也是一个充满危险的时代：欧盟别无选择，唯有采取坚定有力的态度和行动。要是欧洲北大门重演南斯拉夫的局势，那将是一场悲剧。

伦敦股票市场遭遇了可怕的黑色星期二，前景叵测，以至于午饭时交易就被迫关闭，但皮特科公司的股票在全世界范围内飙涨。当晚，新巴伐利亚风格的壁炉里，怀特岛橡木熊熊燃烧着，洋溢着爱国情怀，杰克爵士举杯欢庆。他通过视频和简报重温了各种证据。他听到自己事先录制的声讨之言，笑出声。他同时开着半打电话线路，从一个膜拜他的听筒换到另一个听着。他允许一些报纸编辑被接进来，以便收听他们的恭贺之辞。世界有史以来的头号不流血政变，这是他们对这事的称呼。稳步迈入新欧洲。打破固有模式。皮特曼是一位和平大师。大卫和歌利亚的故事在流行音乐中再度盛行。罗宾汉传奇也同样复活。这戏剧性的一天让一位社论员想起了杰克爵士给《费德里奥》[1]起的一个更华丽的名字：有铁链，就有斗争。没错，确实，新晋总督想，有个人没准会同意的。出于尊敬——不，更多的是为了一种平起平坐的感觉——他允许用伟大的《英雄交响曲》来奏出他的成功。

胜利的甜蜜，在那些为你的胜利欢呼的家伙并不知道它们其实有多伟大的时候，尤为美好。比如，他根本无意将小岛带入欧盟。欧盟的雇佣法和银行监管制度，仅举这两个为例吧，一准会惹来灾难。他需要的只是让欧洲来帮他挡住威斯敏斯特宫，直到一切搞定为止。用6 000马克加1欧元购回小岛？只有傻瓜才会以为这对主岛能有什么威胁：媒体还没坐上通往布鲁塞尔的列车，他就关闭了那个账户。同样，他也不认为对1293年交易的司法诉讼能有胜算：想想吧，要是欧洲居然能让这个得逞，那它该给自己惹出多大麻烦。至于那个该死的岛国国会：看那些欢呼雀跃的议员，好像他们全都是英雄加里波第[2]似的……真让他恨不能从总督宝座上跳起来，用英语，而不是拉丁语宣布，好让那些蠢货傻蛋们听明白：他可是计划要在一周之内让

1. 贝多芬唯一一部歌剧，讲述了一位妻子女扮男装进入监狱救出被陷害的丈夫的故事。

2. 朱塞佩·加里波第（1807—1882），意大利将军、政治家，为意大利统一作出了巨大贡献。

国会休会的。不，“休会”这个说法对他们来说未免也太难懂啦，他得换个简单的说法。很快国家会面临一个危难时刻，因为岛国议会居然荒唐地相信它能够独立管理这个“国家”。他得关闭它，因为它啥也不会干。干不了任何，他，杰克·皮特曼爵士，想要它干的事。在他看来，那些欢呼雀跃的议员不妨直接蹦到第一艘开往迪耶普的船上滚蛋好啦。除非他们打算把短暂的工作经验利用起来。项目组仍在为它的下议院面试演员。前排座位已经找到人选，不过还缺一些掌握一点简单肢体语言的、不用开口的后排议员——他们会根据发言人的信号站起来，假装急切地挥舞议程表，然后跌坐回绿皮椅上。他们还要发出一些没有内容但是可以理解的声音——主要包括一些不屑的叫声、谄媚的抱怨声、急切的嘟囔声和言不由衷的笑声。他觉得他们应该能应付这种工作。

杰克爵士又喝了些酒。他打了更多电话。他接受了更多赞誉。凌晨2点时他发指令给玛莎·科克伦，命令她把小白脸，那个哭鼻子的记录员也带来，免得他在那里浮想联翩。实际上，他没准说的是该死的小白脸，最好的阿马尼亚克酒真是让人口无遮拦。反正，不管以什么名义把她召唤过来，她似乎都是一脸不情不愿。至于那个小白脸保罗，他突然变得怒气冲冲的，杰克爵士只不过说了句温和的下流话罢啦，是关于……哦，见鬼，让他们都见鬼去吧。他才不在乎谁怎么想，但是他想要围在身边的都是尽情享受这一刻的人。他可不要像这二位一样的无礼异议者，抿着仇恨的嘴唇，啜着他们的阿马尼亚克酒。尤其不要在今天这样一个日子里。杰克爵士的演说快要结束时，他突然起意，决定把他们俩纳入他的重组计划里。

“变化的要点在于，从来没有人能真正为它作好准备。威斯敏斯特宫刚刚意识到了这一点，岛上所谓的国会很快也会步其后尘。你不朝前跳一大步，就要落后两步。我睡觉的时候，大多数人不得不在原地跑步，以和我保持一致。比如说，你们俩。”他顿了顿。没错，他俩总算被惊动了。他像探照灯一样瞪着他们。正如他想的，这女人无礼地回视着他，小白脸则假装在椅子下面找什么东西。“我猜想你们俩觉得，一旦上了杰克爵士的大车，就只用寻思怎么样时不时从他那里揩一点油，直到顺顺当当把养老金弄到手里。好吧，我给你们一个大惊喜…… 一对可怜的家伙。现在这项目已经上马启动，我不需要一大堆挑刺者和抱怨者来妨碍它啦。所以请允许我宣布，你们是头两位我决定开除的雇员。已经开除啦。立即生效。现在，你们被开除啦。此外，根据我也许通过，也许不用通过我的岛上小国会来生效的雇佣法，或者根据有人正在拟订、之后一准生效的新合同，你们得不到任何遣散费。你们俩被他妈的开除啦，要是早上渡轮出发时你们还不收拾好滚蛋，我就亲自把你们的破家当丢到码头上。”

玛莎·科克伦看了保罗一眼，后者点点头。“好吧，杰克爵士，你好像让我们别无选择。”

“我他妈当然是的，我来告诉你们为什么。”他站起来，以便充分地活动那具菱形的躯体，又咕嘟喝了一口酒，先后指了指他们两个，然后，不知是作为高潮还是作为之后的沉思，又指了指他自己，“因为啊，简单说吧，因为我一直就觉着，我拥有纯真的本性，因为我是个天才。就这么简单。”

他伸手去够巴洛克风格的铃绳，准备从他的生活中一劳永逸地驱走这个挑剌的婊子，还有她愚蠢的小白脸。突然，玛莎·科克伦说出了三个完全出乎他意料之外的字。

“梅姑妈。”

“你说什么？”

“梅姑妈。”她重复道，接着，抬头看着他摇摇晃晃的身体，“奶奶，尿尿，粑粑。”

之三

一座银色大海中的旅游胜地

两年前，一个极富创新精神的娱乐休闲公司在英格兰南部海岸开发了一个新项目。这一项目迅速成为高端度假者首选的度假去处之一。令特约撰稿人凯特琳·苏好奇的是，这个新岛国在休闲产业以外是否也将成为优秀典范？

这是白金汉宫外一个典型的春日。空中云朵又高又白，威廉·华兹华斯的水仙花在风中摇曳，戴着传统熊皮高帽的卫兵们在岗哨前立正着。热切的人们为了看一眼不列颠皇室家族成员，在栏杆上把鼻子都挤扁了。

11点整，通往阳台的高大双门落地窗打开了。备受欢迎的国王和王后走了出来，他们挥手微笑。空中响起十响礼炮。卫兵们举枪致敬，所有相机像老式旋转门一样咔咔响个不停。一刻钟之后，11点15分整，高高的落地窗又关上了，要到第二天才会再度打开。

不过，所有东西并非如你所想。人群和相机都是真的，云朵也一样。不过卫兵都是演员，“白金汉宫”是座只有真品一半规模的复制品，致敬的礼炮来自电子设备的音效。有谣言说，就连国王和王后也不是真的，他们两年前和杰克·皮特曼爵士的皮特科公司签的合同认可他们不必参加这种每日仪式。不过有内部消息透露，皇室合约里确实包括一个免于露面的条款，不过陛下夫妇对于每次在阳台露面后获得的现金报酬颇为满意。

这是表演，不过也是巨大商机。首批游客（此地的游客都被如此称呼）到来时，世界银行和国际货币基金组织也接踵而至。它们的认可——加上波特兰第三千年智库的热情认同——意味着这个史无前例的企业将在未来的几年、几十年中被不断地效仿。杰克·皮特曼爵士，岛国的精神之父，如今已退居二线，不过依然作为尊贵的总督（一个有数世纪历史的头衔）随时关注事态变化。皮特曼大厦现在的负责人是首席执行官玛莎·科克伦。科克伦女士四十出头，身材修长，头脑睿智，身穿大牌设计师设计的高级套装，正在对《华尔街日报》记者解释一个一直困扰旅游产业的问题，五星级景区为什么彼此都离得那么远。“记得你疲惫地从景点A去到景点B，再从景点B去景点Z的痛苦吗？记得那些没完没了的旅游大巴吗？从美国到欧洲重要景区来的游客们都会记得那里糟糕的管理情况：破旧简陋的基础设施，低效的游客吞吐量，不人性的开放时间——一切都给游客带来麻烦。而在我们这里，就连明信片都预先盖好了邮戳。”

从前这里叫作怀特岛，不过它现在的居民们选择了一个更简单大气的名字：他们叫它“岛国”。两年前它宣布独立时的官方名称则充满了杰克·皮特曼爵士特有的俏皮诙谐感。他给它取名为“英格兰，英格兰”。听起来宛若歌词。

此外，在这155平方英里的范围内聚集了所有游客希望领略、通常被人们视为代表英格兰的一切，这也是典型的杰克爵士逆向思维的杰作。在我们这个快节奏的年代，能够一个早上就参观到巨石阵和安妮·海瑟薇的小屋，继而在多佛尔海峡的白崖顶上来一份“农夫午餐”，再到伦敦塔里的哈罗兹百货公司度过一个轻松悠闲的下午（皇室卫兵为您推着购物车！）。至于景点之间的交通方式：那些油耗惊人的旅游巴士已被绿色环保的马车取而代之。要是天气不佳，您可以搭乘伦敦著名的黑色出租车或者乘坐红色双层巴士。它们都由太阳能驱动，绝对环保。

值得回顾的是，这个成功而伟大的项目启动之初，曾遭到猛烈抨击。曾有人抗议，认为这会彻底毁掉怀特岛。当然这纯属夸大其词。岛上重要的历史建筑都被完好地保存了下来，岛的大部分海岸线和岛屿中部的部分白垩丘陵也同样保存完好。不过岛上大约有百分之一的建筑被拆除了。根据萨塞克斯大学的伊凡·费尔柴德教授（此人正是这个项目的主要批评者）的说法，这些建筑是“两次世界大战之间和中世纪留下的小平房，它们作为建筑没有什么显著的优点，但是非常真实地保留下了过去房屋的布局和装饰”。

不过，要是你愿意，依然可以看到这些房子。在平房山谷，游客们可以漫步在一条完美复建的老街上，这条街两侧全是岛上昔日的建筑。你可以欣赏到悬挂着南庭芥的假山和点缀着各种地精家族水泥雕像的屋前花园。一条由回收的各色水泥板斑驳铺就的小路会引你去到嵌了皱纹玻璃的房门。伴随着耳中叮叮咚咚的铃声，你将走进一间铺着华丽地毯的起居室。起居室条纹墙纸上印着飞翔的鸭子图案，大厅中央摆放着风格质朴的三件套沙发，房间其中一面有一扇落地长窗，可以打开，通往一个同样由回收的斑驳水泥板铺就的露台。在这里远眺，你可以看到更多的南庭芥，它们装在一个个悬吊着的小篮子中，你还会看到更多“地精”和古董级的碟形卫星天线。这一切都很可爱，不过其实随便感受一下也就足矣。费尔柴德教授宣称平房山谷只是一个自说自话的拙劣仿品，只是给人消遣用的罢了；但也承认在这场争论中他已经落败。

第二种抱怨主要是认为小岛以高消费人群为目标。虽然在这岛上大部分娱乐项目的费用都是事先支付的，但是当游客要入境时，海关官员检查的不是护照是否有问题或者是否有防疫证明，而是游客们的信用度。旅游公司被建议警告游客们，一旦达不到岛国当局满意的信用额度，他们将会被送上最快的遣返航班。要是飞机上没有座位，这些未被接待者将被送上最近一班横跨海峡的渡轮，遣往法国的迪耶普。

玛莎·科克伦对这种毫不掩饰的精英主义作出辩解，称高消费是由于岛国提供的物有所值的优质服务。她进一步解释说：“在这个岛度假也许看起来很昂贵，但这将是您一辈子绝无仅有的美好体验。此外，您来我们这儿旅游，就不必再去老英格兰了。我们的成本计算表明，要是您去看各个‘原件’，那么将要花比现在多三到四倍的时间。所以我们的高额费用算下来反而是更便宜的。”

提到“原件”，她的语气满是不屑。她针对的是当初第三种反对这一项目的声音，起初曾被反复讨论，不过现在已几乎被人们忘却了。大家曾经相信，游客们参观著名景点，不仅是为了感受其古老，也是为了领略它的独一无二。皮特曼大厦展开的详细研究却表明，事实并非如此。“上世纪末，”科克伦女士解释道，“著名的米开朗琪罗的《大卫》雕像被从佛罗伦萨市政广场移出，原址上放了一座复制品。结果它和‘原件’一样受到游客们的欢迎。更令人意外的是，在调查中93%的受访者表达了这样的观点：看到这座完美复制品之后，他们觉得没必要再到博物馆去寻找‘原件’。”

皮特曼大厦从这些研究中得出两条结论。第一，旅游者们此前涌向“原件”景点，是因为别无选择。从前，你想看威斯敏斯特教堂，只有去这个教堂。第二，比较而言，如果可以在不方便的“原件”和方便的复制品之间作选择，占比相当高的一部分游客们会选择后者。“此外，”科克伦女士狡黠一笑，补充道，“你不认为给人们更多的选择，其实无异于是在赋予他们更大的自主权，是在体现民主精神吗？不管是早餐食物的选择，还是历史景点的选择，我们仅仅是在遵循市场规律罢了。”

这一项目的正确性得到了相当可观的证明。两个机场——丁尼生一号和丁尼生二号——都在不断扩容。游客吞吐量已经超过最乐观的预测。岛国虽然人满为患，却依然稳定高效地运转着。在这里，无论何时何地，你总能找到一位友好的警察或伦敦塔守卫来问路，出租车司机们全都流利掌握至少一种主要游客群体的母语。当然他们大多数都会说英语！

来自美国田纳西州富兰克林县的梅西·布兰斯福德携家人来此旅游，她对《华尔街日报》记者说：“我们听说英格兰有点老土过时了，跟现代世界多少脱了节。可来到这里，真让我们大吃一惊。这里和我们老家没什么两样，甚至比老家更像老家。”玛莎·科克伦的首席顾问、负责项目日常战略的保罗·哈里森对此解释道：“我们这里有两条最重要的原则。第一，顾客选择。第二，内疚免除。我们从不强迫别人快乐，从不强迫他们明明不开心却要故作满意。我们只会告诉大家，要是不喜欢这些著名景点，尽管换些别的看。”

顾客选择的一个上佳例子是你如何花钱——就这个词的字面意义而言。正如科克伦女士指出的，皮特曼大厦其实可以轻而易举地消除一切花钱的意识，要么采取一条龙的费用预付制，要么让游客在离开前以实时贷记的形式一次性结算清最终的花费。不过调查表明，大多数度假者享受花钱的过程，而且同样重要的是，享受有人看到自己花钱。所以，对那些喜欢信用卡的人，岛上专门颁发了一种岛国信用卡，它和一般卡片不同，并非矩形的，而是钻石形状的，可以转接你自己卡的信用额度。

不过，对于那些热衷财政冒险的人，岛上也预备了颇为复杂、令人颇费心思的货真价实的老英格兰货币。进了岛，您会发现自己口袋里装满了一大堆各种各样咔嚓咔嚓响的铜币和银币：法寻[1]、半便士硬币、便士硬币、格罗特[2]、六便士硬币、先令[3]、弗罗林[4]、半克朗、克

1.旧时英国铜币，面值为四分之一旧便士，1961年停止流通。

2.价值四便士的英国银币，17世纪停止流通。

3.英国和澳大利亚的旧币。二十先令等于一磅。1970年停止在英国铸造。

4.英国旧币，一弗罗林等于十个新便士。

朗[1]、沙弗林金币[2]和几尼[3]。当然，你也可以用信用卡玩英国酒馆的传统打硬币游戏或推圆盘游戏，但是感觉到大拇指掂量着一枚闪闪发亮的铜币，是多么令人心满意足啊。从拉斯维加斯到大西洋城的赌徒们都知道手中掂量着银币的快感。这里，在岛国赌场，你可以用天鹅绒钱袋里的天使头像金币[4]下赌注，它们每枚价值七先令六便士，铸有圣米迦勒屠龙的图案。

杰克·皮特曼爵士和他的团队在这个岛上屠的是哪一种龙呢？要是我们把此地不仅视为一份娱乐产业——它在这方面的成功已经有目共睹——而是视为一个在过去两年中成功胜任了其职责的微型国家来对待，那么我们可以从中得出何种经验呢？

首先，这里的失业率为零，因此也就不需要什么负担重重的社会福利政策。激进批评者仍在宣称这一令人神往的结果是由令人不齿的手段促成的，因为皮特科公司将老弱病残等都送上船，打发到主岛去了。但是岛民们则无一抱怨，反而他们更愿意对零犯罪率发表异议，后者使得警察、缓刑监督官和监狱都无所事事。在老英格兰一度普遍实行的社会医疗制度现在由美国模式取而代之。在这里的所有人，不论是游客还是当地居民，都必须买保险；剩下的一切则交给皮特科公司旗下直飞迪耶普医院的救援直升机来解决。

瑞士联合银行的分析员理查德·普尔伯斯基对《华尔街日报》记

1.英国二十五便士的硬币，英国旧制五先令硬币。

2.旧时英国面值一英镑的金币。

3.旧时英国金币，1813年停止流通，一几尼等于二十一先令。

4.有大天使米迦勒头像的英格兰旧金币，初造于爱德华四世统治时期。

者表示:"我认为这一工程振奋人心。它是一次纯市场的运作。没有来自政府的干预,因为这里根本就没有政府,所以也不存在什么对外或对内政策,只有经济政策。它是买方和卖方的直接互动,市场无须受到中央政府和它那些复杂的议程与选举承诺的影响。

"几个世纪以来,人们都在尝试寻找新的生活方式。还记得那些嬉皮公社吗?它们全都注定失败,不是吗?因为它们没能理解两件事:人性,以及市场规律。岛上正在发生的,是对于人类是市场驱动的动物这一事实的认可,人于市场,如鱼得水。我不是在作预测啊,就这么说吧,我相信我看到了未来,而且相信它将卓有成效。"

不过这确实是高瞻远瞩的结果。正如广告所言,游览这座小岛,你将看到你想象中英格兰拥有的一切,并且是以更方便、干净、友好、高效的方式。考古学者和历史学家们也许会怀疑,一些纪念碑可能并非传统意义上的"真实"之物。不过,正如皮特曼大厦的调查表明的,大多数来此地的人都是第一次来英格兰的旅行者,他们在老英格兰和"英格兰,英格兰"之间作了一个明确的市场选择。你宁愿做脏兮兮的老伦敦市里一条狂风呼啸的人行道上的困惑游客,试图在呼啸来去的人群中打听方向("伦敦塔?我可说不清楚啊哥们"),或者充任一个众目睽睽下的焦点?在岛国,如果你想赶一班红色巴士,你会发现足足有两三辆巴士会愉快地停在你面前,耐心地等你数清口袋里的硬币,然后女调度员才会吹哨开车。

在这里,相比于英国传统的冷冰冰的迎宾方式,你会得到国际化的热情招待。而那传统的天寒地冻呢?它将维持原样。这里甚至还有一个永冬区,知更鸟们在雪地里跳跃着;你还有机会参加当地的古老游戏：冲着警察的头盔丢雪球，趁他在冰上滑倒时拔腿就跑。你还可以戴上一个战时防毒面具，感受一下伦敦著名的"豌豆汤"级别的浓雾。要说下雨，也是会下雨的。但只限于户外。再说要是没有了雨，甭管是老英格兰还是别的英格兰，那还能是英格兰吗？

尽管我们在人口学意义上已经分道扬镳，但是有不少美国人仍旧对威廉·莎士比亚笔下这块"银色大海中的钻石"深感亲切和好奇。毕竟，这是五月花号起航的国度（"五月花号出发"项目的时间是每周四上午10点半）。这个岛正是满足这种好奇心的上佳场所。笔者曾多次拜访过如今那个越来越被频繁称为"老英格兰"的地方。从现在开始，只有那些真心热爱各种不便，或者对于古代有着恋尸癖般深沉迷恋的人，才需要去"老英格兰"自寻烦恼。那个英格兰过去和现在最出色的一切，游客都可以在这个美妙的、设施完善的钻石形小岛上安全便捷地感受到。

凯特琳·苏的秘密探访之旅，由《华尔街日报》独家赞助。

* * *

从她的办公室里，玛莎可以观察到整个岛国。她可以查看101条斑点狗的喂养情况，检查霍沃思牧师寓所[1]的游客吞吐量，偷听嚼稻草的庄稼汉和环太平洋地区来的老油条在小酒馆里的亲密交谈。她可以追踪"不列颠之战""夏季逍遥音乐节[2]的压轴夜""审判奥斯

1.勃朗特姐妹故居。

2.英国著名的古典音乐会，每年夏天在伦敦皇家阿尔伯特音乐厅举行。

卡·王尔德”和“处决查理一世”的表演情况。一个屏幕上，哈罗德国王正绝望地仰天长叹[1]；另一个屏幕上，戴着阔檐帽的时髦太太们正一边移栽着幼苗，一边数着停在醉鱼草上的蝴蝶品种；第三个屏幕上，新手们正在阿尔弗雷德·丁尼生勋爵高尔夫球场平整的球道上胡乱挥杆。对于岛上的各种场面，玛莎已经靠安装在各处的一百个机位反馈的景象了如指掌，以至于她有时候搞不清自己究竟有没有到现场看过它们。

有时，她几乎整天在办公室闭门不出。当然了，如果想选择一种跟雇员们开放相处的方式，也尽可以如她所愿。换了杰克爵士，毫无疑问会采用一种凡尔赛体系[2]，让满怀期待的请愿者们挤挤挨挨地聚在大厅里，自己隐身其后，从挂毯上的一个窥视孔中，用皮特曼风格的眼睛研究他们。不过自打被玛莎取而代之以后，杰克爵士本人也变成了一位请愿者。摄像头有时会拍到他坐在马车里，绝望地冲着困惑的游客们挥舞三角帽。这几乎有点可悲了：他果真变成了曾设想的形象——一个没有实权的大人物。玛莎出于一半同情一半嘲讽的心态，增加了他的阿马尼亚克酒的配给量。

她看到，她10点15分的会谈对象是妮尔·格温。这真是一个令人怀念的名字。概念开发会上的那番讨论，仿佛已是前尘往事了。马克斯博士那天一直在捣乱，不过他的干扰没准其实让他们之后的规划免了些麻烦。数份报告之后，妮尔终于在英国历史上站稳了脚

1.相传在著名的黑斯廷斯战役里，英王哈罗德刚登基时，天空碰巧现出哈雷彗星，他以为是凶兆，动摇了军心，促使英军最终溃败。

2.帝国主义在宰割战败国和相互妥协基础上安排的战后世界国际体系。

跟；可惜她没能跻身杰夫的英格兰特质前五十名，这又让他们顺理成章地缩减了她的传奇故事。

现在，她变成了一个可爱的、毫无野心的女孩，在王宫围栏外几百米处开了一家果汁店。不过她的本质和她的果汁一样，都被浓缩了，她仍然保留着她原来的样子，或者说至少是游客们——甚至家庭报纸的读者们——心目中的样子。乌黑的头发，明媚的双眸，穿着一件剪裁特别的白色荷叶边衬衫，涂着口红，戴着金首饰，全身散发着活力：一位英国的卡门。不过今天早上，她神情呆滞地坐在玛莎面前，扣子一直扣到下巴，与她的角色定位大相径庭。

“妮尔2号在管理果汁店吗？”玛莎例行问道。

“妮尔2号病啦，”妮尔答道，至少还记得用刻意学会的那种口音，“康妮在管店。”

“康妮？天啊……这到底……”玛莎按下连接总经理办公室的通话按钮，“保罗，你可以处理下这件事吗？康妮·查泰莱[1]正在妮尔果汁店。是的，不要问为什么，我知道。是的。你可以马上从支援中心找一位妮尔3号吗？不知道需要使用多久。谢谢，再见。”

她回头看着妮尔1号。“你知道规则的。它们说得一清二楚。如果妮尔2号病了，你应该直接去支援中心报告。”

“抱歉，科克伦小姐。全都是，呃，因为我最近有点感冒。不，这么说不对。我遇到了点麻烦。”妮尔此刻不再是妮尔了，玛莎面前的屏幕告诉她，她原来的名字里有两个姓，而且她还没从瑞士的学校

1. D. H. 劳伦斯的小说《查泰莱夫人的情人》中的女主人公。

毕业。

玛莎等了片刻，然后鼓励地问道："什么样的麻烦？"

"哦，这听起来像个故事。而且现在变得越来越糟了。我以为我能一笑了之，你知道，把它当作个玩笑就过去了，但是我很抱歉……"她坐直身子，挺起胸膛。现在她身上已经没有一点儿妮尔的影子。"我不得不作一次正式投诉。康妮也同意。"

妮尔·格温和康妮·查泰莱达成一致意见的事情是，妮尔果汁店目前的租户再也不应该容忍任何人的下流行为和性骚扰了，哪怕对方是英国国王也不成。目前恰好对方还偏偏就是。一开始他还挺亲切，让她称呼他为"国王宝贝儿"，当然她没有答应。不过旋即他就开始话中有话、油腔滑调起来，对她手上的订婚戒指熟视无睹。现在，他甚至当着顾客们的面调戏她，后者则只会傻笑着看热闹，就好像这一切都只是表演的一部分似的。实在让人忍无可忍。

玛莎让妮尔休假一天，请国王陛下下午3点到她办公室来。她看过他的日程表：上午在丁尼生草坪有一场职业选手和业余选手混杂出场的高尔夫球赛，然后直到下午4点15分才要去为不列颠之战的"英雄们"颁发勋章。即便如此，国王露面时依然一脸不乐。他还没有习惯被岛国总部招之即来、挥之即去。起初他试着坐在宝座上不动，等玛莎前去觐见。但他迎来的只有皇室法律顾问、前议会议员、代理总督帕西·纳丁爵士，后者虽然一如既往地毕恭毕敬，却也不无遗憾地重申了根据合同法和目前管理这个岛的行政当局的双重规定，国王必须承担的一清二楚的义务。玛莎召见了他好几次，深知他每次露面都必定恼羞成怒、抱怨不休。

“我又做错什么啦？”他用被找来挨批的小孩似的口气问道。

“我恐怕有一份针对您的正式投诉，陛下。”玛莎加上这个尊称，并不是出于尊敬，而是为了提醒他身为国王的义务。

“这回是谁呢？”

“妮尔·格温。”

“妮尔？”国王说，“哟，老天爷哟，我们都一下变得那么清高了吗？”

“那么你承认这次投诉的有效性了？”

“科克伦小姐，要是一个人不能对橘子酱开几句玩笑……”

“情况比这严重得多……”

“好啦好啦，我确实说过……”国王冲着对面的玛莎眯眼一笑，好像她是自己人似的，“我确实说她什么时候乐意的话，都可以来挤挤我的一对克莱门氏小柑橘。”

“哪一位编剧给您弄了这一段台词？”

“什么啊，科克伦小姐，这全都是我自己想出来的。”他得意洋洋道。

“这个我相信。我只是想确定一下这事的性质而已。还有那些下流动作也都是您自个儿发明的？”

“你说什么？”玛莎眼神严厉，看得他低下了脑袋，“哦，好吧，你知道的，就是一个玩笑罢啦。说到道德警察，你真是和丹妮丝一样死脑筋。我有时候真希望能回到过去，回到我真的是个国王的时候。”

“这不是道德的问题。”玛莎说。

“不是吗？”没准还有希望，他总是对那个词理解不到位，搞不清它的内涵。

“不，在我看来，这完全是一个合同问题。性骚扰是违背合约的行为。所有足以让岛国蒙羞的举止也同样如此。”

“哦，你的意思是，比如那些正常的行为也是。”

“陛下，我必须给您下达一个行政指令，禁止与格温小姐继续有任何瓜葛。她的背景里有些……相当富有争议的东西。”

“哦，上帝啊，别告诉我她有淋病。”

“不，不如说我们不希望别人过于关注她的背景。有些客人可能会不理解这个。您对待她，得好像她永远只有十五岁一样。”

国王挑衅地抬起头来：“十五岁？要是那丫头竟然还没成年，那我就是希巴女王了。”

“没错，”玛莎说，“从出生证来说是这样的。让我们这么说吧，在岛国，在这个岛国，妮尔只有十五岁。正如在这个岛国……您是国王一样。”

“我他妈本来就是国王，”他吼道，“在任何地方，每个地方，时时刻刻，都是国王。”

那要看您的表现了，玛莎想。您是签了合同得到了许可才在这里担任国王的。要是您违背行政指令，我们明天一早就送您坐船去迪耶普，说不定还会有一场武装起义。无非就是一个编制上的小问题罢了。总有人正觊觎着王座。再说要是国王和皇室成员当得不太称职，他们随时可以再引进一个奥利弗·克伦威尔。其实，为什么不呢？

“问题是，科克伦小姐，”国王哀号道，“我真的喜欢她，妮尔。

我看得出来，她可不该只是个卖果汁的姑娘。我相信要是她了解我一点，我们就能擦出火花来。我可以教她得体地说话。只是，”他低头转着自己的图章戒指，“只是我一开始用错了方法而已。”

“陛下，”玛莎声音温柔了一点，“有很多女人可以让你‘真的喜欢’。而且她们年龄更合适。”

“哦，是吗，说来听听。”

“我也不知道啊。”

“你当然不知道。没有人知道在我这个位置上的苦楚。所有人每时每刻都盯着你，你却不能回视他们，否则就要被拖到这个……行业仲裁法庭来受审。”

“好吧，那康妮·查泰莱怎么样？”

“康妮·查泰莱？”国王不敢置信地说，“她跟乡下鬼上床。”

“戈黛娃夫人？”

“已经相处过了。”国王说。

“我说的不是戈黛娃1号，我说的是戈黛娃2号。面试时您好像没来？”

“戈黛娃2号？”国王的脸逐渐放出光彩，玛莎突然看到了《泰晤士报》常提到的那种“传奇魅力”。“你知道，你真是一个好伙伴，科克伦小姐。不是说丹妮丝就不是好伙伴了啊，”他匆忙补充道，“她是我最好的伴侣。可她并非总是体谅别人，要是你明白我的意思的话。戈黛娃2号？对啊，我记得我还想过呢，这下她在国王宝贝儿心里可以算是首选姑娘了。我得给她打个电话，请她出来喝一杯卡布奇诺。你不会……”

“比根希尔。”玛莎提醒道。

“什么？”

“先去比根希尔，给英雄授勋。”

“这些英雄们获得的勋章还不够多吗？今天你不能让丹妮丝去吗？”他请求地看着玛莎，“好吧，我想不行。是我的合同里写的，是吗？我那鬼合同里啥都有。好吧，总之还有戈黛娃2号。你真是个好伙伴，科克伦小姐。”

国王满腹怨言而来，兴高采烈而去。玛莎·科克伦把一个监控器调到比根希尔皇家空军基地。看起来一切正常：飓风式战斗机和喷火式战斗机小分队前挤满了游客，另外一些游客在体验战争模拟器，还有一部分在机场跑道尽头的尼森式活动房周围徘徊。他们在这里可以看到身穿羊皮飞行夹克的英雄们在煤油炉边烘手取暖，打着牌，等待手摇式留声机播放着的舞曲被出发命令打断。游客们可以问这些英雄问题，并且会收到他们具有强烈时代特色且语调逼真、干净利落的回答。小意思。糟糕。杰里是自作自受。出大错啦。安静点。然后英雄们会回头继续打牌，他们洗牌、切牌、算牌，游客们则或许会联想起这些战士们更大意义上的人生遭遇：有时候，你是个玩牌人，却被命运玩弄在掌心中；有时候你一翻牌，发现黑桃皇后正怒视着你。国王的勋章他们受之无愧。

玛莎把电话线切换到她的私人秘书。“维奇，比根希尔那里如果有电话来索要戈黛娃2号的电话号码，授权你告诉他。戈黛娃2号，不是1号。谢谢！”

维奇。这算是对杰克爵士那一系列苏西的改变吧。坚持让私人秘书使用真名，是玛莎成为首席执行官后采取的第一个措施。她还将双立方小办公室分割成一间咖啡吧和一个男士洗手间。总督的家具，或者说那些被认为是公司而非私人的财物——都被处理掉了。关于如何安置“布朗库西”，曾有过一场争论。王宫申请要那个巴伐利亚壁炉，现在它变成了健身房的室内曲棍球场的球门。

玛莎削减了总督团队的人员，并把他的交通工具削减到只剩一辆马车，把他安置到了更合适的住所。保罗抗议过，说她的一些举措——比如坚持杰克爵士的新私人助理必须是男性——纯属报复。他们争吵过。杰克爵士的噘嘴是维多利亚式的，他的愠怒是戏剧性的，他的电话账单则是瓦格纳风格的。玛莎拒绝批准他的电话账单。同样，她也拒绝允许他接受采访，哪怕是他仍旧拥有的那些报纸的采访也不行。他被允许穿他的制服，用他的头衔，以及在一些仪式性场合露面。她觉得这些已经足够了。

关于杰克爵士的权利和特权的争吵，或者说，按照他的说法，是关于没收财产和羞辱——帮助掩盖了一个事实，那就是玛莎被任命为首席执行官，其实并没有给公司带来什么实际的变化。作为一种必要的自卫举措，她用一种相对合理的寡头统治取代了原先的利己独裁；然而项目本身基本上没有受到影响。它的金融结构依然是一位穿戴着英国财政部吊裤带的专家的杰作；而在概念开发和游客定位方面的调整也是微乎其微的。可靠的杰夫和热衷表现的马可都干着原来的工作。前任和现任首席执行官的主要区别在于杰克·皮特曼爵士会公开声明他对自己的项目的信心，而玛莎·科克伦却私下里有所怀疑。

“不过，要是一位贪污的教皇可以治理好梵蒂冈……”在疲惫一天的尽头，她刚说完一句类似这个意思的话，保罗便目光灼灼地瞪着她。他反对任何对于这座岛国的轻率言论。

“我猜那是个愚蠢的比较。再说，我并不觉得一个腐败的教皇能把梵蒂冈管理得更好。事实往往相反。”

玛莎暗暗叹了口气，“我希望你是对的。”他们曾经一度联手对付杰克爵士，这应该令他们的关系更加紧密才对。事实看来却正相反。保罗是真心信任“英格兰，英格兰”吗？或者他的忠诚只是由于残余的负罪感？

“我的意思是，我们可以召唤来你那位没有充分发挥才华的好伙伴马克斯博士，问问他的意见，问问他大型政治或宗教组织是应该由理想主义者、愤世嫉俗者还是彻头彻尾的实干派来管理。我相信他会有长篇大论发表。”

“别说了。你是对的。我们又不是在经营一个天主教会。”

“显然如此。”

她没法忍受他的声调，它听起来既迂腐又自以为是。“听着，保罗，这已经变成了一场争论，我不知道为什么会变成这样。我最近经常搞不明白。不过要是我们在讨论的是愤世嫉俗，你问问自己，要是没有那种显而易见的愤世嫉俗的精神，杰克爵士能走多远？”

“这个问题本身就很愤世嫉俗。”

“好吧，我放弃。”

现在，在她的办公室，她想：保罗在某种意义上是对的。我无非只是把这个岛当作一个行之有效且计划周密的挣钱项目。现在我经营它，做得也许和皮特曼本人一样成功。保罗是因为这个感到被冒犯了吗？

她走到窗边，打量着一度曾属于杰克爵士的绝佳视野。在她下方，一条鹅卵石街道两侧悬着露木结构的门楼，游客们从恭顺殷勤的小贩和商人们那里掉开头，看到一位牧羊人正赶着羊群去集市。更远处，一辆停在斯塔克普尔夫妻纪念湖边的双层公共巴士顶上的太阳能板反射着刺眼的阳光；在一个有大片草地的村庄里，正在开展一场板球赛，有人正跑着发球。上方，在她视野中唯一一片不属于皮特科公司的地方，一架岛国航空公司的喷气飞机正斜着机身飞过，让它一侧的乘客可以冲丁尼生草坪投去最后告别的一瞥。

玛莎皱着眉头，收紧下巴，转过身来。为什么一切都颠倒了？她虽然并不相信这个项目，却能够让它稳稳运转；然后，在一天尽头，她回到家，和保罗在一起，回到她相信的或者希望相信并且竭力相信的东西时，却好像从没办法顺利。她在这里，孤身一人，毫无防备，没有距离、嘲讽、怀疑，她在这里，孤身一人，坦承心迹，渴望着，焦虑着，尽她的可能寻找欢乐。可它为何迟迟不来？

* * *

玛莎几个月以来一直想着要辞退马克斯博士。不是因为他有任何公然的违约之处：事实上，这位项目历史学家的准时以及积极的态度足以打动公司里的任何一位评估员。此外，玛莎挺喜欢他，很早以前就看出他藏在暴脾气和冷嘲热讽之下的本质。她现在觉得，他是一位害怕简单化的人，他这份害怕令她心有戚戚。

在之前讨论“罗宾汉传奇”时，他曾愤然离场，好在后来证明那只是意气用事，事实上，这之后，他对项目的忠诚度反而提升了。马克斯博士被聘用来帮助开发概念；概念开发完毕，皮特曼大厦搬到岛上，他也就直接跟着搬来了。乡鼠先生悄悄将他的专栏挪到了《伦敦泰晤士报》（在赖德印制发行）上。似乎并没有人注意到或反对这事，就连杰夫也什么都没说。所以，这位历史学家目前正坐在玛莎办公室的两层楼下的一间办公室里，他那精心打磨、偶尔还涂上透明指甲油的十指可以随时展开任何调查。任何人，皮特科公司的雇员或者游客，都可以走进他的办公室，咨询任何历史问题。他的存在和功用在所有旅馆房间里都作了宣传。要是想以最廉价的方式打发一个周末，一位无聊至极的游客大可以去找马克斯博士，跟他讨论一番撒克逊人在黑斯廷斯战役中采用的战略问题，想讨论多久就讨论多久，完全免费。

问题在于，从来没有人到他那儿去。小岛拥有自己独特的运营方式，游客和体验对象之间的交流需要的是更务实性的而非理论性的调整，因此，项目历史学家的角色变成了……纯粹历史性的了。而这一点，无论如何，都是作为首席执行官的玛莎把马克斯博士召到办公室时准备对他坦言的。他进了屋，一如既往地从眼角瞄着演播室里观众的规模。只有科克伦小姐？好吧，那就是一次高层的双人会晤了。马克斯博士风度优雅、态度平和，要告诉他他的存在岌岌可危，他对公司已无足轻重，几乎是一种无礼的"冒犯。

“马克斯博士，”玛莎说，“你待在我们这里幸福吗？”

项目历史学家微笑起来，充满学者派头地坐下，从千鸟格翻领上掸掉一粒或许并不存在的食物，把双手大拇指插进深灰色绒面革西服背心的口袋里，跷起腿，一副打算久久地在座位上安坐下去的样子，这超出了玛莎的预想。接着，他做了皮特科公司从最单纯的群演农夫到代理总督帕西·纳丁本人——总之没哪个皮特科公司雇员会干的事：实事求是地回答起了这个问题。

“幸——福啊，科克伦小姐，从历——史角度来看这个问题会很有趣。在我担任不能说是最德高望重，但也显然可算作引人注目的年轻人思想的形塑者和教导者的三十年历程中，我注意到大量智识上的误解，大量为了让思想的土壤可用于耕种就必须烧掉的土地上丛生的杂草与灌木，坦率地讲，就是大量废话和毫无用处的垃圾。错误的种类就像约瑟夫的彩衣一样数不胜数，不过其中最严重、最糟糕的一个错误，每每是围绕着以下幼稚想法而起的：认为过去其实只是披上了华丽外袍的现在。剥去那些裙撑和衬裙，紧身短上衣和紧身裤，剥去那些高级的时装袍子，你会发现什么？和我们非常相像的人，那些有着像我们的母亲一样让人感到甜蜜心跳的人。看进他们那略有点昏暗的大脑，你会发现一系列未成形的概念，它们成形之后，就变成了我们自豪的现代民主国家的基础。考察一下他们的未来观，想象一下他们的希望和恐惧，他们对于在自己死后许多世纪之后的生活会有怎样的小小梦想，你会看到他们想象出的关于我们现在这种幸福生活的隐隐轮廓。简单说吧，他们想要成为我们。当然，这些都是废话蠢话。我说得是不是太快了点？”

“到现在为止还好，马克斯博士。”

“那好。现在，是我的荣——幸——虽然有时候是一种相当鲁莽的荣——幸，不过我们不要太过道学地急于谴责它吧——来拾起我值得信任的小镰刀，在正在发展的头脑中，砍掉一些灌木丛吧。在糟糕至极的错误的草原上，不会有比——想想那些羊角芹，或者更糟糕的，那些吞噬一切的葛藤——那种认为现代人体内狂跳着的小心脏一直以来都没有改变过的断言更顽固、更难以消灭的了。认为我们是亘古不变的想法，令人非常动容。那种想法认为骑士之爱无非是公共巴士站台上的亲吻的一种原始形态，要是年轻人仍对它们趋之若鹜，那可不是我教的。

“好吧，让我们来审视一下中——世纪人们吧，毫无疑问，他们可不会认为自己是中——世纪。为了更精确些，让我们拿10世纪到13世纪之间的法国来当例子吧。这是一段精致的、已被遗忘的文明时期，中世纪人兴建了雄伟的教堂，确立了骑士精神，暂时驯化了凶残的人类野兽，炮制出武功歌[1]——并非所有人都会认为这值得花费一晚上去欣赏，不过——此外，简而言之，在这一阶段，就是确立了一种信仰，一种政治体系，礼仪，品位。这些东西到底是为了什么呢，我倒要问问我那些灌木丛中的年轻居民了。他们是在为了什么而贸易、联姻、建筑和创造吗？因为他们想要幸福吗？他们没准会嘲笑这种渺小的野心吧。他们寻求的是救赎，而非幸福。事实上，他们倒会认为我们现代意义上的幸福是某种近乎罪恶的东西，而且毫无疑问，它同时也是救赎之路上的障碍。然而……”

1.中世纪流行于法国的一种有数千甚至数万行的长篇故事诗。通常以歌颂封建统治者的武功勋业为主题。

“马克斯博士……”

“然而，要是我们快进一下的话……”

“马克斯博士，”玛莎觉得自己需要一个蜂鸣器——不，一个高音喇叭，一个救护车警报器，“马克斯博士，我恐怕我们得快进到结束了。我可不希望听起来像你的学生在说话，不过我必须请你回答我的问题。”

马克斯博士从西服背心口袋里抽回大拇指，又在翻领上掸了掸想象中的细菌，用演播室里表示愤怒的神情瞪着玛莎——表面上看着心平气和，但又暗示出遭到了严重的冒犯——他在跟咄咄逼人的电视主持人们的斗争中已经把这种神情掌握得纯熟无比。“不揣冒昧，请允许我问一下，是哪一个？”

“我只是想知道，马克斯博士，你在我们这里开心吗？”

“我恰好正——要说到这一点。虽然在你听起来可能有些迂回。化繁为简地说吧，尽管我意识到，科克伦小姐，你并不是什么灌木丛脑袋，但我还是要这么回答你。我并没有那种在公共巴士站接吻亲热意义上的‘幸福’。我并不像现代世界对幸福的定义那样地幸福。事实上，我得说，我嘲笑那个现代概念，在这个意义上我是幸福的。我幸福，用这个无法避免的字眼儿来说吧，是因为我并不寻求幸福。”

玛莎沉默着。这种兴高采烈的悖论之语古怪地让她感觉严肃而质朴。她带着一点嘲讽问：“那么你寻求救赎咯，马克斯博士？”

“亲爱的上帝啊，不。我根本是一个异教徒，科克伦小姐。我寻求……欢乐。它比幸福可靠得多，明确得多，同时也复杂得多。它的无法满足是多么优美。你要是乐意，不妨叫我一个实事求是的异教徒。”

“谢谢你，马克斯博士。”玛莎站起身。他显然没明白她的问题，不过，他的回答却正是她冥冥中需要的。

“我相信你很喜欢我们的小小聊——天。”马克斯博士说道，好像他才是主人似的。他最稳定的欢乐之一就是谈论他自己，同时他也相信这种欢乐应该分享。

玛莎冲着关上的房门乐了。她妒忌马克斯博士的无忧无虑。换了别的任何人，都早该猜到自己为何会被她召见。这位官方历史学家没准会对更高意义上的救赎嗤之以鼻，不过他刚刚无意中得到了一次没那么重要的、临时性的救赎。

❇ ❇ ❇

“这恐怕是一件非常不同寻常的事。”泰德·瓦格斯塔夫站在玛莎·科克伦桌前。这天早上，她穿了一袭橄榄色套裙，搭配着一件无领白衬衫，领口别着一枚金领扣；她的耳环是博物馆里巴克特里亚金饰的仿品，连裤袜是瑞士的芙歌牌的，鞋子则是菲拉格慕的。这些都购自伦敦塔里的哈罗兹百货公司。泰德·瓦格斯塔夫戴着一顶绿色防水帽，身穿防水衣，双腿套着一条翻下裤腰的防水裤：这套衣服颇为宽松肥大，足以藏进任何数量的电子产品。他的表情介于乡下人和酗酒者之间，虽然这究竟是来自户外生活、自我放纵，还是支援中心的规定，她可没法判断。

玛莎忍不住微笑起来。“你本来是个受过良好教育的人啊。”

“您说啥，夫人？”他看起来是真没听明白。

“抱歉，泰德，开个玩笑而已。”玛莎有点懊恼。就因为她想起了他的简历。她早该明白，要是泰德·瓦格斯塔夫（安全和客户反馈协调部的代理主管）来到这里的时候，模样和腔调都活像一位海岸警备队大兵，那她就该如此相应地对待他才是。职业伪装过几分钟自然会消失，她应该耐心一点。

这种人格的分裂——或者说黏着——是一个项目始料未及的结果。大多时候，这种情况都是无伤大雅的；事实上不妨理解为是员工们令人欣慰的工作热情导致了这种状况。举个例子来说，岛国最初独立后的几个月里，有一些常驻群演就不再乐意被称为皮特科公司的雇员了，他们希望被视为他们被付了薪水来扮演的那些角色本人。一开始，这些案例被误诊了。人们以为他们这样是不满意工作的表现，其实事实正相反：他们表现出的是对工作的心满意足。他们很高兴充任这些角色，并不想再做回原来的自己。

成群的打谷者和牧羊人——甚至还有些捕龙虾者——都越来越不愿意住在公司提供的宿舍里。他们说更愿意睡在他们摇摇欲坠的小棚屋里，虽说这种监狱改造的住所里根本没有什么现代设施。有员工甚至请求用岛上的货币支付薪水，显然他们已经爱上了他们成天把玩的沉甸甸的铜币。这种状况正在被监控中，并且也许会为皮特科公司提供一种长远发展的视角——例如缩减建造宿舍的开支；不过，这种状况也可能会导致员工感情用事、纪律涣散。

现在，这种情况似乎已经不止发生在常驻群演中，还波及了更大范围。在泰德·瓦格斯塔夫身上就能窥见一斑，“约翰尼”·约翰逊和他的不列颠战役飞行小分队则问题更大。他们宣称，因为警笛随时可能鸣起，长官随时可能下令让他们“出发”，因此他们最好还是住到跑道边的尼森式活动房里。事实上，不这样做，简直就是懦夫，是毫不爱国的表现。所以他们宁愿点起煤油炉，最后玩一把牌，然后把自己裹进羊皮飞行夹克里入睡，尽管他们中有些人想必也知道，在游客们吃完他们的全套大英格兰早餐之前，“德国兵”是不可能发动什么突然袭击的。玛莎应该安排一位紧急事故专员来处理这种情况吗？或者，是否应该为了这意外的真实代入感而暗暗得意呢？

玛莎发现泰德正耐心地看着她。

“发生什么事了吗？”

“是的，夫人。”

“是某件……你打算……跟我说说的事？”

“是的，夫人。”

又是一阵沉默。

“那，现在告诉我吧，泰德？”

这位警备员脱下防水外套。“呃，直说了吧，好像走私犯们出了点小状况。”

“发生了什么？”

“他们在走私。”

玛莎勉力按捺住不由自主想要没心没肺、天真无邪、发自内心地大笑的冲动，它如清风般拂面而来，引起一个想要自然流露天性的奇异时刻，带给玛莎一种久已遗忘的新鲜感觉：某种如此质朴，以至于几乎让人歇斯底里的欢乐。

但她克制住了，严肃地盘问起详情。岛上一共有三个走私犯的小村子，有报告说，在下萨彻姆村出现了一些与项目原则不符的活动。游客们在下萨彻姆村、中萨彻姆村和上萨彻姆村可以近距离欣赏小岛传统商业活动的方方面面：可以藏东西的夹层桶，缝进衣角的硬币，一团团假装成泽西土豆的烟草。看起来，一切东西都可以伪装成别的东西：酒和烟草，丝绸和谷物。为了演示这条真理，一名“海盗”成员将会挥起他的弯刀，轻巧地将一个核桃劈成两半，然后从光滑的核桃内壁中抽出一只18世纪式样的女士手套。之后，在交易中心，游客们可以买一个这样的核桃——或者更美妙的，还可以买一对——里面商品的名字已用激光刻印在外壳上。几周之后，几千英里之外，游客们可以翻出核桃夹，在一片惊呼声中，取出那副手套，它将无比贴合手，宛若专门为主人量手裁出。

看来，最近下萨彻姆村的交易中心出现了些异动。一开始情况并不明显：一些村民佩戴起了不该有的金首饰（起初，他们宣称这些是假货，所以没有引起注意）；旅馆录像机里出现了一盘忘在里面的色情录像带；还冒出一只还剩四分之一液体的无标签瓶子，里面显然是酒，似乎还带有毒性。通过打探和监视，发现了如下情况：岛上有毁坏货币和伪造货币的现象存在；有人利用本地产的苹果偷偷蒸馏制作无色的高纯度酒精；有人盗印岛上的导游手册，并私下铸造岛上的官方纪念品；有人偷偷进口各种形式的色情产品以及出租村里的女孩。

玛莎记得，亚当·斯密赞同走私。毫无疑问，他认为这是自由市场的合理延伸，而且仅仅是对税收和关税差的利用而已。也许他还认为走私极好地展现了企业家精神。好吧，她不必费神跟泰德讨论什么原则问题，他站在那里，等待玛莎的回应、表扬和命令，就像别的所有雇员一样。

“那么你觉得我们该如何处理，泰德？”

“如何处理？如何处理？绞刑都算便宜他们了。”泰德·瓦格斯塔夫希望坏蛋挨鞭子，被送上最近一班开往迪耶普的船，然后被从船尾丢下去，让海鸥啄掉他们的眼睛。此外——对于惩罚的热情让他忘掉了永久产权的问题——他希望把整个下萨彻姆村的房子都一把火烧掉。

岛国的公正是以行政而非司法手段来维持的，这样更迅捷、灵活。可即便如此，那也得是正确的公正。只是这里的正确不是传统意义上的“正确”，而是对于项目的未来而言的“正确”。泰德·瓦格斯塔夫激动过头了，倒也不傻：这事不管玛莎如何裁决，都必须起威慑作用。

“很好。”她说。

“那我们就把他们塞进最近一班船，烧掉村子？”

“不，泰德，我们给他们换份工作。”

“啥？要是我可以冒昧地说一句，科克伦小姐，那样做实在太娘们了。我们要对付的可是恶性罪犯啊。”

“没错。所以我打算援用他们合同中的13b条款。”

泰德依然瞪着眼睛，好像要继续反对玛莎“妇人之仁”的提议。13b条款内容如下：在项目执行官认定的特定情况下，雇员可以被随时要求移任该执行官指定的其他工作岗位。

“您是说您打算重新训练他们？那可不是我认为的公正，科克伦小姐。”

“嗯，你说他们是罪犯，我就往那个方向训练他们。”

第二天，贵宾游客们得到邀请，只要支付一笔额外费用，就可以在某神秘地点参观一场真正的尚不能透露内容的传统表演行动。尽管为了这场表演游客们在黎明前就要出发，门票依然迅速告罄。三百位贵宾游客，每人捧着一杯免费招待的热甜酒，观赏着税务官突袭下萨彻姆村。燃烧的火把照亮了整个场景，摇晃的探照灯进一步补光；人们嚷嚷着很有时代特色的咒骂语；走私犯的情妇们像时代剧里一样衣衫不整地躲在平开窗下。空气中有一股烧焦的酒精味儿，税务官的镀金扣子泛着暗淡的光；一个高大的走私犯高举短刀，凶猛地扑向一群贵宾游客，直到游客中的一位丢下手中的热饮，抛下大衣，露出了里面一身令人宽慰的税务官制服，冲上去按倒那个高大的家伙。黎明时分，十二名身穿睡衣、套着脚镣的走私犯头目被塞上了一辆临时征用的干草车，表演谢幕，赢得了一片真诚的掌声。公正——或者说上岗再培训——第二天将在卡里斯布鲁克城堡执行，在那里，一些走私犯将被关进单养栏里，接受人们丢掷的烂水果，另一些则被安排去踩打谷车，他们的签名将会被印到用他们磨出来的面粉制作的面包的包装纸上。他们得这样工作二十六周，才算付清了玛莎·科克伦征收的行政罚款。之后，他们会被送回大陆，此时一批受到更加严格的合同条款约束的下萨彻姆村的新走私犯已经训练到位。

这会管用的。岛国上的一切都按部就班地运转着，因为不允许出现任何意外。岛国的各种运作框架都很简单，接下来只要秉持行动原则：你靠实践来实现它。因此这里不会出现什么犯罪（除了此类意外），也就不需要司法系统，也没有监狱——至少没有真正的监狱。没有政府——只有一位被剥夺了特权的总督——因此也就没有选举，没有政客。除了皮特科公司的律师们，没有别的律师。除了皮特科公司的经济学家们，没有别的经济学家。除了皮特科公司的历史，也没有别的历史。谁能猜到呢，当他们在曾经的皮特曼大厦里瞪着指挥台上摊开的地图，开着关于糟糕卡布奇诺咖啡的玩笑时，他们一眨眼创造出了什么？一片供需关系井然有序的土地，一个足以令亚当·斯密心满意足的理想国。一座和平王国，在这里财富被源源不断地创造出来：不管是哲学家还是小市民，谁还能奢望更多？

❉ ❉ ❉

没准它真的是一个和平王国，一种新的国家，一份未来的蓝图。要是世界银行和国际货币基金组织都这么想，那你自己的公共宣传里又何必否认这些呢？《泰晤士报》的电子版和传统版读者都注意到了赞叹岛国完美无瑕的新闻，注意到了关于更广阔世界的好坏参半的新闻，以及关于老英格兰的没完没了的负面新闻。从各种角度而言，后者都一落千丈，已经沦为一个经济和道德的垃圾坑。它的人口数量日益衰减，百姓们执迷不悟地拒绝着第三个千年那些确定无疑的真理，他们继续低效、贫穷、罪恶地生活着；沮丧和妒忌显然充任了他们的主要情绪。

与此同时，在岛国，一种光明、现代的爱国主义正迅速崛起：它并非基于大征服故事和情绪化的宣讲，而是由于，按照杰克爵士也许会用的说法，一种此时、此地、充满魔力的爱国主义。他们为何不该因为自己的成就而心潮起伏呢？世界其他地方都已经为它折服。这种全新的爱国主义促成了一种自豪的新岛国性格。独立之后头几个月内，面对着法律威胁和关于封锁的传闻，岛民们得壮着胆子才敢悄悄搭乘渡轮去迪耶普，行政人员也是冒着风险坐皮特科公司的直升机闯过索伦特海峡。不过以上行动都很快被证明是错误的：它们既非爱国之举，还毫无意义。何必去偷偷窥视那些社会压力呢？为何要到人们因为昨日、前日和之前，因为历史而负担重重的地方去考察呢？在这里，在岛国，他们学会了如何对付历史，如何将它轻松地抛到身后，迎着拂面清风，大踏步走上坦途。轻装上阵：背包客如此，国家又何尝不应当如此？

玛莎和保罗在皮特曼大厦（二代）工作的地方隔着50英尺远，而他们的空闲时间——一些时候很美好，一些时候却并不——则在皮特科公司的一套行政公寓里度过，那里可以纵观英吉利海峡（地图上仍如此称呼它）的风光。有人认为这片水域需要重新命名，或者干脆重新定位。

“这一周够糟的？”保罗问。这无非是一句习惯性的问候，因为他知道她的所有工作机密。

“哦，一般般吧。给英国国王拉皮条。试图解雇马克斯博士，没能成功。还有那件走私犯的事，至少我们把它给控制住了。”

“我来帮你解——解——解聘马克斯博士。”保罗声音很激动。

“不，我们需要他。”

“怎么会？你自己都说没人去找他。没人想听马克斯博士的那些老历史啦。”

“他是一个纯洁的人。我觉得他可能是整座岛上唯一一个纯洁的人。”

“玛——莎。我们是在讨论同一个人吗？做电视的——或者不如说，之前做电视的那个家伙——那个匹诺曹，说话假模假样，整天装腔作势。你说他是个纯洁的人？”

“是的。”玛莎坚定地回答。

“好吧好吧，作为玛莎·科克伦的非正式的金点子捕捉者，我谨记录下她的意见：马克斯博士是一位纯洁的人。日期，存档完毕。”

玛莎沉默了一阵。“你想念你的老行当了吗？”她话里的意思还包括：想念你从前的老板，还有我出现之前的一切？

“是啊。”保罗简洁地回答。

玛莎等待着。她故意不开口。现在她几乎是敦促保罗去说一些会令她更看低他的话。这是出于单纯的任性呢，还是她真的希望他们的关系早日终结？为何与保罗度过的两年，有时感觉像是二十年？

因此，听到他又开了口，她的一部分得到了满足：“我仍旧觉得杰克爵士是个伟人。”

“弑父的负罪感吗？”

保罗紧抿双唇，垂下眼睛不看她，他的语气听起来有点迂，同时很尖锐：“有时候聪明反被聪明误，玛莎。杰克爵士是个伟人。自始至终，这整个项目都是他的主意。谁才是真正付你薪水的人呢？你其实是靠他供养的。”

聪明反被聪明误。玛莎仿佛回到了童年。你在耍小聪明吗？别忘了，玩世不恭会让你变成孤家寡人。她看着对面的保罗，想起她第一次注意到他时，他坐立不安的样子。“好吧，也许马克斯博士不是这岛上唯一一个纯洁的人。”

“别这样哄我，玛莎。”

“我没有。这是一种我喜欢的品质。现在这种品质太稀缺了。”

“你还是在哄我。”

“而且杰克爵士也确实是一个了不起的人。”

“我操，玛莎。”

“欢迎之至。”

“真是谢谢你啊，今晚我还是算了。”

换个时候，也许她就会被保罗谦逊有礼的习惯打动了。我恨你，要是你可以允许我这么说的话。去死吧，你这头该死的母牛，请原谅我的措辞。但是今晚不是。

之后，在床上，保罗一边假装睡着，一边脑中奔涌着一些他无法拒斥的想法。你让我背叛杰克爵士，现在你又背叛了我。你不再爱我了，或者是不再那么爱我了，或者是不喜欢我了。你让事情变得真实。但仅仅是真实一阵儿。现在又回到从前的老样子了。

玛莎也假装自己睡着了。她知道保罗醒着，但她的身心都不在他那里。她躺着思索自己的人生。她以一如既往的方式进行这件事：漫无目的，带着指责，温柔地，反思地。工作时，要作决策或者要解决难题时，她的头脑总是无比清晰、条理分明，必要时还会充满嘲讽。夜里，这些品质似乎都烟消云散了。为什么她解决英国国王的问题远比解决自己的问题容易得多？

而且，为什么她要如此为难保罗？是因为对自己失望吗？现在，他的逆来顺受似乎总会激怒她。她想要戳他，把他从它里面逼出来。不，不是从“它”里面，而是从他本人里面逼出来——就好像（尽管事实截然相反）里面藏着一个完全不同的人似的。她知道这样没用。试试工作时的逻辑，玛莎。要是你把一个逆来顺受的人惹毛了，会得到什么结果？一个从前逆来顺受，现在焦躁不安，很快又会变回逆来顺受的人。有什么意义呢？

她也知道，其实正是这种温顺，这种自我的匮乏——她现在将之重新命名为逆来顺受——曾经是他的魅力之一。她曾经以为……以为什么呢，说实话？她（现在）认为，她（曾经）以为，保罗是一个不会试图将自己的意志强加于她的人（好吧，确实如此），他会让她保持自我。她真这么想过吗，或者说这是最近才想到的？不管怎样吧，反正其实并非如此。“保持自我”——人们都这么说，但他们其实言不由衷。他们真正的意思是——她真正的意思是——“成为自我”，不管那会是什么，也不管以什么方式，总之，那是他们真正的目标。真相难道不是玛莎其实一直希望保罗的存在能够成为刺激心灵成长的激素吗？乖乖给我坐到沙发上，保罗，冲着我放射你的爱吧，然后我就会变成我一直想要变成的那个成熟睿智的人。你还能变得更自以为是，更幼稚一点吗？或者，就此而言，变得更逆来顺受些？谁说人类总归会成熟？没准他们只会变老。

她的思维跳跃着，闪回到童年，最近她经常这样。妈妈曾经展示给她看西红柿是如何成熟的。或者说，你如何让西红柿成熟。那是个冰冷潮湿的夏天，等到西红柿的叶子都像墙纸一样卷起来了，马上要霜降时，西红柿茎上的果实还是青的。妈妈把这些植株分成两部分。一部分任其生长，自然成熟。另一部分摘下来放到一个碗里，再在碗里放进一根香蕉。几天后，碗里的西红柿就可以吃了，而自然生长的西红柿还很青涩，只能用来做绿西红柿酸酱。玛莎问妈妈为什么会这样。妈妈说："事情就是这样。"

是的，玛莎，但保罗可不是一根香蕉，你也不是一磅[1]西红柿啊。

那是项目的错咯？马克斯博士曾经指出，它将一切简单化了，从而使一切变得粗糙——这是有腐蚀性的吗？不对，责备工作，就像责备父母一样，玛莎。二十五岁之后就不该如此了。

那是因为性爱不完美吗？保罗很用心，他会轻拍她的胳膊内侧（以及其他地方）直到她敏感地叫出声，他学会了说她在床上想听到的那些话。但这些都不是卡尔卡松，按照她的私人密码的说法。可是，这难道很奇怪吗？卡尔卡松是可遇不可求的：它的亮点就在于此。你不可能不断回到那里，妄想再找到一个完美伴侣，再遇到一场埃尔·格列柯式的暴风雨。就连老埃米尔都不会那么想。所以也许并不是性爱的问题。

你总可以责怪自己运气不好，玛莎。你不能责怪自己的父母，你不能责怪杰克爵士和他的项目，不能责怪保罗，或者他的哪一个前任，你不能责怪英格兰的历史。那还有什么可责怪的呢，玛莎？只能

1.英美制质量或重量单位，1磅约为0.45千克。

怪你自己和运气。今晚就放过你自己吧，玛莎。怪运气吧。你生来没有变成西红柿，纯粹是运气不好。不然事情早就简单多啦。你所需要的，只是一根香蕉而已。

＊＊＊

一个暴风雨之夜，西风掀起巨浪，星星隐匿行踪，大雨倾盆而下，一群来自尼德尔斯附近一座村庄的造船工人站在海边，他们冲着补给船挥舞着灯笼。这些船中的一艘误以为前方的光是港口酒吧的灯光，因此改变了航向。

过了几个晚上，一架运输机报告，它即将降落在丁尼生二号机场的时候，看到右舷半英里外，出现了另一排若隐若现的着陆指引灯。

玛莎注意到了这些细节，命令泰德·瓦格斯塔夫加以调查，不过玛莎等了一会儿，他也没动。“好了，泰德？还有别的事吗？”

“夫人。”

“是安保工作，还是客服工作？”

“关于客服工作我觉得我应该提一下，科克伦小姐，以防万一。我的意思是，这跟丹妮丝王后和健身教练那回不一样，你说过那类事情我不要干涉。”

“我没有那么说，泰德。只是说那件事并不是叛国。他们最多只是违背合同规定而已。”

“不错。”

“这回是谁呢？”

“是那个约翰逊博士，那个在柴郡奶酪酒吧和游客们一起用晚餐的家伙。大块头，看起来笨乎乎的，戴着软绵绵的假发的那个。要是你想听我的意见的话，他真是够邋遢的。”

“是的，泰德，我知道约翰逊博士是哪一位。”

“好吧，我收到了一些游客们对他的抱怨。有正式的，也有非正式的。”

“什么样的抱怨？”

“他们说他是个令人沮丧的餐桌伙伴。一点也不奇怪吧，呃？那个讨厌的混蛋，很多人不知道他们为什么要跟他一起吃晚饭。”

“谢谢你，泰德。把报告给我好了。”

她召唤约翰逊博士3点到她办公室来，但他5点才到，被引进玛莎的办公室时还在嘟嘟囔囔的。他是个笨拙又肌肉发达的家伙，脸颊上有深深的伤疤，进来后眼睛几乎不看她。他嘴里一直嘟囔着，胡乱地做出几个滑稽的手势，然后在未经邀请的情况下，大模大样地坐上了椅子。玛莎参加过他的面试，也参加过柴郡奶酪酒吧大获成功的排演，现在这种变化令她颇为吃惊。他们雇用他时信心满满。这位演员——她记不得他的名字了——多年来一直在各地巡演，表演一部叫“中世纪英格兰圣人”的独角戏，对于如何扮演智者他早就烂熟于心。项目组在建造柴郡奶酪酒吧时甚至还请教过他，而且在设计酒吧伴饮团队的时候，还增加了鲍斯韦尔、雷诺兹、加里克几名角色，好让博士不必独自承担应对游客的压力。项目开发组还设置了一位博览群书的小丑，他随时准备作出殷勤提示，以激发这位文坛巨匠的智慧火花。因此，精心策划的晚餐项目将在约翰逊式独白、同时代人之间的巧妙对答，以及这位出色的博士和他的现代客人的跨世纪交流之中展开。他们甚至还巧妙地编排了一段小对答，以含蓄地宣传小岛项目。在这段小对答开始时，鲍斯韦尔会把话题引到约翰逊的旅行上，问他："'巨人之路'[1]难道不值得一看吗？"约翰逊会回答："值得一看？是啊，但是不值得千里迢迢跑过去看呀。"这段对答通常总能逗得对讽刺之语比较敏感的游客们会心地哈哈大笑起来。

玛莎·科克伦浏览着电脑档案，文档总结了几点针对约翰逊的投诉内容。游客们抱怨他衣着不整，散发着臭味；说他吃饭时像野兽一样狼吞虎咽，速度飞快，弄得有的人为了跟上他的节奏最后得了消化不良；说与他交流时，他要么盛气凌人地把持话题，要么就安安静静，完全不理人；说有好几次，他话说了一半，突然弯腰，扯掉了身旁女士的鞋子；说他是个令人沮丧的餐桌伙伴；说他对许多游客的祖国发表了不敬的种族主义言论；说他被追问时会暴躁发火；说不管他的谈话多么睿智精彩，听众们都会被他说话时伴随的哮喘声和他在椅子上不停晃来晃去的动作分散了注意。

"约翰逊博士，"玛莎说，"我们收到一些关于你的投诉。"她抬起头，不过她的雇员置若罔闻。他庞大的身躯扭来扭去，嘴里嘟囔着类似《主祷文》里的句子。"他们投诉你对那些共享晚餐的人缺乏礼貌。"

约翰逊博士动了动身子。"我愿意热爱全人类，"他回答道，"除

1. 北爱尔兰著名景点，在大西洋岸边，是一段由数万根大小不均匀的玄武岩石柱聚集成的绵延数千米的堤道，被视为世界自然奇迹。

了美国佬。”

“我想这是一种不合时宜的偏见，”玛莎说，“因为我们这儿百分之三十五的游客都是美国人。”她等待回答，但是约翰逊显然忘了他好辩的品性。“你有什么地方不满意吗？”

“我从父亲那里继承了糟糕的忧郁性格。”他回答。

“二十五岁之后你就不能再因为任何事而谴责父母了。”玛莎飞快地答道，好像在宣读公司规定一样。

约翰逊猛地喘了口气，发出哮喘的啸声，冲她怒吼道：“愚蠢的没头脑女孩！”

“你对工作伙伴不满意吗？有什么冲突吗？你和鲍斯韦尔相处得如何？”

“他挺合格的。”他阴郁地说。

“那么，也许，是吃的不行吗？”

“糟糕透顶。”博士猛摇头道，下巴上的肉跟着颤了一下。“这里的家禽家畜实在是养得糟、杀得糟、做得糟，连最后上菜摆盘都很糟。”

玛莎思忖道，这些话若不是为了涨工资和提待遇作铺垫，那就完全是夸大其词吧。“我们说重点吧，”她说，“我这里满满一屏幕都是对你的投诉。比如说，这位来自巴黎的丹尼埃尔先生。他说他花钱购买了额外的晚餐服务，希望能听你说一些英国传统的高级风趣话，但是你整晚只说了十个字不到，并且没一个值得回味。”

约翰逊坐在椅子上转了一圈，边大口喘气，边哼着鼻子。“法国佬不管知不知道，都永远说个没完。英国人呢，如果无话可说，就保持沉默。”

“理论上是不错，”玛莎回答，“但我们付钱给你可不是为了这个。”她继续道：“还有阿姆斯特丹的沙克尔先生，他说，上个月二十号的晚餐期间，他问了你一些问题，可你一个字也没回答。”

“提问并非绅士间的交谈方式。”约翰逊极其不屑地答道。

说真的，这么谈下去没有任何用处。玛莎调出约翰逊博士的雇佣合同。显然：冰冻三尺非一日之寒。这位演员，不管他本名叫什么，总之他早就单方面自我更名为塞缪尔·约翰逊了。他们雇了“塞缪尔·约翰逊”来扮演塞缪尔·约翰逊。没准问题就出在这里。

突然，一阵扭动，一阵抓挠，一声嘟囔，然后砰的一声，约翰逊跪在了地上，他从桌子底下伸过手来，笨拙而精确地一拽，扯下了玛莎右脚的鞋子。她吃了一惊，越过桌面瞪着他脏兮兮的假发。

“你在做什么？”她惊呼道。不过他置若罔闻地盯着她的脚，兀自咕哝着。她听出其中一句话是：“……不叫我们遇见试探，救我们脱离凶恶……”

“约翰逊博士，先生！”

她尖锐的叫喊让他从迷幻中醒了过来。他爬起来，摇摇晃晃，喘着粗气站在她面前。

“约翰逊博士，你必须振作起来。”

“唉，要是必须这样，夫人，那我别无选择。”

“你不明白合同是什么意思吗？”

“完全明白，夫人。”约翰逊回答道，他的精神突然集中了起来，“首先，它是双方确立关系的字据；其次，它是证明一个男人和一个女人结为夫妻的法律凭证；第三，它是一种明确交易条款的文件。”

玛莎吃了一惊。“说得没错，”她说，“现在呢，你必须承认，你的……情绪问题，或者忧郁，不管我们怎么称呼它吧，会给那些与你共进晚餐的人带来不适。”

“夫人，你不可能只享受西印度群岛的温暖阳光，而不必忍受它的暴风雨、闪电和地震。”

说真的，她怎样才能跟这个家伙说清楚？她听说过什么体验派表演法，不过这是她至今遇到过的最棘手的问题。

“我们雇用约翰逊博士的时候……”她解释道，旋即又住了口。他的身体如此庞大，那巨大的影子仿佛完全罩住了她的办公桌。“我们雇用你的时候……”不，这种说法也不对。她不再是一位首席执行官，或者一个女生意人，甚至也不再是这个时代的人了。她正在与另一个人类寂然相对。她感到一种陌生的、单纯的痛苦。“约翰逊博士，”她说，一边打量着他衣服上那排大大的纽扣，纽扣之上的白领巾，接着是他那张宽阔的伤疤满布的痛楚的脸，不由自主地让声音温柔了些，“我们希望你做‘约翰逊博士’，你明白吗？”

“当我审视我的往昔，”他回答道，目光涣散地看着她身后的墙，“我发现自己一无是处，每日虚度时光，身体欠佳，头脑混乱，有时近乎疯狂，唯愿我主宽宏大量，原谅我的许多错误，宽宥我的各种不足。”他像一个戴着脚镣的人一样，蹒跚地走出玛莎的办公室。

“约翰逊博士。”他停下来，转过身。她站在办公桌后头，一只脚光着，一只脚穿着鞋，感觉身体不太平衡。她觉得自己变成了一个面对陌生世界、孤独无助的女孩。约翰逊博士不仅比她年长了两个世纪，同时也比她睿智了两个世纪。她发现自己毫不羞愧地问道："那么爱是怎么回事呢，阁下？"

他皱起眉头，一只手横过来按在心口。"说真的，再也没有比与一位可爱的女士共度此生这种事更能诱人失去理智的了；要是一个恋爱之人的所有幻想都能实现，我想不会再有任何别的俗世欢乐值得追求。"

他的双眼好像又找到了焦点，他的视线落在了她身上。玛莎感觉自己脸红了。这真荒谬。她已经有很多年不曾脸红了。然而这感觉又并不荒谬。

"可是？"

"可是爱情和婚姻是不同的状态。那些要一起患难，而且要为了彼此的缘故经常患难的人，很快就会失去脸上的温柔和内心的柔情，而它们只诞生于毫无杂质的欢愉和持续不断的快乐中。"

玛莎踢掉另一只脚上的鞋，站稳了，看着他。"所以爱毫无希望，永远不可能持久吗？"

"我们能肯定，一个女人不会永远美丽，我们不能肯定的是她能否永远贞洁。"玛莎垂下眼睛，好像她的放荡隔了几个世纪都被看穿了。"男人可以表现得恭敬忠诚来取悦女人一天，一个月，但是不可能长久一生。"

言罢，约翰逊博士蹒跚地出了门。

玛莎感觉一败涂地：她根本没对他施加什么影响，他表现得好像他才是真的，她反倒是个假扮者。同时，她觉得头昏目眩、轻松冷静，好像经过长久的寻找，终于找到了志同道合的同类。

她坐下来，穿上鞋子，又变回首席执行官。逻辑感恢复了。当然他得走人。换了这个世界上的其他任何地方，他们说不定早就要面对数百万美元的索赔了：性骚扰、种族歧视、没能令客户欢笑的违约行为，以及天晓得还有的恶劣行为。谢天谢地，岛国法律——换言之，行政决策——不承认游客们和皮特科公司之间有什么特别约定；相反，合理的投诉将在临时协议基础上得到处理，通常是用经济补偿来换取对方沉默。老皮特曼大厦的堵嘴法则依然行之有效。

他们应该雇用一位新的“约翰逊”吗？或者重新安排晚餐的服务项目，换一位陪同者？和奥斯卡·王尔德共度一夜？显然不妥。诺埃尔·考沃德[1]呢？一样的问题。萧伯纳？唉，著名的暴露狂和素食主义者。要是他在餐桌上突然开始宣讲这些怎么办？想想都受不了。老英格兰难道就没有诞生过一位……正常的智者吗？

❇ ❇ ❇

杰克爵士被排斥在行政会议之外，不过被允许象征性地出席董事会的每月例会。到时，他会穿上总督制服：带穗的三角帽，活像金发刷一样的肩章，像打结马尾一样粗的绶带，一长排自我授予的勋章，一根夹在腋窝下的骨雕轻便手杖，还有一柄挂在膝盖一侧的剑。在玛莎看来，这身制服并没有什么权威感，一丝政变军人执政团的味道也没有；它那种喜剧式夸张只能表明，总督现如今已经接受了自己

1. 诺埃尔·考沃德（1899—1973），英国剧作家、演员、作曲家、歌手，以擅长说诙谐妙语闻名。

作为一个歌剧角色的身份。

玛莎和保罗发动“政变”之后头几个月，杰克爵士仍旧保持着大忙人的做派，经常在董事会上姗姗来迟；不过他发现，他到时，会已经开到一半，只留给他一个带着羞辱性的靠边座位。他会尝试走来走去，长篇大论地发言，以此来强调自己的存在，甚至还会对某些具体的个人发出像模像样的指示。不过当他在桌子四周逡巡时，看到的都是无礼的后脑勺。那些畏惧的眼睛，那些跟着转的脑袋，那些恭维地刮擦着的钢笔声和轻轻叩击手提电脑的声响都到哪儿去了？他仍像凯瑟琳之轮一样迸射出各种点子，但是这些火花现在纷纷跌落在了石地上。他渐渐变得沉默，选择保留自己的意见。

玛莎坐到她的座位上，她注意到杰克爵士身边出现了一个陌生人。不，在他“身边”是个不准确的说法：杰克爵士身躯庞大、衣饰夸张，那人更像是躲在他的阴影里。好吧，在总督大人从前那些狂妄的想象中，确实曾把他自个儿比作一棵为人遮阴挡雨的大橡树。今天他为之挡雨的是一枚小蘑菇：那人穿着浅灰色的意大利式西服，白衬衫的扣子扣到了下巴，圆脑袋上是剪得很短的灰发。完全是20世纪90年代中期的那一套打扮，甚至那副眼镜也是那个年代的。没准他是那些大投资者中的一员，他们仍被盛情款待，却迟早得明白他的第一张分红支票十有八九得直接由他的曾孙辈来领取了。

“我的朋友杰里·巴特森。”杰克爵士似乎在专门冲着玛莎介绍道。“真抱歉，”他困窘地摇头补充道，“现如今应该是杰里爵士了。”

杰里·巴特森。来自卡伯特-阿尔贝塔齐暨巴特森公司的那人，认同地轻轻一笑，肯定了这个介绍。他看起来几乎不引人注目，只默默地、淡然地坐在那里，像喧嚣河流中的一块卵石，像一串静止的风铃。

“很抱歉，”玛莎说，“我不清楚您在这里的身份是什么。”

杰里·巴特森知道自己不必亲自解释。杰克爵士站起身，勋章愤怒地叮当乱响。他的形象没准是轻歌剧风的，但是他念白的语气却是瓦格纳式的，把在座的一些人仿佛又带回了曾经的皮特曼大厦。“杰里的身份，科克伦小姐，杰里的身份，在于他想出了，帮助想出了，在帮忙设计出这整个该死的项目中起到了至关重要的作用。在某种意义上是这样的。保罗可以作证。”

玛莎转向保罗。令她吃惊的是，他毫不退让地与她对视着。“这是在你来之前的事。杰里爵士是项目最初开发阶段的核心。有记录证明。”

“我相信我们对此都感激不尽。但我还是想问：此刻，他在这里的身份是什么呢？”

杰里·巴特森表情平和、一言不发地举起双手，轻轻地站起来，好像没有扯动身上的任何一块肌肉，冲着玛莎几乎非常轻微地点了点头，离开了房间。

“无礼啊，”杰克爵士评论道，“越来越无礼啦。”

那天晚上，总督换上朴素的军便服袍子，系着军用皮带，套着鞋罩，坐在杰里爵士对面，一只手里抓着个酒瓶。他空着的那只手懒洋洋地朝他简朴的起居室挥了挥。这间房有五扇窗，外面是崖顶风光，不过她偷走了他的巴伐利亚壁炉，而他的布朗库西的雕塑现在不得不缩在鸡尾酒柜边，看起来面目狰狞。“这活像让一个舰队元帅住在见习军官的宿舍里,”他抱怨道,“羞辱啊,越来越多的羞辱。”

“阿马尼亚克酒还是不错的。”

“这是我的合同里明确规定的。”杰克爵士的语气一时含混起来,既为他自己取得这样一条条款而骄傲,又为了自己不得不争取这种事情而悲哀。“现在该死的合同规定了一切。现在的世界就是这样。杰里,我恐怕,大海盗时代已经一去不复返了。我们已经变成恐龙了。用实践它来实现它,过去这一直是我的座右铭。现在却变成了除非有巫医、市场调查员和专题小组跟着,否则你就别想行动。勇气何在?天赋何在?胆识何在?再见咯,你们这些商业冒险家们——这可不就是令人忧伤的真相吗?”

“也是一说。”巴特森一直知道,不咸不淡比积极回应更能督促杰克爵士说到点子上。

“可你知道我的意思吗?”

“明白。”

“关于她。关于…… 夫人。她任其自流。不再盯着球。[1]女人完全没有眼光。当她…… 当我指派她为首席执行官时,我承认我曾心存希望。希望一个不再年轻的男人”——杰克爵士举起一只手,挡住其实并没有出现的抗议之语——“没准可以让自己的老骨头歇一歇了,退居幕后,给年轻的血液让路,诸如此类。”

“但是。”

“但是,我有消息来源。听说发生了一些有威信的管理者不会任

1.这里杰克爵士把玛莎比喻为不认真的足球运动员。上场比赛后,却不专注于目标。

其发生的事。我试图警告她。可你亲眼看到了，我在董事会上遭到的傲慢对待。有时候我感觉我的伟大项目因为妒忌和恶意正在遭到破坏。这种时候，我承认，我就会自责。我谦卑地承认这一点。”他抬头看看巴特森，后者面无表情，这表明他的这位友人也许勉为其难地同意了他的自我谴责；或者另一方面，在进一步思考之后，他也许又不会同意。“而且皮特科公司起草的劳务合同在某些方面是有问题的。这些玩意儿并不像它们看起来那样有效。”

杰里·巴特森轻轻动了动，这也许可以等同于一个点头。这么说杰克爵士的商业哲学出现了一个瑕疵。你采取行动来行动——除了你没有行动的时候。也许是因为你不能。最后，杰里嘟囔道：“这问题在于，我们想要排除什么，吸纳什么。加上决定因素。”

杰克爵士发出一声沉重的叹息，吞下他的阿马尼亚克酒。他为什么总是不得不和巴特森携手合作？这家伙够聪明，毫无疑问，一分价钱一分货嘛。不过在想开展充满男性魄力、针锋相对的讨论时，他可不是个让人满意的选择。他要么像姜饼一样沉默不语，要么像参加研讨会的学者一样说个没完。好吧，一针见血了。

“杰里，你有个新账户了。”他恰到好处地停顿了一下，好让巴特森自乱阵脚。“我知道，我知道，希尔维奥和鲍勃处理所有新账户。你也许会说他们本身的存在就缺乏真实性，更别说他们在海峡群岛的银行账户了，但在这件事上，他们干得真漂亮。”

巴特森微笑地承认了，甚至轻笑出声。也许这个老混蛋还没有丧失他的各种人脉。他是一直以来都心知肚明却佯装不知，还是闲下来以后才发现的？杰里不会问，因为他知道杰克爵士也未必会告诉他实话。

“所以，”总督总结道，“试探和前戏已经够了吧。你有一个客户了。”

“这个客户希望我发散思维，把梦做大吗？”

杰克爵士没接这个茬，也没理会它所暗示的回忆。“不。这个客户要求行动。这个客户面临一个大麻烦。两个字，开头是‘婊’，结尾是‘子’。你得找到解决方案。”

“解决方案，”杰里·巴特森重复道，“你知道，我有时候觉得我们这个国家最擅长的就是这个了。我们英国人以实用主义闻名，这是非常恰当的，不过只有在解决问题上才能真正展现这种天分。告诉你我最喜欢的历史时刻吧。安妮女王之死。她一辈子生下了十七个还是多少个孩子，可她死后，却依然发生了继承权危机。没有一个小孩活了下来。议会想要——需要——另一名新教徒来继承王位。大麻烦。巨大的麻烦啊。从继承顺位来看，所有有资格的人都要么是天主教徒，要么是与天主教徒联姻了——在当时，这和身为天主教徒一样糟。所以议会是怎么做的呢？他们越过了五十位——不止五十位——有最好、更好和较好的继承理由的完美皇室成员，挑了一个汉诺威家族的无名小卒，那是个榆木疙瘩，一句英语都不会说，但他却是个彻头彻尾的新教徒。然后他们把他当作来自大洋对岸的救世主，推销给了这个国家。精彩啊。纯粹的市场行为。过了这么长时间，这种智慧仍旧令人惊叹。太妙了！”

杰克爵士清了清嗓子，结束了这个插曲。“与如此高端的事例相比，我想，你会发现我的麻烦简直不值一提。”

* * *

玛莎所受的一切训练都告诉她，应该将约翰逊的退化视为一个纯粹的行政问题来对待。一位违反了合约的雇员：开除，送上最近一班开走的船，从档案里的潜在劳动力大军中迅速找到一位接替者。公开惩罚，比如像对走私犯那样，是不合适的。所以按章办事就得了。

不过她的内心仍在抗拒。项目的管理规定是硬性的。要么你干活，要么你病了。如果你病了，可以转去迪耶普医院。但他的症状算是生病吗？或者是因为其他什么极其不同的原因：比如历史？她不确定。至于在把“约翰逊博士”的保护性引号剥去，让他变成了约翰逊博士，让他变得不堪一击这一事实上，岛国虽不乏责任，但并不是主要原因。他俯身冲着她又喘气又嘟囔那会儿，她突然明白的真相是，他的痛苦是真实的。他的痛苦是真实的，是因为它来自与世界的真实接触。玛莎意识到这个结论会让一些人——比如保罗肯定就会——觉得不正常，甚至疯狂；不过这是她真切的感受。他扯下她的鞋子，又急忙赎罪似的念起《主祷文》的模样；他忏悔自己的不正常与缺陷，他祈求获得救赎和宽宥时的模样。不管为什么要让她看到这一幕吧，她看到的都是一个孤独的生物，畏惧着与世界的赤裸相触。她最后一次看到——或者说感觉到类似的事情，是在什么时候？

圣阿尔德温教堂的所在地，是岛上少数尚未被项目征用的区域之一，现在这儿已经杂草丛生。这是她第三次到这里。她有钥匙，但其实这座被灌木淹没的建筑并没有上锁，里面空荡荡的，毫无人气。

教堂里弥漫着一股霉腐味，这里已不是什么舒适的庇护所，现在倒像是外面湿冷空气扩张后的聚集地。纳纱绣跪垫摸起来潮乎乎的，泛黄的赞美诗书页有一股二手书店的味道，甚至连费力穿透维多利亚时代的玻璃窗投进来的日光也都变得有些潮湿了。她待在这里，活像一条生活在缸底铺着石头、四面长着绿苔的水缸里的小鱼，好奇地到处游动。

这座教堂吸引她并不是因为美：它比例一般，外观平凡无奇，甚至没什么古怪之处。这是好事，因为这样一来，她得以纯粹地直面这幢建筑的本质。她像前几次来时一样，打量着始自13世纪的一系列教区长的名字。教区长和牧师——或者助理牧师，或者堂区长——之间究竟有什么区别呢？她记不清了，正如记不清信仰的其他微妙复杂之处一样。她的脚摩擦在不平整的地面上，这里很久以前曾有一座大铜像，后来被搬到哪家博物馆去变成世俗展品了。同样的一组赞美诗序号像上次来访时一样俯视着她，仿佛是博彩业中一串永恒的必胜数字组合。她想到了在这里一代代地唱着同样的赞美诗、有着同样的信仰的村民们。现在赞美诗和村民们都消失了，就像被斯大林的部队清扫过一样。她想起她和保罗初遇时，他说到的那个作曲家——他们没准应该把他派到这里来谱写一些新的赞美诗，创造一些真正的虔信呢。

活人都被赶走了，死者却没有：他们值得信任。安妮·波特，乡绅托马斯·波特的爱妻，也是他的五个葬在附近的孩子伊斯特、威廉、本尼迪克特、乔治安娜和西蒙的母亲。步兵少尉罗伯特·提摩西·佩提格罗，1849年2月23日在孟加拉湾死于热病，时年十七岁零八个月。皇家汉普郡军团的二等兵詹姆士·特罗古德和威廉·佩提，两天内先后牺牲于索姆河战役中。古力慕斯·特伦提纳斯，1723年在拉丁美洲去世，死因不明，深深哀悼。克里斯蒂娜·玛格丽特·本森，曾慷慨捐赠，促成赫伯特·多基特1875年对本教堂的修复，其芳名的缩写被刻在一扇小小的拱形窗上，由枝叶花纹缠绕着。

玛莎不知为何带来了鲜花。她早该想到这里没有花瓶可插放，也没有水可以灌瓶。她把花束放在祭坛上，转身笨拙地在前排长椅上坐下。

因为棚架，花朵，玄妙，全是你的……

她温习了一遍早已忘记、直到听约翰逊博士的一句嘟囔才突然想起的儿时大作。现在它看起来再也不显得亵渎神圣了，这只是一段对仗的文字，一首另类的诗歌罢了。一个幻想出来的、可移动的棚架，意义等同于一座伫立在坚实地面上的潮湿的石头教堂。花呢，是一种天然的人类献祭，象征着我们转瞬即逝的生命——而她献上的花，没有花瓶安置，也无水供养，就更堪当此象征了。还有玄妙：一个让人可以接受的变体，甚至是对原存在的拔高。荣耀归于玄妙。好吧，没准呢，只要它是真的。

只要它是真的。学生生涯中，她恼怒的谴责和聪明的渎神都恰恰基于这个事实，这个结论：它并不是真的，而是人性对自己扯的一个巨大谎言。愿你的泔水倒在地上……她成年岁月里对宗教的一切短暂思考总是沿着同样的闭环展开：它不是真的，他们编造出了它，让我们比较容易接受死亡，他们发明了一个体系，然后用这个体系作为一种社会控制的手段，毫无疑问他们自己是相信它的，但他们还要把这信仰强加于人，宣称它为某种不容辩驳的东西，一个基本的社会真理，就像继承权或者白人男性不容辩驳的优越地位一样。

这就是辩论的结果吗，还是说明她不过是个糟糕的没头脑女孩罢了？要是这个体系崩溃了，要是坎特伯雷大主教变得比，比如说吧，马克斯博士，更不为人知、更无人相信，那么信仰会重获自由吗？要是果真如此，那它会变得更真实吗？“是”还是“不是”？是什么把她带到这里？她知道负面答案是什么：失望，年龄，对于人生竟如此空洞贫瘠的不满，或者至少是对她所尝试过或所选择的人生的不满。不过，还有些别的什么原因：一种几乎不乏嫉妒的淡淡好奇。他们知道些什么呢，这些她未来的同伴们，安妮·波特、提摩西·佩提格罗、詹姆士·特罗古德、威廉·佩提、古力慕斯·特伦提纳斯和克里斯蒂娜·玛格丽特·本森？比她知道得多还是少呢？一无所知？略知一二？还是无所不晓？

她回家时，保罗的态度非常轻松。他们吃着喝着，她觉得他又变得紧张、愤愤不平起来。好吧，她擅长等待。她观察着他，注意到有三次他开口想说什么，突然又换了话题。最后，他把一杯咖啡放在她面前，平静地说：“顺便问一句，你有外遇了吗？”

“没有。”玛莎宽慰地笑了，这惹恼了他，弄得他又正颜厉色起来。“好吧，那你也许是爱上了什么人，正在盘算外遇吧？”不，也没有。她去了一座废弃的教堂。不，之前，另外几次可疑的缺席，她也是去了那里。不，她没有在那里见什么人。不，她没有信起教来。

不，她去那里是想一个人待一阵儿。

他看起来几乎满脸失望。没准应该回答“没错，我在和某人约会了”，那样会容易得多，也聪明得多吧。那样就可以解释他们之间日益滋生的无趣和疏远了。约翰逊博士的说法当然更高明：他们失去了曾经温柔的模样，曾经满怀柔情的内心。是的，她本该回答说，谴责我吧。有的女人就懂得使用这种托词，有的男人也会。“我爱上了别人”，始终比“我不爱你了”，更能照顾对方的虚荣心吧。

之后，在黑暗中，她闭着眼睛，又看到那排大大的扣子，那截白领巾，还有那张宽阔痛苦的脸。是的，保罗，她本该这么说，我确实爱上了别人。一个总算是比我大的人。一个我可以想象自己爱上的人。我不会告诉你他的名字，你会笑的。这有点荒唐，不过他也不比我曾经试着爱过的一些男人荒唐到哪去。问题在于，你知道的，他并不存在。或者说他存在，可实际上他两个世纪以前已经死了。

这么回答，能让保罗感觉好些吗？

＊ ＊ ＊

泰德·瓦格斯塔夫站在玛莎的办公桌前，活像一位打算让法定节假日扫兴的天气预报播报员。

“出什么事了吗？”她鼓励地问。

“恐怕是的，科克伦小姐。”

“不过你会告诉我是怎么回事的吧。最好现在就说。”

“我很抱歉这次是罗宾汉和他的绿林好汉们。”

“天啊，不。”

那群好汉……别的人出了事故都可以视为小问题：养尊处优的雇员们变得自以为是，犯罪基因悄悄占了上风，始料未及的人性退步。性质估计和国王没准会愤恨地称为一点小乐子的那类事差不多。通过行政手段可以轻而易举地解决。不过罗宾汉和他的绿林好汉们可是这个项目的核心，游客的反馈也证明了这一点。这是一则重要传说，又在大量争论的基础上加以重新定位。侠盗团的成员组成经过极其谨慎的调整；故事中带有的冒犯性元素——对野生动物的原始态度，对红肉的过度消费——都被去除或者弱化了。一年到头，罗宾汉和他的伙伴们在广告上都占据着关键位置。他们曾经在杰夫的英格兰特质清单上名列第七，现如今在吸引游客的能力清单上排名第三，而且接下来六个月的档期都已经被预订一空。

几天前，玛莎刚刚通过监视屏查看过洞穴的情况，一切看起来很正常。椭圆形的岩石古坟颇有中世纪风味，回购的沙特橡木生长茂盛，裹着熊皮的人也活像一头熊。洞穴两侧是安静的队伍，游客们排队等待着看窥景窗。透过这些窗子，游客们可以仔细观察好汉们的家居生活：磨坊主的儿子马奇烤着杂粮面包；威尔·史考利在往红肿的皮肤上抹洋甘菊水；小约翰和另外几个和他差不多高的人在他们的微型营房里快活着。旅行团接下来会体验射箭练习（他们会被鼓励参与）以及参观烤肉坑，在那里塔克修士正往他的“牛”（如果有人问起的话，他会被告知那只是用蔬菜压制出来的“牛”，它上面那层滋滋响的“油”其实是越橘汁）身上浇烤肉汁。最后，游客们会被领到大看台，一位戴尖帽、挂铃铛的英国小丑将用历史悠久的讽刺表演让他们兴奋起来，为接下来的高潮暖场：高潮是一场激烈的战斗，或者说一场道义盛会，将在崇尚自由、要守护自由市场的好汉们与代表着腐败官僚体制、有高科技军队支持的邪恶诺丁汉郡长官之间展开。

罗宾汉和绿林好汉们不仅仅是小岛的自我形象的重要代表，他们的报酬也是雇员中最丰厚的。招聘人员在戏剧界里广纳贤才，好几位好汉扮演者都已经争取到了业绩提成。他们拥有奢侈的公寓，还有从斯德哥尔摩到首尔，分布全球的粉丝俱乐部。他们还有什么可抱怨的？

“说吧。”

“事情大概是一个月前开始的。当时我们认为那就是在耍性子。好好揍一顿就什么都解决了。”

是她越来越没有耐心了，还是泰德·瓦格斯塔夫的自我人格退化越来越严重了？

“说要紧的，泰德。”

“抱歉，科克伦小姐。好汉们说，他们不喜欢那牛。他们说它吃起来让人恶心。我们说，我们会想办法解决的。我们自己也尝了尝，是不好吃，不过也不算太难吃。我们说，看，需要你们从‘牛’上切下几片‘肉’，咂咂嘴，做出喜欢的样子的那场表演并不算太长，你们就不能假装一下吗，或者先咬在嘴里，回头吐掉不行吗？我们说会想办法解决。我们确实一直在想办法，科克伦小姐。我们想了两个方案。第一，从鲁昂空运一位法国大厨过来，看看有没有办法让这东西吃起来更像肉一点。第二，后退一步，重写剧本，让塔克修士变成一位糟糕的厨师，这样好汉们把食物直接吐掉就合情合理了。”

他看着玛莎，好像期待着她为创意喝彩，但玛莎只想听关键的内容。“但是？”

“但是紧接着我们就发现，从坑里冒出来的味道突然变得非常不同了，好汉们埋头大啃，也不再吐掉嘴里的东西了，而动物遗产公园里的长毛牛丁格尔失踪了。”

“可是他们位于岛相反的两面啊。”

“我知道。”

“所有动物不都带着电子标签吗？”

“我们找到了电子标签，还有丁格尔的耳朵，在它的畜栏里。”

“也就是说他们自个儿弄到了牛。还有什么？”

“他们偷走了一头德文郡羊、两只格洛斯特斑点猪和三只天鹅。接着上周他们弄走了斯塔克普尔纪念湖里的所有鸭子。事实在于，他们已经开始把我们送去的给养直接丢进垃圾箱了。他们开始自个儿狩猎食物了。”

“在我们的遗产公园里。”

“还有我们的老式英国农场，所有森林。这些混蛋好像要杀死所有用他们的箭能射到的东西。更别提他们从平房山谷的后花园里拔的蔬菜了。”

“只是食物问题吗？”

“根本不止这些，科克伦小姐。那位罗宾汉列了个单子，他抱怨的内容排下来和你的胳膊一样长。他说他的团队成员由各有所长的人充任，许多人的技能却用不到，这给他们的狩猎和战斗拖了后腿。他想要把他们换掉，换成他所谓的百分之百的战士。他说好汉帮要求获得更多的隐私权，打算在窥景窗上拉上帘子，不让所有人都能往里面看。是的，我知道您要说什么。他还表示队伍里有同性恋，破坏了良好的军队纪律。他说现在舞台上演的打斗毫无意义，干吗不给郡长官的人一笔额外赏金，让他们来抓好汉们，然后允许好汉们可以在任何地点伏击郡长官和他的部下，那样会有意思得多。还有，他的最后一项抱怨是，你得原谅我的用词啊，科克伦小姐。”

“没关系，泰德。”

“好吧，他说他的那东西长期不用，都快烂掉了，您让他跟一个女同性恋困在一道，他妈的您让他自个儿怎么搞？”

玛莎不可置信地看着泰德。她不确定她能不能绕过这个弯来。“不过…… 泰德…… 我是说，首先吧，那位梅德·玛丽安，她真名叫什么来着，瓦妮莎，我们直说了吧，罗宾汉所谓的同性恋，只是她在假扮的角色罢了。”

“我们掌握的情况是她确实是同性恋。我猜她没准是入戏太深了。更有可能的是，她拿这当借口，好躲开罗宾汉的进攻，是吧。”

“但是…… 我是说，不说别的，根据我记得的马克斯博士的历史报告，梅德·玛丽安没有和罗宾汉上过床吧。”

“嗯，没准是吧，科克伦小姐。目前的情况是，罗宾汉抱怨说，要是您原谅我的说法的话，这是他的原话：几个月都没打一炮，这对他是不公正也是不公平的，是对他男子气概的亵渎。”

玛莎突然有点想给马克斯博士打电话，跟他讲讲田园风的团伙在现代世界的表现。不过她没这么做，而是试图解决问题。“没错。他严重违约了。他们全都违约了。不过真正的问题不在这里。他在叛变，不是吗？反对项目，反对我们对传说的重新定位，反对任何一个来看他的游客。他是个……他是个……”

“该死的亡命之徒，小姐？”

玛莎微笑了。“谢谢你，泰德。”

罗宾汉叛变？真是没法想象。他们是核心。他们与岛上很多其他故事都有千丝万缕的联系。要是其他角色全都想起来这么干怎么办？要是国王决定真的要统治全岛；或者，说真的，要是布狄卡女王确信自己是来自某个新兴大陆王朝的新贵，怎么办？要是德国人决定要赢下不列颠之战怎么办？后果不堪设想。要是知更鸟们也决定它们不喜欢雪了怎么办？

* * *

“我们得谈谈。”玛莎说，旋即看到保罗表情凝重。这是一张面临讨论双方关系时男人充满抵触情绪的脸。玛莎想让他放心。没事啊，我们已经越过那个阶段啦，那个交流与不交流的阶段。我有很多话想说，却难以启齿，既然无论如何你都不想听，那干脆免谈为妙吧。

“是罗宾汉的事。”

她看到保罗的情绪放松了下来。他们谈起了要采取的行政措施、赢得游客信任和快速重新培训等细节，他变得更自如起来。他们同意这是对项目的重大威胁。他们同意这不是什么关税与消费税局可以解决的问题。保罗提议动用空军特勤团，他还建议宣布一个四十八小时的最后期限，还表示愿意充任与罗宾汉沟通的技术协调员，他说待会儿见，也许过很久才会再见，然后激动而轻快地离开了。

为了工作，他们可以很轻松地进行这种简短和谐的交流；在家里他们和彼此说话则十分礼貌克制。从前他说过她让他感觉真实。而她现在流泪，是为了过去的恭维，还是为了过去的真话呢？

有一些事，她永远也无法说出口：

——这一切并非他的错；

——尽管马克斯提出了历史怀疑论，但她还是相信幸福；

——她说“相信”的时候，意思是她认为这样一种状态是存在的，值得努力争取；

——追求幸福的人通常分成两类，一类总是在追求别人定义的幸福，另一类只追求自己定义的幸福；

——就道德而言，两种追求方式谈不上孰优孰劣；

——不过对她而言，幸福取决于你是否对自己保持真诚；

——忠于你的天性；

——也就是说，对你的内心保持真诚；

——不过主要的问题是，生命的核心困境在于你如何了解自己的内心？

——附带的问题则是，你如何了解自己的天性呢？

——大多数人根据自己的童年来断定天性：所以他们沉浸在对自我的回忆中，他们展示自己小时候的照片，用它们来描述那个天性；

——这里有一张她小时候的照片，噘着嘴巴，迎向阳光，皱着眉头：这是她的天性，还是说只是她母亲拙劣的照相技术所致？

——但是，要是这个天性也不比杰克爵士在乡间散步之后讽刺地形容的那个“自然”自然多少，那会怎样？

——因为要是你无法确定自己的天性，你获得幸福的概率就肯定要小很多啦；

——或者要是你的天性就像一片湿地一样，其布局始终神秘，其运行方式无法解释，那会怎样？

——尽管有着合适的条件，而且没有阻碍，尽管她觉得自己确实可能爱上了保罗，她还是没有感到幸福；

——起初她以为这也许是因为他让她厌烦了；

——或者他的爱让她厌烦了；

——但是她不确定（既然不知道自己的天性，又怎能确信呢？）是否真是如此；

——所以没准爱并不是她想要的答案；

——毕竟，正如马克斯博士也许会安慰她的，也许这种状态算不上多特别；

——或者也许是因为她的爱来得太迟，不足以让她摆脱孤独（如果你以此来测试爱情的话），不足以让她变得幸福；

——马克斯博士曾解释，中世纪的人们寻求的是救赎而不是幸福，这两个概念其实并不是彼此对立的；

——只不过后来的几个世纪，人们野心没那么大了；

——我们寻求幸福的时候，没准我们正在寻求的是某种低级的救赎，虽然我们不敢用这个名字来叫它；

——也许她的人生和约翰逊所谓的他的人生是一回事，都是对时间的虚度荒废；

——她在哪怕最低级的救赎上，都不曾取得多少进展；

——而这一切都不是他的错。

❉ ❉ ❉

对罗宾汉洞穴的袭击被秘密宣布为一场跨世纪的、绝无仅有的超级表演，仅对支付双倍票价的特别游客开放。傍晚6点时，U形大看台上已经人满为患，落日余晖笼罩着洞口，形成天然的聚光效果。

玛莎和执行委员会的人坐在看台后排高高的位置上。这是一次重大危机，也是对项目根本理念的一次重大挑战；但是同时，如果一切进展顺利，它又有可能催生一些有用的开发思路。休闲理论永远不应静止不前。她和保罗已经就是否引入非共时的历史元素展开了理论探讨。不过，说到这个，他在哪儿？毫无疑问还在后台完善罗宾汉的表演编排吧。

玛莎发现杰克爵士就坐在她旁边，不由心生烦躁。这并非一场仪式性的活动，完全不是。他找了什么人打通关系，坐到了马克斯博士的位置上？他的总督制服上是不是又多了一排他给自己颁发的新勋章？他像“快乐杰克”一样大大地咧着嘴转向她，诙谐地晃晃脑袋；她注意到他眉毛中的几绺灰毛变成了黑色。“我不想给你添乱，”他说，“但是我不想错过好戏啊。”

她没有理会。以前她可能会生气，现在无所谓了。管理控制才是关键。要是他想要什么诡计……哼，她可以把他的马车配马数量减半，撤销他合约中的阿马尼亚克酒的条款，或者像对长毛牛丁格尔一样给他挂上一个电子定位标签。杰克爵士已经过时啦。玛莎朝前俯身，专心看表演。

被聘为岛上的空军特勤团总管之前，麦克·“疯狂麦克”·麦克森上校曾是健身私教，还当过特技替身演员。他手下的特勤团成员曾经是体操运动员、保镖、安保人员和芭蕾舞者。他们都没有军事经验，不过这并不妨碍他们两周一次重演1980年伊朗大使馆人质解救事件，那需要的是敏捷的身手和高超的绳索技巧，以及在眩晕手榴弹爆炸时热烈精湛的演技。不过这是一次全新的考验，“疯狂麦克”在第一排观众席正前方一片匆忙推平的死角地带对手下训话时，感到了一种真正的职业性焦虑。不是针对结果：最后罗宾汉和绿林好汉们会配合的，就像伊朗大使馆的占领者们通常会做的那样。他焦虑的是由于缺乏演习，表演也许看起来不够真实。

就连他都知道，从军事角度而言，大白天对山洞口展开突袭实在荒唐之极。把罗宾汉一伙人弄出洞来的最好办法——也就是说，如果他们真的胡作非为了的话——应该是带着推弹杆和探照灯，趁着半夜从服务入口溜进去。但是，既然所有人都会乖乖配合，他相信还是可以把这场演出表演得相当漂亮的。

就像解救大使馆人质时一样，一个助听系统让观众们可以用耳机听到他们现场的对话。“疯狂麦克”解释了作战计划，用夸张的手势辅助着发言。两个战斗小组的人脸都涂成了黑色，一边装模作样地听着，一边继续各自作着准备：一个人磨着一把巨大的鲍伊猎刀，另一个人调整着眩晕手榴弹的开关，另外两人在检查尼龙绳的弹性。上校简短地发出几句完全剔除了军事秽语的关于遵守纪律、服从命令的训诫，结束了训话；然后大手一挥，怒吼道："出发！出发！"派出了编号为A的六人小队。

看台上的人心满意足地看着这逼真又似曾相识的场面：A小队队员一分为二，消失在树林里，然后他们利用一个方便的滑轮系统从树顶降落到洞顶。岩石表面安装了接听设备，一个麦克风被从洞口门缝下塞进了洞里，两个特种空军特勤团成员分别绳降到了绿林好汉的住所两侧。

A小队刚刚确认到位，看台上突然传来一阵哄笑声。塔克修士举着一把长柄修枝剪从洞口钻了出来。他费了不少劲，终于剪断了特勤团成员的悬吊绳，把它捡起来丢向了观众席。"疯狂麦克"无视这段违背脚本的严重抢戏，带领B小队成员匍匐着，飞速爬过空荡荡的地面。根据军事剧的出色传统，在巴拉克拉瓦头套上插着带树叶的树枝。

"除非伯纳姆的森林向邓斯纳恩山移动，"杰克爵士冲着前方十来排有幸聆听到他呼喊的观众说道，"正如伟大的莎翁所言。"

B小队距离洞口约20码远时，三支箭突然掠过他们头顶，插进头排观众席前方几码的地面。雷鸣般的掌声响起，惊叹着如此精准的现实主义表演，认可双倍票价果然物有所值。"疯狂麦克"扭头看看他的体操运动员和安保人员，又回头看看大看台，可能是希望从耳机里收到保罗发来的什么信号或者进一步的指示。但什么信息也没有。所以他只得对着自己的麦克风嘟囔道："鸟叫吱吱，行动开始。40秒钟，伙计们。"他冲着洞顶上的A小队做出一个即兴发挥的手势。六位成员中的四位现在吊在绳子上，悬在山洞的窗子上方，各自估算着体操弧的深度和距离。他们朝下一看，吃惊地发现那滑腻腻的光泽挺像真玻璃的。大使馆的窗子都是用低强度、易碎的裂纹釉做成的。好吧，没准技术开发部发明了一些更以假乱真的材料了。

“疯狂麦克”和他的副手现在跪在地上，各自朝洞里丢了一枚眩晕手榴弹。它们有着特制的30秒钟引信，以便延长戏剧的紧张效果；以爆炸为信号，A小队将破窗而入。B小队则趴在泥地里，假装捂住耳朵，这时他们听到身后又传来一阵双倍票价的笑声。两枚引信烧到末端的手榴弹现在被原路丢回了，还附带三支箭，而且落地之处几乎紧挨着他们。手榴弹在B小队队员中间轰然爆炸，声音响亮，幸好不是真玩意儿，这让他们松了口气。“光放屁不见火的破玩意儿。”“疯狂麦克”自言自语道，忘记了他的话都会沿着耳机，传到大看台上所有阔佬的耳朵里。

为了掩饰困窘，他一跃而起，嚷道：“给我上！”带领着队伍冲过剩余20码的地面。同时，四位吊在绳子上的空军特勤团成员也从岩石边跃出，厚底靴直冲着大窥景窗踢去。

之后，说不清是哪一方先尖叫起来的：是在山洞加固的双层玻璃上撞出了两只骨折的脚踝和八个严重扭伤的膝关节的A小队呢；还是发现半打利箭扑面射来，一支射中“疯狂麦克”的肩膀，另一只穿透了他的副手的大腿的B小队。

“给我上！”上校摔倒在地，冲着他那些非常现实地正在朝反方向逃离的运动员和演员手下吼道。

“妈的，妈的，妈的。”杰克爵士怒吼道。

“救护车！”玛莎·科克伦对泰德·瓦格斯塔夫下令道，此时许多看不到的手迅速掀推开山洞的窗子，把吊在绳子上直晃的空军特勤团成员拖了进去。

梅德·玛丽安的同性恋保镖从山洞里跑出来，拖走了“疯狂麦克”。“上，快上！”直到最后一刻，他还在英勇无比地嚷着。

“妈的，妈的，妈的！”杰克爵士重复吼道。他转向玛莎·科克伦：“你总得承认了吧，你这事办得真是一团糟。”

玛莎一开始没有回答。她本以为保罗会妥善安排。或者没准编排本来已经达成一致，但是罗宾汉背叛了他。这次袭击真是一场业余的灾难片。可是……可是……她转向总督：“听听那掌声。”果真，口哨声，掌声，现在已经发展为有节奏的跺脚声，几乎令看台摇摇欲坠。他们爱这表演，这一点毋庸置疑。特殊效果真是震撼；“疯狂麦克”受伤后表现出的英雄主义令人信服，一切意外都令表演显得更加真实。此外，玛莎突然意识到，大多数游客是希望罗宾汉赢的。在对付伊朗大使馆劫持事件时，空军特勤团没准是自由世界的英雄，但在这里，他们只是一支听命于邪恶的诺丁汉郡长官的防暴部队。

罗宾汉的伙伴们像一些不甘不愿的演员一样，从洞里被拉了出来，没完没了地鞠躬谢幕。一架救援直升机急急降落，把上校的副手直接送到了迪耶普医院。同时，“疯狂麦克”本人裹着一圈圈绳子，被绿林好汉们当作人质示众。

掌声持续不断。玛莎想，真是商机无限。她和保罗一定得和杰夫好好讨论这事。具体概念有待进一步开发，好汉们的热情过火未免有点不当，不过打破历史语境的冲突显然给游客们带来了强烈的新视听冲击。

杰克爵士清了清嗓子，转向玛莎。他一本正经地戴上三角帽。“我希望你明早就提出请辞要求。”

他是彻底精神错乱了吗？

＊ ＊ ＊

第二天早上，玛莎打开办公室门，发现杰克·皮特曼爵士正坐在她的办公桌后头，大拇指悠闲地勾在镀金勋带上。他在打电话；或者至少，他在对着话筒说话。保罗站在他身后。杰克爵士指了指办公桌对面的一张矮椅。就像第一次面试时一样，玛莎没听从指挥。

过了差不多一分钟，杰克爵士对电话那头不知道是不是真有的哪个人发完了指令，按了一个按钮说：“我的电话都先别接进来。”接着他抬头看看玛莎。“很意外？”

玛莎没有回答。

“嗯，那就是不意外咯。”他意味深长地笑了起来。

玛莎快要回过神来的时候，杰克爵士笨重地站起身说道：“可是我亲爱的保罗，我忘记啦，这是你的座位了。祝贺你。”他模仿着宫廷内侍或者议会引座员，僵硬地帮保罗拉开椅子，把椅子推到他屁股下面。玛莎注意到，保罗至少还保留了羞耻之心，样子有点窘迫。

“你瞧，科克伦小姐，你从来没学会这条简单的教训。你让我想起那个追灰熊的猎人。你知道这个故事吗？”他没等玛莎回答，继续道，“反正，它也是值得再讲一讲的。说到熊，真是有趣，请原谅我这不由自主的快活。想必是因为我心情太好了。总之：一个猎人听说，阿拉斯加海边的一个岛上有一头灰熊。他就雇了一架直升机，把他送到水的那头。他搜索了一阵，找到了熊，一头巨大聪明的老熊。他瞄准它，飞快地开枪——砰——然后就犯下了可怕的、不可饶恕的错误，因为他仅仅只是射伤了它。熊跑进了树林，猎人追在后头。他在岛上绕了一圈，又穿岛而过，他上山下山寻找熊的足迹。没准老熊已经爬进了哪个山洞，在那里咽下了最后一口气。不管怎样，他都没有找到熊。太阳开始下山，猎人觉得找够了，只好疲惫地走向直升机等他的地方。他走到距离直升机100码的地方，注意到飞行员激动地冲他挥手。他停下脚步，放下枪，也挥起手来，正在这时，熊的巨掌猛地一扫”——杰克爵士挥舞了一下胳膊，免得玛莎想象不出当时的场景——“就劈掉了猎人的脑袋。”

“熊从此就过上了幸福的生活，直到永远？”玛莎脱口而出这句嘲弄语。

“嗯，我要告诉你的是，猎人自己他妈的一点不幸福，科克伦小姐，猎人自己他妈的一点不幸福。”杰克爵士挺直身子站在她面前，晃着身体怒吼着，看起来越发像一头熊。保罗像官复原职的马屁精一样笑了。

她没理会杰克爵士，径直冲着这位新上任的首席执行官说：“我打赌你最多干不过六个月。”

“这是一种恭维吗？”他冷淡地回答。

“我以为……”哦，算了吧，玛莎。你以为你想到过这种可能。各种可能。其实你没有。就这么简单。

“请原谅我打断一下这个私人的悲伤时刻，”杰克爵士的挖苦劲头似乎无穷无尽，“不过我需要说明几条合同要点。根据合同，因为你在罗宾汉山洞事件中犯下的巨大错误，你的养老金将被撤销。你有十二个小时来收拾桌子和公寓。你的离别礼物是一张到迪耶普的单程经济舱渡轮船票。你的事业结束啦。不过为了防止你有异议，我们将在记录中保留对你诈骗和贪污罪行的指控，以备将来有不时之需。”

“梅姨妈。”玛莎说。

“我母亲只有兄弟。”杰克爵士得意地回答。

她看向保罗。他不肯和她对视。“没有证据了，”他说，“再也没有了。证据想必消失了吧，也许是被烧掉了。”

“或者被一头熊给吞了。”

“很好，科克伦小姐。我很高兴看到你不管怎样还是恢复了幽默感。当然我得警告你，你要是打算作出任何指控，无论是公开的还是私下的，一旦我认为它们会损害我心爱的项目，我都会毫不犹豫运用我可观的一切权力来对付你。你既然这么了解我，一定会记得，我可不会仅仅满足于保卫自己的利益，我会先发制人哦，相信你明白的。”

“加里·戴斯蒙德。”玛莎说。

“科克伦小姐，你跟不上形势啦。估计你不管怎样都该提前退休了。告诉她那个消息，保罗。”

“加里·戴斯蒙德已经被任命为《伦敦泰晤士报》的主编了。”

“而且薪水丰厚。”

“正确，科克伦小姐。愤世嫉俗者常说，所有人都待价而沽。我可不像某些人那样愤世嫉俗。我认为所有人对于自己的价格都有着恰当的认识。这种看待事情的方式是不是更高贵些呢？你本人，我好像记得，第一次来为我工作的时候，也有过一定的薪酬标准。你想要工作，但是你标明了自己的价格。所以，对令人尊敬的、记者职业生涯成绩不逊于任何人的戴斯蒙德先生的任何批评，都显得很虚伪。”

“关于这一点，你……”哦，算了吧，玛莎。由它去吧。

“你今天早上好像很多话都没说完啊，科克伦小姐。我想是压力太大了吧。一段漫长的跨海旅行正是传统的对症疗法。哎哟，可惜我们只能提供一次很短的海峡之旅。”他从口袋里抽出一个信封，丢到她面前。“现在，”他说，戴上他的三角帽，挺直身体，不像一头后腿站立的熊，倒像一位对着暴动者宣布判决的船长。“我宣布这座岛将不再欢迎你，限期为永远。”

玛莎按捺住没有回答。她淡淡地看了保罗一眼，没管那信封，最后一次走出了她的办公室。

＊　＊　＊

她对马克斯博士——乡鼠——实事求是的无信仰者，说了再见，他既不寻求幸福，也不寻求救赎。那他寻求爱吗？她猜想也不，不过他们没有认真讨论过这个。他宣称他只想要愉悦，包括它那些美妙的、必不可少的不完美。他们行了吻脸礼，她沾上了一丝科隆香水的味道。她转身离开时，玛莎突然感觉自己得负点责任。马克斯博士也许已经为他自己构筑了亮闪闪的外壳，但是她那会儿感觉他像是一只脆弱、纯洁、没有任何外壳保护的生物。她走了，谁来保护他？

“马克斯博士。”

“科克伦小姐？”他站在她面前，大拇指勾着马甲口袋，好像又在准备对着某个学生的提问大肆发挥一通。

“你看，你记得我两个月前召你来的那回吗？”

“你打算解雇我的那回？”

“马克斯博士！”

“好吧，确实如此，不是吗？一个历史学者，在他长年累月的研究工作中，对权力的管控往往有很敏锐的直觉。”

“你会好好的，对吗，马克斯博士？”

“我猜会的。皮特科公司的文件需要不少分类整理的工作。此外，当然了，还有撰写传记的工作。”

玛莎微笑起来，冲着他责难地摇摇头。但这种责难是针对她自己的：马克斯博士既不需要她的建议，也不需要她的保护。

在圣阿尔德温教堂里，她盯着那排像博彩号码一样的数字。本周没有大奖，依然没有，玛莎。她坐在一个潮湿的纳纱绣跪垫上，好像都能嗅到光线里的潮湿味儿。她为什么不由自主地来到这里？她并不是来祈祷的，也并没有什么忏悔的纯洁精神。怀疑论者重新站立，亵渎神灵者重获光明：她的故事可不符合那些古老牧师们的口味。然而，这里面有没有什么相似之处呢？马克斯博士不相信救赎，但是也许她相信，并且觉得也许可以在一个更大的、被人忘却的救赎体系的遗迹中获得解脱。

——那么，玛莎，你寻找的是什么？你可以跟我说。

——我寻找的是什么？我不知道。也许是一种认知，确认生命无论如何都有变得严肃的可能，而我未曾认识到这个。可能大多数人也一样未曾认识到它。但这并没什么影响。

——继续说。

——好吧，我觉得如果有一个结构，如果有什么比你自己更大的外在之物存在，生命会变得更严肃。

——不错，这种说法很圆滑，玛莎。也很平庸。实在毫无意义。再试试。

——好吧。如果生命微不足道，那么剩下唯一的选项就是绝望。

——高明一些了，玛莎。高明多了。除非你的意思是，你决定寻找上帝来作为避免服用抗抑郁药的办法。

——不，不是那么回事。你误会了。我来教堂不是为了上帝。我思考的问题之一是话语，严肃的话语，在几个世纪里已经被诸如墙上列举的那些教区长和牧师们用光了的话语。话语现如今已经不能契合思想了。不过我猜想在那个其他方面并不令人羡慕的世界里，还是有点什么令人羡慕的吧。那时的生活更严肃，因此也更好，因此也就容易忍受一些，如果说存在着某个更大的体系的话。

——好了，算了吧，玛莎，听得我都烦了。你也许不信教，但是你显然变虔诚了。我更喜欢你从前的样子。对于现代世界，尖锐的挖苦可是比这种——多愁善感的期盼像更实在的回应啊。

——不，不是多愁善感。正相反。我说的是，那时的生活状态更严肃，更好，更容易忍受，哪怕它的背景是专横残酷的，哪怕它的法则是错误不公的。

——说得轻巧，这都是所谓的事后之见。你去跟几个世纪以来遭受宗教迫害的牺牲者们这么说说看。你宁愿在巨轮上被碾碎，还是在怀特岛上拥有一间美妙的小平房？我想我能猜到你的选择。

——还有一件事……

——可是你没有回答我刚才那个问题。

——嗯，你猜的不一定对。此外还有一点，一个人失去信仰，与一个国家失去信仰，难道多少不是一样的吗？看看英格兰发生的事。旧英格兰。它不再有信仰了。哦，它还能耗下去。它还能应付。可是它不再严肃了。

——哦，那现在是整个国家失去了信仰，是吧？从你嘴里说出这个，真是够讽刺的，玛莎。你认为这个国家如果有一点严肃的信仰，就会大为改观，哪怕是专横残酷的信仰？那召回宗教审判所吧，请回大独裁者们吧，玛莎·科克伦荣幸地向大家介绍……

——住嘴。要我解释的话，我也没法不嘲笑自己。话语自有逻辑。如何斩断乱麻？也许是靠忘记话语。让话语失效吧，玛莎……

她突然想到了一个人，一个这些成排座椅从前的使用者们也认识的人。当然，不是古力慕斯·特伦提纳斯，也不是安妮·波特，不过也许是步兵少尉罗伯特·提摩西·佩提格罗、克里斯蒂娜·玛格丽特·本森、詹姆士·特罗古德和威廉·佩提认识的人。一个女人，衣裙飘飞，悬在半空中，一个九死一生的女人，她惊恐万状，然而最终还是平安着陆。一种坠落、坠落，不停地坠落的感觉，这是我们每天都有的感觉，与此同时，我们还渐渐发现，这坠落正变得轻柔，正被一种无形的、无人会怀疑其存在的气流减缓着。这是个短暂永恒的时刻，它荒谬，不可思议，令人难以置信，却又真实存在。着陆时的轻微撞击震碎了鸡蛋，但是其他一切无恙。这一刻后，生命何等丰盈。

之后，这个时刻被挪用、重构、抄袭、粗俗化了，在这方面她本人也难辞其咎。不过这类粗俗化永远难以避免。严肃性在于欢庆原初的那个形象：回到那里，看到它，感受它。就是在这一点上，她和马克斯博士分道扬镳。你的一个部分也许会怀疑这一神奇事件从未发生，或者至少不像它现在被理解的那样发生。但是你必须也要欢庆这个形象和这个时刻，哪怕它并不存在。生命的小小的严肃性就有赖于此。

她把新鲜的花束摆上祭坛，取走上周放的已经发干变脆的花。她拉过沉重的大门，它们勉强关上，但没有锁住，万一还有别人想来呢？因为棚架，花朵，玄妙，全是你的。

Part III

第三部分

英吉利亚

杰兹·哈里斯挥动手腕，流畅地滑动数下，磨着镰刀。哈里斯拥有一架古老的、汽油驱动的艾特克割草机，不过牧师做事讲究规矩；此外，那些歪歪扭扭的墓碑左一个右一个的，好像就是为了不让你用割草机。玛莎站在教堂院子另一头，看着哈里斯弯腰绑紧皮护膝。接着，他往手心啐了点唾沫，嘟囔了几句自己编的咒骂词，便向偃麦草、柳兰、矢车菊和长得乱七八糟的野豌豆发起了进攻。在野草重新长出来之前，玛莎可以读到她未来的同伴们刻在石头上的名字了。

这是六月初，距离游园会还有一周，天气总让人误以为夏天已经到了。风已经停了，慢吞吞的大黄蜂们在野草晒烤出来的芳香中穿梭。一只豹蛱蝶和一只褐眼蝶无忧无虑地交织飞舞着。只有一只叽咋柳莺颇为亢奋，一心翻来翻去寻觅着甲虫，表现出一种咄咄逼人的敬业态度。林地中的鸟儿们比她小时候印象里的要大胆多了。前几天，玛莎还看到一只锡嘴雀落在她脚边啄碎了一个樱桃核。

教堂院子在时光不知不觉地腐蚀下，已然破败不堪。一丛瀑布似的老人须盖住了摇摇欲坠的燧石墙。院子里有棵紫叶山毛榉，两根不堪重负的树枝用木头支架撑着，还有一扇停柩门[1]，它的弧形屋顶已经漏水了。玛莎小心翼翼地坐着的板条椅生了苔藓，发出咯吱咯吱的声音。

“叽咋柳莺是一种动个不停的鸟儿，不会成群结队。”这是哪里听来的？她莫名其妙想起这则知识。不，这说法不对：这则知识一直就在她的脑海中，只不过抓住这个机会掠过了思绪。记忆的运转正在变得越来越无序，她之前就发现了这一点。她的头脑还是清醒的，她想，只不过在静下来的时候，各种来自过去的乱七八糟玩意儿都会突然冒出来。多年前，中年，或者成年那会儿，或者随便你管它叫什么吧，她的回忆曾经是实事求是、颇有条理的。比如，童年总是显现为一系列事件，用来解释你为何变成现在这样一个人。现如今，这回忆变得断断续续的——像掉链子的自行车——也得不出那么多结果了。或者也许这是你的大脑在暗示着你不想知道的事情：你成为你所是，并非通过可以解释的因果关系，或者通过施加于形势的意志行为，而是纯属偶然。你终生都在奋力振翅，可其实是风在决定你的方向。

“哈里斯先生？”

“叫我杰兹好啦，科克伦小姐，别人都这么叫我。”这位马蹄铁匠身材高大，站直身子的时候膝关节咔咔直响。他穿了一件自己设计的乡下人的工作服，上面全都是口袋、挂带和奇怪的翻折，

1.教堂墓地有顶的大门，旧时用于临时停放棺材。

这让他看起来既像是个英国乡村舞蹈家，又像是个绳捆游戏的爱好者。

“我想那里有一只红尾鸲还在孵蛋，”玛莎说，“就在那丛老人须后头。当心点，别吓到它。”

“遵命，科克伦小姐，”杰兹·哈里斯戏谑地把手举到额头耷拉下一绺头发的地方敬了个礼，“人家都说，要是不动红尾鸲的窝，它们就会给你带来好运。”

“是吗，哈里斯先生？”玛莎的表情不乏狐疑。

“村子里的人是这么说的，科克伦小姐。”哈里斯断然答道，好像她来得相对晚些，所以没资格质疑他说的历史。

他走开，去砍一丛峨参。玛莎暗暗乐了。她没法喊他杰兹，这一点真可笑。不过真正的哈里斯也不比这个名字靠谱多少。杰兹·哈里斯，从前叫作杰克·奥辛斯基，是一家美国电气公司的初级法律顾问，紧急状态期间公司被迫撤离了这个国家。他选择留了下来，换上了古老的名字和技术：现如今他给马钉马掌，做桶箍，磨小刀和镰刀，打钥匙，割草，还酿造一种声名不佳的烈性苹果酒，他每次斟酒之前都先把烧得通红的拨火棒捅进桶里搅搅。他娶了温蒂·唐普尔，时间久了，他的密尔沃基口音变淡了，慢慢成了当地口音；他有一个隐秘的乐趣，那就是在那些拙劣地假装成游客的人类学家、旅行作家或者语言学家一类人面前假扮乡下人。

“告诉我，”穿着泄露身份的新靴的激动不已的徒步旅行者会这样开口道，“那一丛树有什么特别的名字吗？”

“名字？”哈里斯会从他的铁匠铺里吼道，皱着眉头，像个疯狂的木琴演奏家一样猛敲一块烧得通红的马蹄铁。“名字？”他会重复道，透过乱糟糟的头发，瞪着调查者。“那叫哈雷树林，死狗都知道这个。”他会轻蔑地把马蹄铁丢进一桶水里，水滋滋冒出的烟气让他的不屑变得更有气势。

“哈雷树林……你说的是哈雷彗星的‘哈雷’吗？”假装迟钝的偷窥者和观察者已经恨不得直接掏出笔记本或者录音机了。

“彗星？什么彗星啊？现如今可没啥彗星了。你从来没听说过艾德娜·哈雷咯？不，我想这一带的人不想谈论这个。是件怪事儿，要我说啊，真是件怪事儿。”

接着，故意做出爱理不理的样子，并且数次暗示自己有点儿饿了之后，本姓奥辛斯基、原本是法律文件起草者的马蹄铁匠哈里斯会勉为其难地接受日出酒吧的一份牛肉腰子布丁，手边再搁上一品脱混味啤酒，然后含含糊糊地提到（却从不会明确确认）一些不算太久以前发生的关于女巫啊、迷信啊的故事，关于明月下的性仪式和中邪似的乱杀牲口的故事。小酒馆里的其他喝酒人会听到他话说一半，突然好像发现自己失言了似的，夸张地压低声音。“当然咯，教区牧师一向否认……”他们会听到这句，或者，“你遇到的那些人哟，他们都会说根本不认识老艾德娜，可其实她给他们洗礼来着，在他们死后，她还给他们洗身子，在他们活着的时候呢……”

时不时地，小学校长穆灵先生会责备杰兹·哈里斯，指责他不该以民间传说，尤其是捏造出来的民间传说，来充任金钱交易或者以物易物的内容。小学校长委婉又害羞，所以话总是说得期期艾艾、大而化之。村里其他人可就没这么多顾忌：他们觉得哈里斯这样胡编乱造、贪心不足，恰好证明了这位马蹄铁匠的非盎格鲁出身。

不过不管怎样，哈里斯都有办法挡回指责，他不断地眨着眼、挠着头，硬把穆灵先生拉到他的故事里去。“好啦，别害怕，穆灵先生，大人。我一个字都没提你和艾德娜那茬儿，一个字都没提到。要是关于那件事我的嘴巴里冒出过一个字，我就把这镰刀捅到自己肚子里去……”

“好啦，别扯了，杰兹。”小学校长会抗议道，虽然他如此唤马蹄铁匠的教名，其实相当于甘拜下风了，“我只是想说，别真把你跟他们扯的那些蠢话当真了啊。要是你想听听本地传说，我有很多书可以借给你看，《民间传说大全》之类。”穆灵先生前半生曾是一位古董商人。

“你指的是《菲尔维瑟[1]老妈妈》之类吗？事实上，穆灵先生，大人，”说到这里，哈里斯不免暗自得意起来——“我给他们讲过那类东西，可惜人家不爱听。他们更喜欢杰兹的故事，真相就是这样的。您和科克伦小姐倒是可以在烛光中读一读你们的书……”

“哦，看在上帝的分上，杰兹。”

“她年轻时肯定挺俊秀啊，那位科克伦小姐，你不这么觉得吗？他们都说，上周一晚上，布洛克那只老獾在绞架山上的月光下玩耍的时候，有人从她的晾衣绳上偷走了一件内衣……”

此后不久，穆灵先生变得紧张不安，脸涨得通红，他穿着胳臂肘打了皮补丁的外套，敲响了玛莎·科克伦的后门，宣布他对内

1.菲尔维瑟，原文为“Fair Weather”，起源于中世纪英语，相当于“可爱的天气”。

衣失窃之事一无所知，他其实根本就不知道她丢了这东西，直到，直到……

“杰兹·哈里斯？”玛莎微笑着问。

“你的意思莫非……”

“我想我恐怕有点老啦，不会有人再对我的内衣有啥兴趣咯。”

“哦，那个……那个混蛋……”

穆灵先生是个怯弱又大惊小怪的人，他的学生们都管他叫叽咋柳莺。他接过一杯辣薄荷茶，按照老习惯，又继续抱怨起铁匠。“问题在于，科克伦小姐，一方面我忍不住想支持他的做法，跟所有那些四下打探的家伙扯扯谎好啦，那些人甚至都不肯透露自己到底想打听什么。让骗子自己也尝尝受骗的滋味吧——是这样说的吧，虽说我这会儿想不起来是谁讲的了。会不会是哪位马歇尔……？”

“但是另一方面……”

“对，谢谢，但是另一方面，我又希望他不要继续编造这些玩意儿才好。我有些神话传说书，他尽可以拿去看嘛。里面什么故事都有，随他选。他要是乐意，都可以带一个小旅行团了。带他们去绞架山聊聊蒙面刽子手什么的。或者还有菲尔维瑟老妈妈和她的夜光鹅的故事。”

“但那些就不再是他的故事了，不是吗？”

“是啊，它们是我们的故事。它们是……真的。”这话他说出口自己也不大确信，“好吧，没准不是真的，但至少是些记录在案的故事。”玛莎看着他没说话。“反正，你知道我的意思。”

“我知道你的意思。”

“可是我觉得你是站在他那一边的，科克伦小姐。是这样的吗？”

“穆灵先生，”玛莎啜着薄荷茶说，“你到了我这把年纪，就会经常发现，你不会特别地站在任何人一边。或者你会干脆同意所有人。真的，就看你怎么说了。”

“哎哟哟，”穆灵先生说，“你知道，我以为你是我们中的一员。”

“也许我这辈子见识过的‘我们’太多了吧。”

小学校长瞪着她，好像她是个背信弃义、甚至不爱国的人，甚至大有可能不爱国。在教室里，他喜欢拉着学生们讲个不停。他教他们地方地质学，教他们唱流行叙事歌，了解地名起源，候鸟迁移路线，以及英国古代的七王国（玛莎想，这比记住英格兰诸郡容易多了）。他会带他们去基莫里奇地貌区域的北部边缘，演示百科全书插图上的那种老式摔跤擒拿法。

振兴——或者，因为缺乏准确的旧时代记录之故，不如说是兴办——村里的露天游园会，这是穆灵先生的主意。一个下午，一支由小学校长和教区牧师组成的官方代表团访问了玛莎·科克伦。众所周知，她和村里现在的大多数居民不一样，她是真的在乡下长大的。他们喝着菊苣茶，吃着黄油甜酥饼干，请她回忆回忆过去。

“三根胡萝卜——长，”她回答道，“三根胡萝卜——短，三根胡萝卜——任意长短。”

“什么？”

“蔬菜碟。碟子可以装饰，但只允许使用欧芹装饰。如果包括花椰菜，必须连茎展示。”

“什么？”

“六粒蚕豆，六粒多花菜豆，九粒矮生菜豆。”

“什么？”

“一罐橘子酱。所有进场的山羊都必须是母羊。一罐柠檬奶酪。长出不超过两枚大牙的黑白花小奶牛。”

她拿来一本封面有点褪色的红色小册子。她的客人们仔细研究了一遍。“三枝大丽花，仙人掌型，6—8英寸——插于一个花瓶中。”他们读着：“五枝大丽花，球型，直径小于2英寸。”接着是：“五枝大丽花，小球型。”然后：“三枝大丽花，装饰用，长于8英寸——插于三个花瓶中。”脆弱的清单手册看起来好像一块陶器碎片，来自一种食不厌精、贪图享乐的文明。

“化装骑马大赛？”科勒曼牧师沉思道，“两个缎面衣架？一种用加盐面团制成的物品？十五岁以下最佳儿童驯犬员？裁判愿意选择带回家的狗？”

尽管对于读书这种事充满崇敬，但是小学校长对这小册子还是半信半疑的。“没准总体而言，我们应该从零开始。”教区长点头赞同。他们没有带走这本《地区农业和园艺协会参赛规则手册》。

后来，玛莎也翻了翻它，不知为何又想起了卖啤酒帐篷外的气味，被剃了毛的绵羊，还有爸爸、妈妈把她高高地荡向天空。然后是A. 琼斯先生和他在黑丝绒上熠熠发光的豆子们。过了大半辈子，她依然怀疑着A. 琼斯先生到底有没有耍手段让他的豆子表现得那么完美。现在无从知道结果了：这会儿他本人都已经变成肥料啦。

手册的订书钉生锈了，书页散落下来；突然飘下一片干树叶。她把它托在手掌上，树叶已变得脆脆的，颜色发灰；她凭着那一折一折贝壳似的叶缘，才看出这是一片橡树叶。多年前，想必为了某个特殊目的，她捡起了它，并且保存着它：好让自己在这样的一天里，能够想起那一天。只是，是哪一天呢？她绞尽脑汁依然无解：没有任何欢乐、成功或者单纯满足的回忆，没有透过树丛的阳光，没有掠过屋檐的毛脚燕，没有丁香花的芳香。青春易逝，她辜负了更早些时候的自己。或者说，是青春时代的她失了手，未曾料想人入暮年会获得健忘的特长。

杰兹·哈里斯爬过瀑布一样的老人须丛，没有惊动那只红尾鸲，这样一来，按照他发明的新传说，他也就给自个儿带来了好运。他挥舞镰刀，修剪树枝，这样教堂院子虽谈不上面目一新，但总算像是有人照料的样了；鸟儿和蝴蝶继续它们的营生。玛莎的思绪随着视线，跟着一只钩粉蝶往南一路飞去，越过低地，掠过水面，穿过白垩悬崖，飞抵另一片墓地，这块地被用暖色的干砌石墙围起来，墙内草地如茵。那里可不欢迎什么野生动物；如果可能，就连蚯蚓都不许闯入，时间同样也被拒之门外。没有任何东西被允许打搅首任福提布斯的皮特曼男爵一世的长眠。

就连玛莎都不觉得杰克爵士这种非比寻常的与世隔绝有何不妥。小岛是他的主意，是他一手打造出来的。保罗和玛莎的民间起义到头来只是一段转瞬即逝的插曲，根本不会载入史册。杰克爵士同样迅捷地应对了某些雇员过度认同其角色的叛逆倾向。新的罗宾汉和他的新伙伴们让绿林好汉重振声名。国王则在家庭观念方面得到了一次严厉的训斥。约翰逊博士被送去了迪耶普医院，理疗和先进的精神类药物都未能缓解他的人格混乱问题。医生用了大量镇静剂来控制他的人格分裂症状。

保罗当了几年首席执行官，比玛莎预计的时间还长点；之后，杰克爵士一边宣称自己年事已高，一边勉为其难重新接手了皮特科公司的管理。不久，一次上下议院举行的特殊投票活动，提议他为福提布斯的皮特曼男爵一世。提议被全票通过，杰克爵士只得表示，他生性宽厚随和，此等殊荣，也就只好却之不恭了。马克斯博士为这位新晋男爵绘制了一份逼真的家谱，后者的宅邸在辉煌程度和游客访问量上渐渐开始与白金汉宫不相上下。杰克爵士经常会站在自己办公室里俯瞰对面的购物广场，思考着他的最后一个金点子，他的《第九交响曲》，是如何给他带来了这理所当然的财富、国际声望、市场成功，以及一个贵族采邑。他被誉为一位改革家，一位金点子专家，真乃实至名归。

即便在去世一事上，他也技高一筹。他策划自己的最后安息之地时觉得让岛国缔造者与平庸之辈躺在一起，未免有失体统。威平海姆的圣米尔德利德大教堂，也就是奥斯本宫的教堂，被拆开又重建，高高地伫立到丁尼生草坪上，这片地区变得人潮涌动，没准再过数年就会被重新命名，当然了，那一定是在岛国人民的坚决要求下。杰克爵士选定的地点是一座带了两英亩院子的教堂，院子被用暖色的干砌石墙围了起来，石墙上嵌着许多大理石板，刻着杰克爵士的一些隽永名言。皮特曼陵墓坐落在院子正中央，微微隆起，富丽而不失质朴。伟人去世后应当保持谦逊，不过，游客们对“英格兰，英格兰”这一未来旅游热点的期望也理应得到尊重。

杰克爵士的最后数月的时间主要致力于研究建筑蓝图和预测

天气。他越来越相信迹象和预兆。伟大的威廉曾经有言，天空霹雳四起，每每是在哀悼，预示着伟人们的逝去。贝多芬本人就是在电闪雷鸣的暴风雨期间去世的。他临终之语成了对英格兰人的赞美。“上帝保佑他们。”他如此说道。当天空惊雷四起，抗议皮特曼的辞世时，如果他也以这句话作为遗言，会不会有虚荣之嫌？或者难道这不是真正的谦逊之举吗？皮特曼男爵一世就在这么悠然自得地打量着碧蓝平静的天空、琢磨着自己的临别箴言的时候与世长辞了。

葬礼庄严神圣，连马儿都饰着黑羽；有些人还发自内心地表示了哀痛。不过，时光，或者更准确地说，是杰克爵士这个项目的力量，也达成了它们的报复。头几个月，来陵墓致敬、拜读墙上名言的贵宾游客们告别时总是陷入沉思。不过他们接着又会去参观购物中心尽头的皮特曼大厦，这是岛上唯一一座规模能和皮特曼陵墓匹敌的建筑。出于一种忠实的热情，人们很容易感受到这幢建筑在失去主人之后的空旷和忧郁。在杰夫和马可看来，让人沉思和让人沮丧是截然不同的两回事。于是，就像伯沙撒王墙上闪现的神谕一样，他们灵光一现，突然想到了一条营销妙计：杰克爵士必须复生。

尽管在面试的时候有些不尽人意的地方，但他们还是找来了一位皮特曼，此人经过一点训练和调教，对角色的把握很快惟妙惟肖。杰克爵士的这位继任者曾经领衔主演过许多莎剧，这一点想必会让爵士本人也颇为满意。杰克爵士的替身迅速走红：他走下自己的马车，一头扎进人群，对着游客侃侃介绍岛国历史，带领娱乐产业的高管们参观他的大厦。在柴郡奶酪酒吧与皮特曼共进晚餐的项目创造了新乐趣，大受游客欢迎。对于营销而言，这里面唯一的负面结果在于，参观皮特曼陵墓的游客数量就像贝琪的鸡蛋篮一样快速下降——有几天来的人甚至都没有花匠多。在大多数人看来，早上冲着一个人微笑，下午就去参观他的墓地，未免有点古怪。

在岛上换到第三任杰克爵士的时候，玛莎结束了数十年的漂泊，重返英吉利亚。她站在一刻钟一趟的勒阿弗尔渡轮的前甲板上，渡轮鸣着汽笛，摇摇晃晃地驶入了普尔港；细雨拂面而来，她好奇自己这回会找到怎样一片锚地。绳子被抛下海，绷紧了；舷梯放下；人群翘首以待，不过并没有人在等她。玛莎是最后一个上岸的。她穿着最旧的衣服；尽管如此，她站在海关被打磨得闪闪发亮的橡木桌前的时候，海关官员依然向她致敬问好。她还留着原先的英格兰护照，而且一直悄悄纳税。因为这两点，她成了为数不多的获准移民入境者。身穿厚厚的蓝色哔叽呢制服，裤腿塞在矮胖的威灵顿靴子里的海关官员扯出挂在肚皮前的双开盖怀表，在羊皮本上记下了她的归国时间。他显然比玛莎年轻，但是看着她的目光却像是在看一位失散已久的女儿。“恕我冒昧，夫人，游子归巢，尤为可贵。”他递回她的护照，又敬了个礼，吹口哨唤来一位伙计帮她把行李搬上出租马车。

在远处观望时，她吃惊于整个体系惊人的崩溃速度。不，这种说法并不公平，这是《伦敦泰晤士报》——如今仍在赖德印制发行——或许会使用的说法吧。岛国的官方口径——加里·戴斯蒙德和他的继任者们那些日复一日的宣讲，全都是单调的幸灾乐祸之语。老英格兰的权力、疆土、财富、影响和人口日益流失。老英格兰很快就要变得和葡萄牙或土耳其的某些落后省份一样落魄。老英格兰已经自取灭亡，在一缕幽魂一样的煤气灯光下，躺在水沟里奄奄一息，只配给其他地区做做反面教材。《伦敦泰晤士报》的一个头条标题嘲讽地写道："昔日贵妇人，今日落魄女"。老英格兰已经失去了它的历史，因此——既然回忆就是身份——也就失去了他一切的存在感。

不过还有另一种解读的视角，未来的历史学者们，不管有何偏见，毫无疑问都会同意岛国的历史有两个泾渭分明的阶段。第一个始于岛国项目的确立，一直持续到老英格兰——为了方便就借用这个说法吧——试图与"英格兰，英格兰"展开竞争之时。其间，大陆以令人眩晕的速度快速衰退。基于旅游业的经济崩溃了；投机商毁掉了货币体系；皇室家族迁走，导致贵族阶层中兴起了移民热；国家最好的住房被欧洲大陆来的人买下当作备用住宅。复兴的苏格兰买下了英格兰包括古老的北方工业城区在内的大片土地；甚至威尔士也花钱扩张，将国土延伸进了什罗普郡和赫里福德郡。

各种挽救措施轮番上阵之后，欧洲各国拒绝再对老英格兰进行无意义的投资。有些人从欧洲对这曾经一度夺得大陆头号交椅的国家的态度中读出了阴谋的味道，关于历史性复仇的言论不胫而走。有谣言说，在爱丽舍宫一次秘密晚宴上，法国、德国和意大利总统举杯欢庆道："乘胜追击。"就算事实并非如此，从布鲁塞尔和斯特拉斯堡流传出来的许多文件也足以表明，许多高层首脑认为与其对老英格兰展开紧急金融援助，不如把它当作一个经济和道德上的教训：视之为一个只配自作自受的堕落民族，让它充任反面教材，警告其他国家切勿过度贪婪。此外还有人提议施加一些象征性的惩罚：比如，用巴黎标准时间取代格林尼治时间；在地图上，将英吉利海峡更名为“法兰西袖峡”。

接着老英格兰的人口开始急剧减少。原籍加勒比海和次大陆的人开始返回他们的曾曾祖先们曾经离开的、现如今相比之下更为繁荣的土地。其他人考虑着移民去美国、加拿大、澳大利亚和欧洲大陆；不过，老英格兰人在移民中不怎么受欢迎，其他地方的人担心他们会随身带来衰气。欧洲在《维罗纳条约》中加了一个附加条款，取消了老英格兰居民在欧盟内部的自由迁移权。希腊驱逐舰在法兰西袖峡巡逻，拦截老英格兰的移民船。此后，人口减少的速度渐渐变缓。

在政治领域，作为应对这一危机的自然反应，一个复兴政府被选举了出来，它将致力于恢复经济、重建议会权威和夺回领土。它的第一步措施是重新引入古老的英镑，确立其作为流通货币的核心地位，对此几乎无人反对，因为在英格兰欧元已不再流通。第二步措施则是派军北上，夺回官方宣称被占领、实则是被出售了的那些领土。闪电战解放了西约克郡的大部分地区，令那里的居民沮丧不已；不过，欧洲做出给苏格兰军队武器升级并给予其无限信贷的决策，并得到了美国的支持，之后的罗姆伯德沼泽之战导致老英格兰签署了屈辱的《维顿条约》。来自法国的外籍军团趁乱攻入海峡群岛，法国外交部的光复声明得到了海牙国际法庭的支持。

《维顿条约》之后，国家危机四伏，外加战争赔款的重负，只得抛弃了复兴政策——或者至少是传统意义上被理解为意在复兴的那些政策。这标志着第二阶段的开始，这将是一个令未来的历史学者们长期争论不休的阶段。一些学者认为这个时期意味着这个国家已经彻底自暴自弃；另一些人则认为这个国家此时反倒在逆水行舟，绝境寻生。有一点则是各方都没有分歧的：这个国家长期认同的那些目标——发展经济、提高政治影响力、扩大军队规模和增强道德自律——都已是明日黄花。新政治领袖们宣布了一种新的自给自足做法。首先是退出欧盟——谈判时毫不讲理，顽固至极，最后实际上是被付了一笔钱才被打发走人；宣布建起一道拦住外部世界的贸易壁垒，禁止外国人在领土范围内拥有土地或财产，同时遣散军队。允许对外移民，向内移民则鲜能得到批准。顽固的沙文主义者们宣称，这些措施将令一个贸易大国倒退为孤立主义；不过现代派的爱国者们则觉得，这是一个被其自身的历史严重拖累的国家仅剩的现实选择。老英格兰禁止一切旅游活动，只有不超过两人的旅行团允许入境，并引进了一种拜占庭式的签证系统。不再执行原先的郡县行政划分，而是根据盎格鲁-撒克逊七王国时代的诸国创造出了新的省份。最后，这个国家将自己的名字改成了“英吉利亚”，宣称与世界其他部分彻底隔绝，也自绝于世界的第三个千年。

世界逐渐忘却了“英格兰”曾经指代过任何除了“英格兰，英格兰”之外的地方，而且这个岛国也愈发主动强化了人们的这种错误的记忆；那些留在英吉利亚的人则逐渐忘却了外面的世界。自然，贫穷接踵而至；虽说因为缺乏对比，这个词也就并不显得有多么要紧。贫穷如果并不引发营养不良或者健康不佳，那就不算贫穷了，只能说是一种主动的节俭。传统虚荣的追求者仍是可以移民出国的。英吉利亚还放弃了许多一度似乎必不可少的通信方式。最新风尚是用钢笔写信，是全家人在夜里围着收音机，是打电话时先拨0找接线员；接着这些时髦做法变成了真正的习惯。城市萎缩了；大型交通系统被抛弃了，只剩一些蒸汽火车还在运转；街头到处是马匹。煤炭又开始被挖掘，几个王国各据一方；根据新的行政区划分，涌现出新的口音。

奶油和李子色相间的单层巴士送玛莎到落脚地韦塞克斯中部的一个村庄时，她会看到些什么？对此玛莎毫无头绪。世界媒体的舆论导向总是跟着《伦敦泰晤士报》走，将英吉利亚描述为一个乡巴佬和怀旧癖的聚集地。恶毒的讽刺漫画上，灌了一肚子苹果酒、酩酊大醉的乡下人们躺在手动泵边任水浇淋。据说，尽管骑自行车的警察们已经尽力而为，罪犯依然猖獗无比；甚至重新启用手足枷的措施都没能阻止他们。同时，据说近亲结婚催生了一些前所未有的乡村傻瓜。

当然，多年来，岛国居民没有一个人去过旧英格兰；不过不列颠之战小分队还是经常到韦塞克斯上空来一次嘲讽的侦察行动。戴着有机玻璃防风镜，耳朵里灌满电流噪声，“约翰尼”·约翰逊和他穿着羊皮夹克的英雄们总是吃惊地打量着下方的一无所有：没有公路交通或者电线，没有路灯和大广告牌——那些对一个国家运转至关重要的生命线。他们看到的只有死寂的、被夷为平地的郊区，四车道的高速公路消失在树林里，一支吉卜赛人的大篷车队在到处是坑的柏油马路上颠簸前行。这里那里，到处都是一丛丛浅色的新生树林，一些是自然蔓延而成的，另一些则显然是人为促成的。下方的生物显得迟缓、渺小。大片田地被重新分割为小块小块，风车转个不停，一条重新疏通的运河倒映出船身刷了油漆的船只和被拽紧的拉纤马。偶尔，地平线那头，一缕蒸汽火车冒出的白烟袅袅而上。小分队喜欢低低飞行，冲着村庄出其不意地鸣笛：人们大张着嘴巴，抬起惊恐的脸，收费桥上的公马受惊了，骑手冲着天空徒劳地挥舞拳头。接着，带着洋洋得意的笑声，英雄们来个凯旋式翻转，敲敲油量表，掉头朝基地飞去。

飞行员们看到了想要的结果：古怪，衰退，失败。他们没有注意到另外一些比较微妙的变化。经过许多年时间，英吉利亚已经重获了原始的四季。庄稼重新成为本国地产，不再需要空运而来；春天里第一批土豆美妙无比，秋天的榅桲和桑果甜美醉人。农产品全靠望天收，凉夏意味着可以做很多绿西红柿酸酱。架上的苹果渐渐腐坏，肉食动物日益胆大妄为，则标志着冬季即将到来。四季如此捉摸不定，也就愈发受人敬畏，每个季节的开始都有虔诚的庆祝仪式。天气一度仅仅只能左右个人情绪，现在却重新变得重要：一种有着自己的奖惩体系的外界力量重新降临到这片土地，而且给予人们的主要是惩罚。没有工业化的天气与它竞争或干扰它，它任性地统治着大地：神秘、无所不能、肆意妄为，甚至连神意都要让它三分。大雾自有其特点和习惯，雷电重新变得神圣。河流肆虐、海啸夺命，洪水退却之后，羊群被挂在树顶。

化学元素从土地中析出，色彩变得柔和了，光线一尘不染；月亮现在少了很多竞争者，更加自如地盘踞在夜空中。在扩大的乡村里，野生动物自由自在地繁衍着。野兔数量成倍增长，鹿和野猪从狩猎场被放归回树林，城市狐狸恢复了有血有肉的健康饮食。公共土地重新确立，田地和农场规模变小，树篱再度伫立。蝴蝶飞舞，再次证明厚厚的古老蝴蝶图谱绝非浪得虚名；几代以来都只是一闪而过、直奔热带岛屿的候鸟现在逗留的时间变长了，有一些还开始在此定居。家养动物变得更小巧、更灵活了。吃肉的习惯再度流行开来，偷猎也是一样。小孩们被派去树林里摘蘑菇，胆大的孩子有时会偷尝一小口毒蘑菇，变得头晕目眩；其他人则会挖古怪的根茎，或者抽干蕨类卷烟，假装酩酊大醉。

玛莎住了五年的地方是一个小村子，大路在此分岔，转向索尔兹伯里。过去几十年中，大货车不断震颤着村里的砾石地基，烟雾熏黑了村民家的外墙；所有窗子都用了双层玻璃，只有小孩或醉汉才会大大咧咧地穿过马路。现在，被公路分割开的村子恢复了完整。母鸡和鹅群昂首阔步地横穿过开裂的柏油路，小孩们在路面上用粉笔画着跳格子；鸭子占领了村里的三角形绿地，捍卫着它们的小池塘。洗过的衣服被用木夹子夹在晾衣绳上，在洁净的空气中晾干。屋瓦已成稀缺物资，所有村舍都重新用上了芦苇或者茅草铺顶。没有了交通，村子变安全了，村民变紧密了；没有了电视，村民们聊天更多了，虽然看起来可聊的似乎没有从前多。没有人能保守住自己的秘密；人们对小贩们心存警惕；小孩们上床时，脑袋里被大人灌满了拦路大盗和吉卜赛人的可怕故事，虽然他们的父母没几个见过吉卜赛人，更别提什么拦路大盗了。

村子既不像田园诗，也不是反乌托邦。这里并没有什么特别的白痴，杰兹·哈里斯那些胡言乱语哪怕最放肆的时候其实也无伤大雅。如果《伦敦泰晤士报》断言的愚蠢果真存在的话，那也无非是一些老式的、因为愚昧所致的愚蠢，而不是什么新生的、因为知识而起的愚蠢。科勒曼牧师是个好心肠的唠叨汉，从邮局收到了自己的教职委任状，小学校长穆灵则是一位勉强得到大家认可的权威人物。商店开张时间不定，哪怕最忠诚的顾客也会被弄糊涂；酒吧与一家索尔兹伯里的酿酒厂直接对接，老板娘连三明治都做不好。马具匠、鞋匠和理发师弗雷德·唐普尔的宅子对面，有一个为走失动物设立的收容所。每隔两周，一辆摇摇晃晃的巴士会把村民们送到集市，一路上人们会路过村里的医院和中韦塞克斯疯人院；人们都管巴士司机叫乔治，他很乐意帮待在家里的人带东西。犯罪并不是没有，不过在这种自愿节俭的文化中，犯罪大多数时候都只是些小偷小摸。村民们都习惯了不锁门。

初来乍到时，玛莎多少有点伤感，直到酒吧老板雷伊·司陶特——从前是个公路收费员——递给她点的金汤力，俯身在吧台上对她说道："我猜你觉得我们这个小社区很有趣吧？"后来，她因为这里的无趣和狭隘心情沮丧，也是雷伊·司陶特问了她一句："我敢说，你现在想念明亮的灯光了吧？"最后，她习惯了这些平静的、必不可少的重复，这些谨小慎微，这些没完没了的打探，乐于助人，精神乱伦，漫漫长夜。她和两位制奶酪的人成了朋友，他们以前是商品交易员；她参加了教区委员会，热心完成教堂的鲜花供奉工作。她在山里散步；她从流动图书馆借书，这个图书馆每隔一周的周二会停在大草坪上。她在花园里种下雪球萝卜、红包菜、巴斯莴笋、圣乔治花椰菜和罗沙姆公园英雄洋葱。为了纪念A. 琼斯先生，她种下了自己根本吃不完的豆子：小折刀豆子和彩姑娘豆子，金奶油豆子和红皇帝豆子。她觉得它们全都没资格摆到黑丝绒上。

她当然很无聊，不过，她回到英吉利亚，是作为一只回到故土的候鸟，而不是一位投奔故国的狂热者。她不再做爱，她变老了，她知道自己的孤独。她不知道自己做得对不对，不知道英吉利亚做得对不对，不知道一个国家能否逆转其进程和习惯。这仅仅只是一意孤行的返古吗，按照《伦敦泰晤士报》的说法——还是说，这些特点本来就是它的本性、它的历史呢？这是否是按照政治领袖们坚持的说法，是一次勇敢的新尝试、一种精神复兴和道德的自足呢？或者，还是说它仅仅是一个不可避免的结果，是对经济崩溃、人口锐减和欧洲大陆报复被迫作出的回答？村里无人讨论这些问题：也许这标志着，这个国家焦躁的、挥之不去的那种自我意识终于消失了。

终于，她融入了这个村子，因为她不再烦恼于自己那些私人问题了。她不再争论生命是否是微不足道的，以及如果是的话，又会有什么结果。她也不知道这种平静是成熟还是疲倦的标志。现在，她像村民一样去教堂，那些村民们把雨伞堆在漏水的门廊中，坐着听无关痛痒的布道，肚子咕咕叫，惦记着他们送到烘烤师傅的烤箱里的羊羔肉。因为棚架，花朵，玄妙，全是你的：无非是又一首不错的诗罢了。

大多数下午，玛莎会打开后门，穿过大草坪，走上通往绞架山的马道，一路上惊动那些鸭子，弄得它们四下飞逃。徒步者——或者说，真正的徒步者——这年头已经很少了，下陷的小路每年春天都被草丛再次淹没。她穿了一条古老的马裤，防止被多刺灌木戳伤，一只手始终抬着，推开不断拍打下来的山楂树的枝条。这里，那里，一条小溪淌过路面，让她脚下的燧石闪耀着靛蓝色的光泽。她带着一种新近拥有的耐心爬坡，来到一片公共牧场，它的中央是绞架山顶的榆树丛。

她在长椅上坐下，防风衣勾住了椅背上磨损的金属铭牌，后者属于一位早已不在人世的农夫，她正俯瞰着的田地想必也是他曾经耕作过的。眼睛变得苍老之后，看到的色彩也会暗淡，是这样吗？还是说年轻时你对世界的激动之情转移到每件你看到的事物之上，让它显得分外明媚？现在她眼中的风景都是灰灰黄黄的。在此背景之下，挪动着几只土黄色的绵羊。仅有的一点人类痕迹也遵循着同样的自然法则：低调、平和、暗淡。农夫白利斯的紫色谷仓一度在教区委员会的规划会议上引发了审美争论，现在它已褪为一种淡淡的青色。

玛莎意识到自己的容颜也日渐衰退。这是一个突然的发现：一天下午，她正狠狠教训小比利·坦普，他用柳条鞭打坏了教区牧师的一棵蜀葵，这男孩——瞪着眼睛、一脸叛逆，袜筒耷拉着——顽抗了一阵，突然转身跑开，一边嚷道："我爸说你是个老处女。"她回家照了照镜子：她的头发夹着发夹，被风吹得乱糟糟的，厚格子衬衫外面套着灰色的防风衣，皮肤被精心护理好多年，脸上依然泛出了红光，此外她还发现——虽然她又能和谁去讨论这个——她拥有了一种温和，或者几乎是柔弱的眼神。好吧，老处女，如果人们真这么看她的话。

不过这真是一种奇怪的人生轨迹啊：她儿时那么无所不知，成年时玩世不恭，最后居然会变成一个老处女。是与传统有别的那种吧，传统的老处女们终生守贞，尽心尽力看护年迈的父母，精神高洁，如此才获得了她们的老处女的地位。她记得有一种做法一度流行，基督徒们，通常是很年轻的那些，会宣称自己重生了——这是以什么标准而言呢？没准她也可以做一个重生了的老处女。没准，固然你内心挣扎了整整一辈子，到头来其实人家认为你是什么人，你就是什么人。那就是你的本性，不管你喜不喜欢。

老处女们都做些什么呢？她们独自度日，但是会参与村里的事务；她们彬彬有礼，似乎对整个性爱史一无所知；她们有时候有着自己的故事，自己的人生，独自吞咽它们的令人失望之处；她们不管刮风下雨都会坚持散步健身，她们通晓芥末浴法，会给病人送去荨麻汤；她们保留着小小的纪念物，其承载的忧伤不足为外人道；她们读报纸。

所以，玛莎似乎既为了让别人放心，也为了让自己开心，每周五都会煮点牛奶加到早上喝的菊苣咖啡里，然后坐下来读《中韦塞克斯公报》。她一心想看看报上那些突出的狭隘观念。与你所知道的现实交流，这才是明智之举；这会让你变得更无聊，也许吧，但也会让你显得更随和。许多年来，中韦塞克斯都不曾出现过飞机失事、政变、大屠杀、贩毒、饥荒和明星离婚等事件；因此这类事情在报道中都是见不到的。她也不会读到任何有关怀特岛的新闻，大陆上仍如此称呼它。几年前，英吉利亚宣布放弃对皮特曼男爵采邑的领土拥有权。这是一个必要之举，虽然并没有什么人在意。《伦敦泰晤士报》嘲讽地评论道，这相当于一个破产家长愤怒地宣布从此不会再为百万富翁儿子买单。

在别的杂志里，你也许还可以读到海岸线以外那些地方发生的庸俗刺激的事；不过《中韦塞克斯公报》或者它的同类报刊里可没有这些。它被叫作公报真是恰如其分，因为它并非一份报道新鲜事的报纸；相反，它罗列出的都是达成共识的和已成定论的事情。家畜和饲料的价格，蔬菜和水果的市场行情，巡回法庭和小型法庭的诉讼，拍卖的财产细节，金婚、银婚和仅仅是有望达成的婚礼，露天游园会、节日以及公共花园的开幕式，学校、教区、地区和中王国的运动比赛结果，出生，葬礼。玛莎每一页都读，甚至——尤其是——那些她兴趣平平的地方。她热切地研究着以英担[1]、英石[2]和磅为单位出售，以英镑、先令和便士来结算的物品的清单。这并不是怀旧，因为这些单位中大多数在她记事之前就废除了。或者也许其实是怀旧，而且是一种更真实的怀旧吧：不是为了你小时候知道或者以为知道的东西，而是为了你本来永远都没可能知道的东西。因此，你采取了一种刻意的、并非虚情假意的关注，玛莎注意到，甜菜根稳稳地保持着每英担13先令6便士的价格，而牛蒡一周里跌了1先令。她可不吃惊：牛蒡这玩意儿有什么可吃的呢？她觉得，人们吃大多数这些复古蔬菜不是为了营养，甚至都不是因为需要，而只是赶时髦，装模作样罢了。质朴已经同苦修混为一谈。

对于外部世界，公报的报道风格只有一种，那就是就事论事：比

1.英制重量单位，1英担约为50千克。

2.英制重量单位，已被废除。1英石等于14磅，约为6.34千克。

如天气产生的原因，目前正在离开中韦塞克斯的候鸟的飞行目的地。还有一份每周夜空星图。玛莎像研究市场价格一样仔细研究这个。天狼星在哪里可以看到，东面地平线上方是哪颗暗红色星星在眨眼，如何识别猎户座。这个，她想，就是人类精神应当关注的两端：要么是完全的当下，要么是几乎的永恒。她的生命有多少是耗费在这两者当中的事物上的呢？事业、金钱、性、心脏病、相貌、焦虑、担心、期望。人们也许会说，她品尝过所有这些，再说放弃当然不难；会说她现在是个老女人，或者老处女了，要是她不得不去挖甜菜根，而不是无聊地追踪它的价格，她没准会对她放弃的这些更觉遗憾吧。好吧，也许没准是这样。不过，你再怎么为了居于当中的这些事务分神，也是终有一死。而她该如何为了自己在新近才除过草的教堂院子里的那个永恒居所作好准备，就是她自个儿的事了。

村里的露天游园会在六月初举行，正是英吉利亚狂风呼啸的日子之一，天空会时不时来一场毛毛雨，云团行色匆匆，飞驰向七王国里的下一个国度。玛莎从厨房窗子看出去，打量着那片三角形的大草坪缓坡，上面撑起了一顶彩色大帐篷，风正牵动着帐篷的防风绳晃动不休。马蹄匠哈里斯检查着这些绳子的牢固程度，用木槌把钉子敲得更牢靠些。他动作夸张、大模大样地忙活着，就好像他家族的祖祖辈辈都被授予特权来履行这一勇猛仪式似的。玛莎看到杰兹还是忍不住乐了：一方面，他胡编乱造的那些故事显然都是骗人的；另一方面，这位操一口戏仿口音、城里生城里长的美国佬却俨然是这里最地道、最投入的村民。

大帐篷安顿牢靠了；这会儿，杰兹的金发侄女杰姬·桑吉尔正朝它跑来，她的头发在风中飞扬。杰姬要扮演五月王后，尽管有人指出，这会儿其实是六月初了；同时又有人指出时间无关紧要，因为这里的“五月”指的是一种树而非月份，或者至少他们如此认为。结果他们去问了小学校长穆灵先生，后者答应翻书查一查，之后报告说，五月指的是山楂树的花朵[1]，女王经常在头上佩戴它们，虽然这想必到头来其实是一回事，因为山楂树一般都在五月开花。不管怎样，杰姬的妈妈给她做了一顶金纸花冠，她就戴着它，争论到此为止。

为露天游园会揭幕是教区牧师的权利和责任。科勒曼教士住在紧挨着教堂的老教区长宅邸里。在此之前，教区牧师都是住在一幢灰泥墙的宅子里，但它早已被夷为平地。老教区长宅邸则在它的上一任主人，一位在紧急措施期间选择回国的法国商人离开之后就荒置了。教区牧师住在教区长宅邸里，在村民们看来是理所当然的，就像小母鸡就该住在鸡窝里一样；不过教区牧师也不能自以为是，正如小母鸡不该把自个儿当成一只火鸡。要是科勒曼教士认为既然他已经回到前任们数个世纪以来的居所，那么上帝想必也已经回到了他的教堂，或者基督教训诫想必已经成为村子的法则，那可就错了。事实上，大多数教区成员确实遵守着一种弱化了的基督教准则。不过村民们星期天来教堂的时候，更多是因为喜欢有规律的社交生活和美妙的赞美诗歌声，而不是为了听取讲坛上发出的什么精神教诲或者对永恒来生的许诺。教区长明白事理，未曾用他的地位来强加什么神学体系给村民；他很快明白，要是在布道中强调道德训诫，人们

1.英文中山楂花与五月都拼作“May”。

只会往银盘里丢一枚裤扣或者一张毫无价值的欧元来做他的酬劳。

所以科勒曼教士甚至都没有说什么关于伟大的上帝让这个特殊的日子阳光普照之类的场面话。他甚至刻意慷慨地跟弗雷德·唐普尔握了握手，后者打扮成了一个猩红色的恶魔。当《中韦塞克斯公报》摄影师让他俩一起摆个造型的时候，他狡猾地踩住弗雷德的假尾巴，同时公开地——甚至有点像异教徒一样——交叉着手指。接着他作了一次简短发言，把村里几乎所有人的名字都提了一下，然后宣布游园会开幕，并冲着苹果酒帐篷边的四人乐队潇洒地挥挥手，示意音乐起。

乐队——大号、小号、手风琴和小提琴——奏起了《希望与荣耀之土》，有些村民觉得这是一首赞美教区长的赞美诗，另一些则认为这是一首上世纪的甲壳虫乐队的名曲。接着一支临时游行队伍乱七八糟地走过草地：杰姬是五月王后，笨拙地骑在一匹刷洗过的高头大马上，它的鬃毛和蹄子都装饰着羽毛，在微风中晃动，比杰姬在家里自己烫的发卷还要抢眼；弗雷德·唐普尔把猩红色的尾巴绕在脖子上，他开着一辆直喷气的牵引式拖拉机，车身上下皮带乱晃，咔咔作响；养鸡场主菲尔·汉德森是名机械天才，也是金发杰姬的追求者，开着他的敞篷迷你库柏，他在一个谷仓里发现了这辆废弃的小汽车，居然靠着当地的瓶装汽油开了起来；最后，在一阵挖苦催促之后，警察布朗骑着自行车出现了，他挥舞着警棍，左手大拇指按着铃，脚踝处夹着骑自行车用的裤夹，嘴上贴着假胡子。这草台班子似的四个人在草地上绕了五六圈，直到连家人都没劲喝彩为止。

这里有柠檬水和姜汁啤酒售卖摊，九柱戏，用保龄球赢猪，猜鹅的重量；打椰壳游戏，为尊重传统起见，半数椰壳都粘在杯子上，让木球最后能反弹回扔球者手中；摸奖罐和咬苹果游戏。摇摇晃晃的桌面上堆满了油饼、蜜饯、果酱、果冻、泡菜和酸辣酱。酒吧老板雷伊·司陶特，满脸通红，头巾歪在一边，露出额头上的发尖，蹲在一个昏暗的小间里，用柠檬茶叶渣给人算命。小孩可以玩给驴子钉尾巴的游戏，输的人脸上会被用焦炭画胡子；另外他们花上半便士，就可以钻进一个帐篷，里面有三面古老的哈哈镜，弄得小家伙们惊慌失措。

随着下午渐渐过去，村民们进行了一场两人三足赛跑，杰姬·桑吉尔和菲尔·汉德森赢了，他们在这种别扭的比赛中表现灵巧，让老江湖们感觉到，他俩完全适合结婚。两个穿着肥大的亚麻外套的年轻人有点羞涩地表演了一场康沃尔式摔跤；其中一个在尝试单臂背摔的时候，还偷偷瞄了一眼穆灵教练，后者抓着一本打开的百科全书，正以此为凭作着指点。化装比赛中，依然满脸通红的雷伊·司陶特重新缠好头巾，扮演维多利亚女王；此外出场的还有纳尔逊勋爵、白雪公主、罗宾汉、布狄卡女王和艾德娜·哈雷。玛莎·科克伦出于实事求是的缘故，决定把票投给杰兹·哈里斯的艾德娜·哈雷，虽然她其实不知为什么挺喜欢雷伊·司陶特的维多利亚女王的。不过穆灵先生指出，马蹄匠没资格评奖，因为比赛者都是要求打扮成真实人物的；教区委员会临时召开会议讨论艾德娜·哈雷是否是真人。杰兹·哈里斯反驳道，白雪公主和罗宾汉也不一定真有。有些人说，要是有人见到过你，那你就是真人；有些人则认为要是书里写到了你，那你就是真人；有些人认为只要别人相信有你，你就是真人。大家由苹果酒和无知无畏的精神助兴，各自都充分发表了意见。

玛莎对讨论兴味索然了。她现在注意的是孩子们的脸，它们表达出对现实心甘情愿却又颇为复杂的信任之情。她觉得孩子们都还没有长到不相信的年纪，还只是对一切都感到惊奇而已；所以他们甚至在表示不相信的时候，其实都是相信的。哈哈镜里那个矮胖的、盯着自己的小矮人既是他们自己，又不是：两样都是真的。他们一清二楚地看出维多利亚女王其实就是涂了红脸蛋、戴着头巾的雷伊·司陶特，可他们同时既相信这是维多利亚女王，又相信这是雷伊·司陶特。这就像心理测试中的古老谜语：这是一个高脚酒杯，还是两张彼此相望的侧脸？小孩们可以毫不费力地从一个跳到另一个，或者同时看到两者。而她，玛莎，已经不再能做到这个了。她能看到的，只是一个兴高采烈、洋相百出的雷伊·司陶特。

你可以重新创造出纯真吗？还是说，纯真总是被构筑于、嫁接于古老的不信任上的？小孩们的脸是这种可再生的纯真的证明吗——还是说，这只是一种无聊的感伤？警察布朗喝苹果酒喝得醉醺醺的，又绕着村里的大草坪游行起来，他按着车铃，高举警棍，向他擦身而过的所有人致敬。警察布朗的两个月训练是很早以前在一家私人安保公司完成的，他并不属于任何警察局，来村里之后也没抓过任何罪犯；但是他有制服、自行车、警棍和已经摇摇欲坠的假胡子。这看起来足矣。

雾气加重了，人们的舞步变得更加粗野放肆，玛莎·科克伦离开了游园会。她走上通往绞架山的马道小径，坐在可以俯瞰全村的长椅上。这里真有过绞架吗？尸体曾在这里晃荡，任乌鸦啄掉眼珠吗？或者，是否这只是两个世纪以前某位哥特风格的教区长为了促进旅游业而突发奇想的创作？她粗粗地构想着绞架山作为岛国旅游主题的可能。安排一只发条乌鸦？来个绞架蹦极跳，尝尝那感觉，然后和蒙面刽子手干一杯？诸如此类。

在她下方，燃起了一团篝火，一条康茄舞的队伍由菲尔·汉德森领头，正绕着大圆圈跳着。他挥舞着一面画着圣乔治十字架的塑料旗。她记得圣乔治是英格兰、阿拉贡和葡萄牙的守护圣人；也是热那亚和威尼斯的守护者。康茄舞则是古巴和英吉利亚的国民舞蹈。乐队又灌了不少苹果酒，更有劲了，开始了新一轮的演奏，就好像磁带重新放了一遍。《英国掷弹兵进行曲》之后是《我总在吹泡泡》；再往后，玛莎想都不用想就知道是《便士巷》，然后是《希望与荣耀之土》。康茄舞的队伍像一条大毛毛虫，每次换曲子，人们都会赶紧跟着调整摇摇晃晃的脚步。过了一阵儿，杰兹·哈里斯舞动着胳膊和腿，高高跳起，逗得孩子们惊呼连连。一团慢吞吞的云彩挑逗地吐出一枚盈月。她脚下传来一阵窸窣声。不，不是獾，虽然教区长夸张地提到过它们；只是一只兔子。

月亮又躲进云团中，寒意渐深。乐队最后奏了一遍《希望与荣耀之土》，一切归于沉寂。这会儿，她只听到警察布朗的车铃偶尔响起，仿佛鸟鸣一般。一枚火箭斜斜地射入天空。康茄舞的队伍现在只剩下三个人，他们绕着快熄灭的篝火打着转儿。这是值得记住的一天。游园会创办成功了，它似乎已经拥有了自己的历史。从现在起再过十二个月，又会出现一位新的五月王后，根据茶叶渣，又会得出新的占卜结果。附近又传来一阵窸窣声。不是獾，依然只是一只兔子，它不怕人，在自己的领地上大模大样的。玛莎·科克伦盯着它看了几秒钟，站起身，朝山下走去。